国际安徒生奖
获奖作家作品集
Hans Christian Andersen Award

长满书的大树

A TREE FULL of Books

黑马 编译

全 新
NEW
增订版

团结出版社

图书在版编目（CIP）数据

长满书的大树 / 黑马编译 . -- 北京：团结出版社，
2017.5（2022.10 重印）
ISBN 978-7-5126-5120-3

Ⅰ .①长… Ⅱ .①黑… Ⅲ .①儿童文学 – 散文集 – 世
界 Ⅳ .① I18

中国版本图书馆 CIP 数据核字 (2017) 第 070542 号

出　　版：团结出版社
　　　　　（北京市东城区东皇城根南街 84 号　邮编：100006）
电　　话：（010）65228880　65244790（出版社）
　　　　　（010）65238766　85113874　65133603（发行部）
　　　　　（010）65133603（邮购）
网　　址：http://www.tjpress.com
E-mail：zb65244790@vip.163.com
　　　　　tjcbsfxb@163.com（发行部邮购）
经　　销：全国新华书店
印　　装：三河市东方印刷有限公司

开　　本：145mm×210mm　32 开
印　　张：11.5
字　　数：283 千字
版　　次：2017 年 5 月　第 1 版
印　　次：2022 年 10 月　第 8 次印刷

书　　号：978-7-5126-5120-3
定　　价：48.00 元

中译本序

国际青少年读物理事会（IBBY）把每年的 4 月 2 日定为国际儿童图书节，邀请世界各国每年都来庆祝这个节日。之所以选中这一天，是因为 4 月 2 日是敬爱的丹麦作家汉斯·克里斯蒂安·安徒生的生日。各个国家轮流主办这个节日，其内容是：主办节日的国家选一名著名的儿童文学作家为世界各国的孩子们写一篇献辞，并选一位著名的儿童文学插图画家绘一幅特制的招贴画，以此来引起人们对图书和阅读的关心。献辞被翻译成数种文字与招贴画一起分发向世界各地。

IBBY 的创始人叶拉·莱普曼夫人在她为第一届国际儿童图书节所写的献辞中说："今天，大家都读同样的书，相互了解大家都在做什么，这多好啊！"莱普曼夫人曾在瑞士生活过，IBBY 的总部现在仍然设在瑞士。著名的保加利亚作家阿森·波谢夫在他所做的题为《书，友谊的源泉》献辞中畅想他和全世界无数不相识的朋友一起爱着同样的一些书。澳大利亚作家柯林·提利在他的献辞中提醒大家：我们可以在书中结识许许多多的人：非洲人和亚洲人，格陵兰人和危地马拉人，大沙漠和丛林中的人，深山和平原上的人。他还说，再稀奇的东西也可以在书中找到，简单的，复杂的，悲哀的，幸福的，好玩的东西——整个活生生的世界都可以从书中找到。

另一位著名的澳大利亚作家帕特里莎·拉伊森则在她写的献辞中告诉我们一个秘密："每人都有一块魔毯，只不过它是藏在你们的头脑中……这魔毯可以带着你们满世界飞，你坐在家中的椅子上就可以知道好多激动人心的事儿。你可以感受一切，可以看见每件事物的背后，会知道下一步会发生什么。你足不出户就可以访遍所有国家的人……"敬爱的瑞典女作家阿斯特利德·林格伦让我们相信，只有书才是点亮探照灯的最好工具，帮助我们用心去发现用别的办法都无法发现的东西。巴西作家、安徒生奖得主莉吉亚·波隆戈·纽尼斯告诉我们，书是怎样丰富了她的想象力，她是怎样伴书成长的。一天又一天，书给她的东西越来越多，书带她游遍了全世界，看到了许多东西：爱斯基摩人住的圆顶茅屋、宫殿和摩天大厦。

是的，书为我们开启了瞭望世界的窗口。"书可以帮助你发现你该呼吁些什么，为什么斗争，与谁联合，何时开始改变世界。"奥地利女作家克里斯蒂娜·诺斯特林格这样说。而德国作家阿基姆·布罗格则说读书可以怡情。"因为你尽可以伴着书中的故事梦幻……因为有了书你就不再孤独……因为读了书你既学了知识又有所发现……你随时可以拿起书来重读……书就像你的好朋友。"

每两年一次的世界儿童文学最高奖——安徒生奖，也在 4 月 2 日颁发。在这一天，获奖作家发表热情洋溢的演说，他的名字迅速传遍世界。

现在我们的中国同行决定把这些年的国际儿童图书节献辞和安徒生奖得主的受奖演说辞汇集成书，这想法可真叫美妙！这是儿童读物中一本特别的书，真的！好，那就请跟着这些名作家来绕世界旅行吧，他们的文辞的确闪烁着思想的火花。我祝愿你们在书的世界里获得更大的快乐，汲取更多的灵感。

琳娜·梅森（Leena Maissen）

IBBY（前）秘书长

1991 年 11 月 25 日于瑞士，巴塞尔

（本文是梅森夫人 1991 年为本书首版所写的前言，梅森夫人为 IBBY 工作几十年，于 2003 年退休，增补版仍保留这篇序言。）

目 录
contents

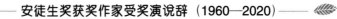

附　录

国际儿童
图书节献辞
（1967—2022）

长满书的大树

1967 瑞士 叶拉·莱普曼（Jella Lepman）

叶拉·莱普曼（1897—1970），国际青少年图书馆创始人（1949），国际青少年读物理事会创始人（1953）。莱普曼夫人于1966年提出创立国际儿童图书节的建议，得到采纳。1967年4月2日成为第一届国际儿童图书节。

今天我向你们介绍一个小姑娘，她的名字叫克罗蒂娅①。这孩子也可以叫伊丽莎白，或者叫一个男孩子的名字如尤里奇，或者大卫。世界上的人名就像世界上的花朵一样多，可惜你不能随便拿个来当自己的名字。克罗蒂娅手举一本画册问我："书从哪儿来？它们是从树上长出来的吗？"

---

① 莱普曼夫人孙女的名字也叫克罗蒂娅。

在这个人类乘坐宇宙飞船飞向月球的时代，我该怎么回答这位小姑娘呢？我只好对她说："几千年前，有一种植物叫纸莎草，人们用它来做成片片，在片片上写字。你明白吗？它不是树，而是一种灌木！"当然，这小姑娘说的跟我说的差不太多。

我接着说："那以后不久，梳着长辫子的中国人发明了造纸术。现在他们不梳辫子了。随着技术的发展，如今有了造纸和印刷的怪机器，它们什么都能干。不过，我总有点害怕这些隆隆作响的机器，觉得它们像怪物。"

可这小姑娘还是不信。"我觉得书就是长在树上的！"她拍着手说。她以为书就像红樱桃、黄橘子和褐色的栗子一样，是长在树枝上的，有大有小，有粗糙的，有光滑的，只要一伸手就可以摘下来。

"小画册长在最矮的树枝上，"克罗蒂娅说，"小孩儿一伸手就能够到它们。多神奇呀！小孩越长越高，他们的书也随着树长高，孩子们的胳臂变长了，可以够得更高了。"

"他们还可以爬树，爬到最高的枝上呢，"我说。

"他们还可以坐着秋千荡到树上去呢，"克罗蒂娅顽皮地说。

"别忘了支好梯子，"我提醒她，"弄不好会掉下来的，手里拿着一本太沉的书更容易摔下来。"

可是克罗蒂娅反驳我说："人永远不会从长书的树上摔下来，那些树很懂事，会照看人的。"

我的确从克罗蒂娅那里学到了许多东西。可我还是要告诉她："树上不会长书，我从来没见过这样的树，世上哪儿也没有。书不是从树上长出来的，它是从诗人和作家的头脑里长出来的，他们要做的事就是写书！他们用毛笔、铅笔、钢笔或打字机记下他们头脑中的图画或头脑中的人说的话，把这些手稿送到出版社去，从那儿再送到印刷厂，最后到书店。这就是书。"

克罗蒂娅歪着头，想来想去，闹不明白。说真的，我觉得世上要是真有一棵长书的树，那该多好，一切都变容易了。我们只需要让几位园艺师坐上飞机，从飞机上往大地播下书种，再用神奇的化肥催这些树长大，让这些树上的书都长出一种语言的文字，那所有的人就都可以相互理解了。

可惜的是，不管人们怎么努力，现在还没有这样一种语言。因此，国际青少年读物理事会竭尽全力使每个国家最优秀的图书译成尽可能多的文字。这可不是一件简单的工作。克罗蒂娅，你别叹气。今天，大家都应该读到同样的书，互相了解大家在做什么。可是现在仍然有好些儿童，他们手里一本书也没有，也没人教他们读书。他们甚至吃不饱，经常饿肚子。唉，我可以告诉你好多这样的事！

我恳请人们——不管爱不爱儿童读物，都来参加第一届国际儿童图书节，让我们想象小克罗蒂娅的话是对的吧：世界上真有那么一棵长着儿童书籍的参天大树，在它的浓荫下，我们相聚在一起……

致全世界的孩子

1968　南斯拉夫　法兰西·别夫克（France Bevk）

法兰西·别夫克（1890—1970），南斯拉夫作家，生前多次获奖。

又一届国际儿童图书节就要到了。设立这个图书节的目的是为了让全世界更多的儿童学会读书，让每个孩子都能得到一本好书。就在最近，我收到一封我国儿童写来的信，信上说："亲爱的作家，年轻的朋友！我们想请你来我们这里。今年冬天我们读了好几百本书，我们想跟您一起讨论讨论。您若能来，我们就算没有白读这么些书。"

这封信既让我高兴，又令我惊讶。世界上也许还有不少小朋友，这个冬天他们读的书更多。但是，我很为我国的这些小朋友感到骄傲，因为他们很努力，在老师的指导下为一个小小的奖励如一个作家的来访而进行阅读比赛，作为一个为年轻人写作的作家，我能拒绝这么让人感动的邀请吗？不能，我也没理由拒绝。尽管天冷又下着大雪，尽管我年事已高，我还是赶去了。

当我看到他们红扑扑的小脸儿，看到他们好奇地注视着我时，我知道，这趟旅行再远再累也值得。问题像雨点般地提了出来，终于，一个经常不可避免的问题摆在了我面前：我书中的人物是在生活中真有其人呢，还是纯粹出于我的想象？这些喜欢童话之丰富想象力的孩子，他们的话总令我感动。同样，他们对邪恶的憎恶、对正义和善良的渴望也感动着我。真理、正义和善良，这是儿童们的语言。我问他们，他们希望全世界的孩子都得到什么？他们这样回答：好多好多漂亮的书，这样人们的生活就会更丰富，更美好！还有和平。不要战争和仇恨，这样，儿童就不会生活在恐惧中。

我就是这样跟一群想见儿童文学作家的儿童读者谈话的。我为此感到十分高兴。我愿意在庆贺国际儿童图书节之际把这事告诉你们，因为我相信我也可以这样与你们心贴心地交谈。我唯一感到遗憾的是，并不是世上所有的儿童都像你们一样幸福。有的孩子没有好看的书，不少人甚至连面包都没有呢。我们可不能忘了这些孩子，不管他们住在什么地方，说哪一国话。我们应该教会他们念书，给他们书读，这样他们才能享受生活。

这就是国际儿童图书节的目的。为此，IBBY 努力使不同国家的儿童书翻译成外国语言，能译多少书就译多少，能译成多少种语言就译成多少种语言。这个叫 IBBY 的组织希望孩子们了解其他国家孩子的生活，希望大家互敬互爱。如果他们相互了解，互敬互爱，他们长大后就会保卫世界和平和全世界人民的幸福。

孩子们，为这个崇高的理想拉起手来，让儿童图书像阳光一样洒满世界，照耀着每一个孩子幸福成长吧！

披西班牙式黑斗篷的人

1969　瑞典　阿斯特利德·林格伦（Astrid Lindgren）

阿斯特利德·林格伦（1907—2002），瑞典女作家，获1958 年安徒生奖。主要作品有《小飞人三部曲》。

字母和文字真是奇妙的东西，不是吗？你想想，那些个 S 呀、K 呀、B 呀什么的，它们自身什么意思也没有，可你一旦把它们拼在一块儿，就组成了文字，就有了意义。然后你还可以把这些文字连成一串变成句子。把这些东西装订起来，嘿，它们就变成一本书了！或许，这本书是这样开头的：

"秋天的一个黑夜，有一个人从城堡的小侧门里钻了出来。他鬼鬼祟祟地朝四下里环视一番，心想他的敌人可能就藏在附近等他，或许他们就埋伏在公园的树林子里。他身披西班牙式黑斗篷，斗篷下，他手里紧紧攥着一个小包袱，里面全是宝贝。他就是死也不让这些东西落入敌人手中。他翻身一跃上了马。就在这时，黑暗中一声枪响，这个穿斗篷的人应声落马，随之那匹大白马独自在黑漆漆的林子里飞奔而去。"

这些算怎么回事？不过是一串字母连成了句子罢了。可你读起来却有了新的感受。你看见了一个身披西班牙式黑斗篷的人，他惊恐不安地跳上马背，然后你听到枪声和空身的大白马在黑夜中奔驰，马蹄声阵阵。几个小小的字母却能给你开这么大的玩笑，这事儿不是邪门儿吗？你知道这些字母对你起了什么作用吗？它们启发了你的想象力，它们赋予你一种透视那些眼睛看不见的东西的能力。你应该珍惜这种天分——这种天分某一天会使你怎么样，是难以估量的。但是有一点是肯定的：任何伟大奇妙的东西，都是先有想象，而后才变成现实的。你想过这一点吗？

有的人用自己心灵的眼睛预先看到别人看不到的东西，正如同你看到了一个身披西班牙式黑斗篷的人一样。第一个开始使用火的人是有想象力的人，同样，那些发明轮子、蒸汽机、预防接种牛痘以及发现如何分裂原子的人，都是有想象力的人。如果哥伦布没有想象力，他就不可能敢于从西班牙向西航行去寻找印度（他其实发现的是美洲大陆）……谁也无法估量，如果你培养自己的想象力并让它茁壮成长，你会做出什么样的发现和发明来？可能会发现解决饥荒和战争的办法？即便不会有那样重大的发现，有想象力至少可以帮助你认识许多东西，而没有想象力，你就是活一辈子也认识不了这些。想象力就像一盏明灯，它会在黑暗中猛然燃亮，照亮你的前方。

想象力的成长是需要帮助的，这帮助来自那些小小的字母、文字和那些可以写进书里去的激动人心、趣味无穷、美好绚丽的東西。什么也不能像书那样点亮探索的明灯，帮助我们用心灵的眼睛去认识事物。在这个时代，人们所以"看"到大白马和身披西班牙式黑斗篷的人，公海上的海盗，篝火旁的印第安人，地洞中的探宝者以及我们只能想象却一点都不懂的宇宙飞船。我们都应该"看"到这一切。重要的是我们要学着描绘想象的图画，为此，我们应该尽可能早地读书。我们都得从头开始。如果我们"看"不到身披西班牙式黑斗篷的人、海盗和印第安人，我们就永远也什么都无法看到了。那么，我们就会白活一辈子，探照灯永难刺破我们周围的黑暗。

话又说回来了，那个身披西班牙式黑斗篷的人最后怎么样了？他死了吗？或许附近修道院里的一名僧侣发善心救了他？他的包袱中藏着什么财宝？是个小婴儿还是一盒无价的珠宝？那埋伏在黑夜中向他开枪的是什么人？他们把财宝带走没有？还有，谁知道那匹大白马跑到哪儿去了？

能知道这些当然好。可我不会告诉你的，不会的。你可以自个儿找到答案。你尽管去想象吧！

书对你意味着什么

1970 南斯拉夫 埃拉·彼罗西（Ela Peroci）

埃拉·彼罗西（1922—），南斯拉夫女作家，曾获安徒生奖提名，两本书荣登 IBBY 表彰榜。

　　一本书对你们小孩子来说意味着什么？我说不大准。也许，它意味着一丁点幸福，快乐；也许它能让你想起是谁把书当作礼物送给你的。读一本书可能让你觉得是跟这本书的作者说了一通话。哦，这些就够了，作家们希望的也不过是这些。也许你是因为忧伤才去读书，这时一本书就像几句安慰的话一样为你排忧。对你们当中一些人来说，一本书可能会激起他们干一件人生大事的愿望。而对另外一些人呢，书就像一只魔术箱，不为人知的世界、精彩的故事和非凡的人全从里面钻出来了，就像叮叮当当的铃儿一样，你只需读下去就能看到他们。

　　人们惯于这样说：书是向世界和人类生活开启的一扇小窗

户。可是我却想象不出那是什么意思。直到我认识了一个叫海伦娜的小姑娘以后，我才明白为什么把书叫作世界的窗口。让我告诉你这是怎么一回事吧。

我很早以前认识了海伦娜，有时我去看望她，我们像朋友那样聊天。

许多年前她病了，卧病在床。一个月又一个月过去了，一年多以后她才好。家人都好好地照顾她，可是他们总不能全天都陪着她呀，他们得去工作。这样，白天海伦娜就只身一人了。晚上家人回来时，她对他们说："给我讲点儿什么吧，我一个人好孤单。"于是她哥哥从图书馆给她借来一本书，让书来陪伴她度过白天的时光。他找不到什么更好的东西来让她打发日子。

海伦娜开始读书，一读就忘了自己的孤独。天快黑了，可她却等不及了，她想早点告诉家人她都读到了什么。于是大家一边用晚餐一边听她讲。这是海伦娜生病卧床以来最开心的一个晚上。

她哥哥开始一本接一本地从图书馆借书来给她，一到晚上大家就听海伦娜讲她从书上读到的故事。家人都没时间读书，至少他们以为是这样。海伦娜给大家讲古今的故事，讲什么是幸福，什么是富有，什么是战争和饥饿。她还对他们讲一些好人和名人的故事，讲大画家和大音乐家的故事。这些都是她从书上学来的。有时她还会给他们念上一首诗。

邻居中的大人和孩子来看她，她就给他们讲故事，为他们开启通向世界的窗口。

现在，人们仍然爱上她家去。

在这国际儿童图书节的日子里，我希望最美的图书能为全世界的儿童打开通向人类生活的大大小小的窗口；希望这些书也为人与人之间、国与国之间开通一条条道路，给全世界的人带来幸福与和平。

小马丁和他的书

1971　奥地利　埃利卡·利莱格（Erica Lillegg）

埃利卡·利莱格（1910—），奥地利女作家，其作品曾获 IBBY 表彰榜提名。

　　4月2日是伟大的童话作家安徒生的生日，这一天，全世界的儿童都庆祝国际儿童图书节。有一个以书为友的小男孩儿，名叫马丁。他住在哪儿，这倒没关系，或许就住在维也纳，或许在纽约、罗马、斯德哥尔摩，或许在芬兰或西班牙的一个小山村里。马丁和祖母住在一起，祖母待他可好了，好就好在她常给马丁讲故事，谁也没有祖母的故事讲得好听。在那漫长漫长的冬夜，每天干完活儿，她就坐在壁炉旁，一边织毛线衣一边开始讲她的故事："很久很久以前啊……"或者"那时你还太小，不记事儿呢，听着，故事开始了……"

马丁屏住呼吸认真听着。

有时，毛线衣织到针脚复杂的地方了，那故事就变成这样的了：

"那魔术师大叫……一、二、三、四、五……你这小可怜儿……六、七、八……你猜怎么样……上二针，下二针……我说到哪儿了？"

"你猜怎么样，"马丁帮她回忆。

"怎么样？什么怎么样？出什么事了？我是不是丢了一针？"老祖母吓了一跳，忙问。马丁也生气地跳起来，埋怨祖母织破活计。

"我要是不织，你礼拜日穿什么？你穿衣服太费，小朋友，"祖母说。停了一会儿，她又说："其实，你不小了，可以自己看书了。"

不一会儿，祖母就给马丁的桌上放了一本厚书。马丁闷闷不乐地翻起书来，发现里面有不少图，就问祖母这些图是什么。

"我可不给你讲。我讲的也许还没你自己想的有意思呢，自己看吧。"

可马丁不乐意读。他只是漫不经心地翻着，倒是那些色彩鲜艳的彩图令他产生了好奇心。他深知那些黑字是讲解这些彩图的，可读起来又太费劲！

"您念给我听吧，"他央求祖母。

祖母摇摇头，"我念，谁来给你织毛衣补衣服？"

马丁叹口气又低下头去读书了。一开始他读得很慢，可读着读着他突然读上瘾了，忍不住要不停地读下去。很快读完了一页，他又接着读下一页，越读越高兴，一直读得满脸通红。祖母见状不得不劝他快上床睡觉。

书！人一旦用心读懂了第一本，就会开始一本又一本地往下读。很快他就有一大堆书了。有时他盯着自己的书，心想这些书在书架上看上去各不相同，不过是有个彩色封面的一叠子纸，一句话不会说，什么许诺也不会给你，可一旦打开来读，他们就会牵着人的手，把他带进神秘的王国，去做冒险的旅行。书使他成了一个了不起的人物：作为走遍全世界的旅行家，他征服了世界上的最高峰；他可以忍饥挨饿，为的是寻找财宝；他变成了一个英雄，救了一个小孩子的命；他甚至变成了一个小姑娘，被坏人骗走了，最终又找到了自己的父母，全家人团聚后，幸福地流着泪大喊大叫……

最令马丁感到神奇的是，他成了书的主人，书是他的仆人。书不再像祖母或老师了，书开始听他的话了。只要他高兴，这些书就会向他讲他们知道的一切。他真是越读越起劲了。他站着也读，走着也读，有时就在牲口棚里靠着他的小毛驴读，有时上床以后偷偷地读。甚至上课时把书放在书桌里偷偷读，老师发现后没收了他的书。

老师说："如果你只读书不听课，那就不好了。因为书是跟你一块儿成长的。你长得越大，书也就变得越难懂。如果你不听讲，不学新知识，你就读不懂大书了，明白吗？"

马丁虽然没听懂老师的话，但他上课不再偷看课外书了。后来，老师把马丁带回自己的家，马丁看到老师家有那么多的书，柜子里、桌子上、书架上到处是书。老师对他说："先拿一本回去，看完一本再来换新的。"

马丁现在开始给祖母念书听了。每天祖母坐在壁炉旁织毛衣，马丁就给她念好听的故事。

与书交朋友

1972　美国　门德特·戴扬（Meindert DeJong）

门德特·戴扬（1906—1991），生于荷兰，幼时移民美国，1962 年成为第一个获国际安徒生奖的美国作家，在国内也多次获得各种大奖。主要作品有《学校屋顶上的轮子》《一家六十个爸爸》和《来了一条狗》等。

半个多世纪以前，我 8 岁的时候来到美国。我通过读书，不仅在一个新的国家里找到了新朋友，我还发现，书能给人一种迷人的生活。

我是从荷兰来美国的。留在记忆中的，不是同祖父、祖母、叔叔、婶婶和表兄妹们分别的场面，而是我没有读完的一本书，名叫《玻璃球》，我再也没读到那本书，不知道它的结尾。

我没能带走那本书，因为那是学校的书。那是我三年级时的读物，是第一本故事书。一本书，只讲一个故事！

老师只允许我们每天读一页。我们从来不多读一页，从来不往前翻一页看看下面讲点什么。我们就这样一天一页地读着那个迷人的故事，可我只读到一半就需要到美国来了。

我至今还能像半个世纪以前一样清清楚楚地记得那本书的模样。最初来到美国的那些日子，我总感到心里很难受，因为我再也不知道那本书的结尾了。我们是在一个漫长的暑假开始时来美国的。我爸爸在一个胡同中为我们家找到了一个住处，那事儿我也仍然记得很清楚。街的一边是暖棚和保育室，街对面是七座破破烂烂的住房。我们搬进去的那个家中没有自来水。另外六家都是从荷兰来的，可我家是最新来的移民，为此他们很敌视我家，不肯帮忙。我父亲一家家央告过去，他们才肯给我们些水。

我不会讲胡同里其他的孩子们讲的话，一个朋友也没有，也没有书。不过，我看到父亲挨家挨户去要水，受到了启发——我可以向那几家的大人去借荷兰文的书。可能，我是想借到《玻璃球》，看看结尾是什么样的……现在，我记得最清楚的，不是那个昏暗的胡同中没有自来水，而是在这个富裕的美国，那个胡同里的人没有一本书。

因为我家没自来水，我们只好搬到邻近的一条胡同里去。这条胡同没有暖棚，街道两面都是住家。这里有的人家里有书，是荷兰文的书，我能读懂。不过这些都是给大人们看的书。有很长一段时间，我只读这些厚厚长长的大人书。在那段时间里我学会了讲英语，可我读的却只是荷兰文。

记得一天来了一位年轻妇女，她是来借书的。我想向她借荷兰文的书，可我得用英语同她说话，她一句荷兰文也不会。我现在还真真切切地记得起我们的谈话。

"我只有给大人看的书，"她说。

"没关系，"我说。"我就是读大人的书，我只有这样的书看。"

"那可不好，你并不需要这类书，"她说。"不远处有个图书馆，书架上全是儿童书。"

"可我看不懂英文啊。"

"你只要会说英语，就能看懂英文书，至少可以看懂儿童的英文书。为什么不先读点童话呢？"

"童话？什么叫童话？"

"为什么不自己去看看，"她建议说，"你可以得到一张借书卡，免费从图书馆借书看"。

我呆呆地站在门口，不相信有这么好的事。她说这是真的，还让我看了她的借书卡。她教我去附近学校的图书馆，向图书馆管理员要一张申请卡，然后回来找她，她在我的申请卡上签字认可后，我就可以一次借四本书，一借就是一个月呢。

在这之前我不知道有公共图书馆这回事。当我轻轻推开门溜进那间图书室时，我不禁呆住了：只有一间屋，可四面墙全让书占满了！我还记得，屋里安静得出奇，只听到墙上的钟表嘀嗒作响。我悄声地向图书馆员提出要一张申请卡。令人吃惊的是，那个伟大的女人竟替我填了申请卡。拿到申请卡我就一路小跑去找我那位朋友，是她为我打开了这样一个新世界。她在我的卡片上签了字，我马上就拿着它一口气跑到图书馆。

果然我得到了同她一样的借书卡。我站在桌前，摆弄着这张漂亮的新的借书卡，上面还没填上书名，以后我就可以一次从这里借四本书了，四本四本地借下去……我想我四天就可以读完四本书的，我环视四面是书的墙壁，掐算着，一次读四本，多少次可以把这几面墙上的书读完。那些书肯定都是英文的，可我的英文也不错，足可以读儿童的书，读完儿童书以后我就可以读这屋里的大人书了。

我转身看看图书管理员，她也看着我。屋里静悄悄的，钟表嘀嗒嘀嗒送走了一个伟大的时刻。

让全世界的孩子都有书读

1973　捷克斯洛伐克　波乎米尔·日哈（Bohumil Riha）

波乎米尔·日哈（1907—1987），是 1980 年度安徒生奖得主。

8 岁那年，我的书架上有 3 本书。现在想起来还历历在目。一本是你们都知道的英国作家的《鲁滨孙漂流记》，另一本是《着了魔的小古斯塔夫》，作者是一位波兰女作家，你们都没听说过她。第三本则是我们捷克的古典作家约瑟夫·瓦斯拉夫·斯拉德克的诗集。

现在，当我整理书架时，有时还能看到一两本，但我怎么也无法一下子把它们全找到。当然，这没什么大不了的，它们深深地镌刻在我的脑海中和心海中，永远难忘。

鲁滨孙的故事给我们讲了什么样的道理？那就是，当你孤身一人时，千万别吓昏了头，而应该让你的双手学会做一切事情。这样，无论情况多糟糕也不用怕它。记住，遇上这种情况时四下里寻找寻找，看有没有别的什么人能帮忙，因为人一孤独，就容易伤心难过。

那么小古斯塔夫的故事让我明白了什么道理？我曾经是个懒孩子，娇生惯养，淘气极了。可是这么一个童话却让我变成了一个像小蜜蜂一样忙碌的人。我觉得我学会在蜂房里干活以后，我才成了一个真正的男孩子。在这个世界上不干什么活儿可不行，因为你干活儿、工作，并不只是为你自己，同时还是为大家。

那么，斯拉德克的诗教会我什么道理呢？哦，太阳是金黄火红的。天是大亮的。泉水清澈透明像水晶石。天空白净净的，而地上的马也许长着黑亮亮的毛。那狗是什么样的？哦，它从早到晚都活蹦乱跳，谁知道为什么。总之，这世界是美好的，活着很有意思。后来，我长成大人了，并且有幸成为给儿童写书的人。我愿意把我从读书中得到的知识全写进自己的书里，告诉孩子们。

在我书里的行行页页中，我投入了我自己最优秀的品德，我指的是这些：

我或别人干好了一件事就兴高采烈；我喜欢朋友，相信朋友并喜欢崇拜某个什么人；我热爱我的祖国，愿意为促进各国人民之间的友谊出把力。简言之，活着，有无穷的乐趣。我的每本书中都渗透着我所说的某一点，每一点都像一颗粮种。至少我认为是这样的。小读者们可以把这一粒粒粮种攒起来。很可能，这对他某一天要做出什么决定时有所帮助。当他该说"是"的时候他就会说"是"；说"不"的时候就会说"不"。

我觉得我的读者读了我的书以后会比他读以前要幸福些，读了我的书后他会更急迫地去做点什么事。

但我也必须承认，有件事很让我苦恼。我到过世界上很多地方，亲眼看到有些国家的孩子或有些社会底层的孩子从来没得到过一本书。他们有很多时间读书，却没书可读。

你尽可以说，他们有别的烦恼：他们连肚子都吃不饱，还常常遇到战争。是的，世上的事是很糟，我们成年人应对此感到惭愧。但是精神上的贫困也是可怕的呀，它剥夺了儿童的未来。所以，我觉得，当我们知道世界上有不少孩子没书读时我们不该沉默。我们要竭尽全力去为他们提供图书，不达目的，不可罢休。

我希望全世界的孩子至少都像我儿时那样有 3 本这样的书。

走遍天下书为侣

1974 英国 尤安·艾肯（Joan Aiken）

尤安·艾肯（1924—），英国著名女作家，曾获英国《卫报》小说奖。

如果你独自驾舟绕世界旅行，如果你只能带一件东西供自己娱乐，你选择哪一样？一块大蛋糕，一幅美丽的图画，一本书，一盒扑克牌，一只画箱，织毛衣的扦子和毛线，一个八音盒，还是一只口琴？

很难做出选择。至于我个人，我不要蛋糕，那东西一吃就没了。我也不要扑克牌，风一吹那些牌就全飞了。毛线弄不好会湿了。口琴比八音盒好些，因为你可以用它吹自己的曲子，而八音盒只演奏固定的几个曲子。我不带图画，因为我可以看大海上的景色。也不带画箱，因为里面的纸总会用光的。看来最后，我要

国际儿童图书节献辞（1967—2022）

在口琴和书之间作一个选择。我相信我会选择书。

一本书！我会听到有人感叹：如果你坐船周游世界，这一趟回来，你可以把它读上 100 遍了，最终你能背诵下来。

对此，我的回答是：是的，我愿意读上一百遍，我愿意读到能背诵的程度。那没什么关系。你不会因为以前见过你的朋友和父母兄妹就不愿再见到他们吧？你不会因为熟悉家中的一切就弃家而去吧？你喜爱的书就像一个朋友，就像你的家。你早已见过朋友 100 次了，可第 101 次再见时你还会说："真想不到你懂这个！"你每天都回家，可不管过了多少年，你还会说："我怎么没注意过，那灯光照着那个角落，光线怎么那么美。"

你总可以从一本书中发现新东西，不管你看过多少遍。

你会读书，而任何动物都不会，不管多么训练有素的动物都不会读书。只有人会读书。读书时，你就走出自己的心脑，进入另外一个人的心脑中，倾听另一个人的思想。在这个时候，你就开动了自己的脑筋，这是世上顶有趣的事。

所以，我愿意坐在自己的船里，一遍又一遍地读那本书。首先我会思考，想想故事中的人为何如此作为。然后我可能会想，作家为什么要写那个故事。以后，我会在脑子里继续这个故事，回过头来回味我最欣赏的一些片段，并问问自己为什么喜欢它们。我还会再读另一部分，试图从中找到我以前忽视了的东西。做完这些，我会把从书中学到的东西列个单子。最后，我会想象那个作者是什么样的，全凭他写书的方式去判断他……

这真像与另一个人同船而行。

一本你喜爱的书就是一位朋友，是一处你随时乐意去就去的熟地方。从某种意义上说，这是你自己的东西，因为世上没有两个人用同一种方式读同一本书。

如果世上每个人都有一本书，即使一本书（当然他们要能读懂），我相信，世界上就会少点麻烦。

只要人手一本书。这不难做到吧？

我们怎么开始做起呢？

致父母

1974　英国　安格斯·威尔逊（Angus Wilson）

安格斯·威尔逊（1913— ），英国著名小说家，批评家，教授。

　　我父母步入中年时生下了我这个老六儿，我比五哥小 13 岁。这样，比起世界上的"独生子"来，我比他们更受宠也更孤独。我父母爱我如命，可我那些孩子气的兴趣和要求，在他们来说是太过分、太让他们疲于应付了，他们无论怎样也成不了我的好伙伴。我的几个哥哥倒是使家里充满了生气和友爱之情，可他们都快长成大人了，才不会关心小孩子呢。他们把我当成小孩儿，讲些稀奇古怪的事，做稀奇古怪的游戏或胡扯点什么。这些东西一点意思也没有，只是令我不解而已。其中原因是，他们要么太费心思，编的那些东西超出了一个小孩子的想象力；要么就是按照常规弄得千篇一律，一点也不把我当成一个有个性的孩子看待。

多少年后，我在大英博物馆当图书馆员，一连几个月给几百本儿童故事书编目。在工作中我发现，那些书正是儿时我们家人无法让我喜欢的那一类，它们或故意弄得稀奇古怪只令孩子目瞪口呆而毫无教益，或先入为主地按几个年龄段，一刀切，统统简化一番（如4—6岁，10—12岁，依次类推），这样永远无法启发个性化的想象力。

万幸的是，这类书数量总算是少的，而成功的好书总算数量不小。对我这样孤独的孩子来说，书和故事是我的希望和救星。为什么回忆童年只觉得那时的天气都不寻常？我不知道。但是，在我的记忆里，第一次结识阿拉丁①、小红帽②、灰姑娘③和辛伯达④等男女主人公时，我总觉得是躺在绿草地上看书，天空总是碧澄无云，阳光总是那么温暖；即便不是这样美好，我也是坐在火光熊熊的壁炉前看书，屋外呼啸的狂风只能给我着了迷的故事添点趣味。

孤独地身处在一个令我迷惘的成人世界中，我觉得童话中那些男女主人公的冒险行为正是我自己生活的写照。我生活中的那些奇怪的、迷人的、勇敢的叔叔、阿姨等大人们一时间都成了怪诞故事中的妖婆、仙女、魔鬼或会说话的动物。从这些人，我又联想到比特利克斯·波特⑤笔下的那些装扮成男人或女人的勇敢而孤独的小动物们，有泥鸭子杰米玛、彼得兔和纳特金小松鼠。

---

① 见《一千零一夜》。

② 见《格林童话》。

③ 见沙尔·贝洛（1628—1703）：《鹅妈妈的故事》。

④ 见《一千零一夜》。

⑤ 比特利克斯·波特（1866—1943），英国著名女儿童文学作家，所著动物故事风靡全球，译成多种文字。作品均由自己插图。

我既可以参与它们的活动，与它们为伍，也可以远离它们，只旁观、欣赏它们的活动。后来我读了爱丽丝的冒险故事，特别是看到小爱丽丝与红、白王后穿过镜子的冒险故事，我似乎觉得自己在那个成年人的"真实"世界里生活了许多许多年，在那里，聪明机智是和聪明的糊涂难解难分地纠缠在一起的。我是从爱丽丝的镜子走向狄更斯的小说的，他的小说仍然是我想象王国的根基。

一部儿童读物，如果它是丰富的，总能给孩子打开一个能让他牢记一辈子的世界，而一部粗陋庸俗的小说则让人一辈子精神不振。对那些与众不同的孩子来说，同龄人中有成百上千的孩子是一些有想象力的"独生子"，书是避难所，是欢乐的源泉，是在心灵深处把他们的内心世界与外部世界相连接的结合点。

精灵山

1975　丹麦　汉斯·克里斯蒂安·安徒生（Hans Christian Andersen）

1975年，主办国丹麦用安徒生的童话作节日献辞。

　　一棵老橡树，身上尽是裂口。蜥蜴们在裂缝中爬进爬出。他们都说蜥蜴话。

　　"你听见老山里头闹动静儿没有？那儿住着好些小精灵鬼儿。"一只蜥蜴说。"这两天闹得我一直就没合过眼，得了牙疼病都比这个好受。"

　　"没错儿，山上头是闹事儿呢，"另一个蜥蜴说。"昨个儿夜里小精灵们把山给架在四根红柱子上，一直到鸡打鸣儿才撤。这下他们家空气可就新鲜了。小精灵姑娘们正学跳踢踏舞呢。没错儿，是有什么东西升起来了。"

　　"我有个熟人，是条蚯蚓，"又一只蜥蜴说。"他出山时我碰上他了，跟他说过这档子事。他这两天一直在山里挖洞来着，听到不少事儿。这可怜的东西没长眼，看不见什么，可他的耳朵可管用了，还很会感觉。他说小精灵们这几天要招待贵客。小蚯蚓不告诉我是谁，没准儿他压根儿不知道呢。山上的鬼火全让他们弄去点火把了，要点一大溜火把呢。山上的金银可多了，都要擦亮了摆在月亮地儿上。"

"来的人该是谁呢？"蜥蜴们都大声问道。"怎么了？听，有哼哼声！有嗡嗡声！"

就在这时，小精灵住的山裂开了口子，里面跳出来一位精灵老太。她像所有的精灵一样，脊梁是凹下去的。她打扮得十分庄重。她是精灵王的远房亲戚，当了精灵王的管家。所以她的额头上戴着一颗琥珀心。嗬，她跑得可真快，一路跑到黑鸦住的沼泽地里去了。

"我们请您今晚上精灵山去做客，"她说，"不过请您帮个忙，帮我散发邀请信。你也没个自己的家，无法回请我们来做客，那就帮我干点活儿，也算你出了力。我们要请的贵客是最有身份的巨人，我们的国王要让他们好好儿见识见识。"

"都让我请谁呢？"黑鸦问。

"盛大的化装舞会，谁都可以参加，"老太婆说。"人也可以来。就是说，凡是有点像我们一样聪明的都行，比如睡觉时也能说话的人。但是今晚的宴会可要挑人参加了，只有最有身份的人才能来。我跟国王为客人的名单争论过，我反正不同意鬼呀魂儿的来。老人鱼和他的女儿美人鱼们你可要第一个去请。他们不喜欢干巴巴的地方，告诉他们，给他们每人准备了潮湿的石头座儿。别忘了告诉他们，说定了，他们不会拒绝的。然后去叫那些最有身份的长尾巴的巨人们，还有河精灵和土地神。再有就是坟猪，地狱马和教堂鬼儿，可别忘了。按说他们算牧师，请不请都行，不过我反正不愿跟他们闹别扭，再说我们跟他们关系挺近，他们常来，这次也就请他们来吧。"

"好嘞！"黑鸦答应一声就飞走了，去传邀请。

这时小精灵姑娘们已经在山顶上跳起舞来了，她们肩上披着用雾和月光织成的大长披巾，看上去十分漂亮。

山中间的大厅自然早就装饰好了。地板是用月光洗过的。墙是用女巫给的油蹭过的，闪闪发亮。

厨房里，铁叉上烤着青蛙肉，蛇的肚子里塞满了小孩子的手指头也在炉子上烤着。色拉是用毒葶籽儿做的，用老鼠的嘴巴围着它摆了一圈儿算是花边儿，上头浇的是芹菜汁儿。细脖子水瓶里早灌满了酒和啤酒，那酒是坟墓中藏了多年的老酒，啤酒是泥沼女巫的酒窖里酿的。这份菜单算是挺像样的了。生锈的钉子和教堂窗上掉下来的碎玻璃片子就当是甜食了。

精灵王的王冠是用粉笔末儿擦亮的，只有那些学习最用功的男孩子的粉笔才能用来擦王冠，这样的粉笔可难找了。卧室里的窗帘是新洗过的，用蛇吐出的毒液粘在了墙上。到处都是忙忙碌碌的小精灵们，满山都响着他们奔走的声音。

"现在，我来烧一把马毛和猪鬃，就没我的事儿了，"老管家说。

"爸，亲爱的爸爸，"精灵王的公主们叫道，"为什么不告诉我们谁是贵宾呢？"

"好吧，这就宣布，"精灵王说，"你们当中有两个要结婚了。挪威的老巨人王要来了。他的城堡是用花岗岩砌成的，太大太高了，大厅的顶上总覆盖着白雪。他还有一座金矿。不过别小看他哟。他今天会把他的儿子带来，他们想结婚了。老巨人是个真正的挪威人，诚实，健壮，正直。我老早就认识他，在他的婚礼上我们交了朋友。他是来找咱们丹麦女人做老婆的，那女人是莫因粉崖国王的公主。不过她很久以前就死了。"

"我真想再见见这位老伙计呀。我听说他的一双儿子给宠坏了，脾气着实不好。谁知道呢，也许这是别人说坏话中伤他们。早晚会知道真相的。就看你们的了，教教他们怎么为人处世。"

"他们什么时候来？"大女儿问。

"那要看风大不大，天气好不好了，"精灵王叹道，"他们是坐船来。我想让他通过瑞典从地上过来，可这老东西守旧，跟不上潮流，非坐船不可，真不应该。"

就在这时，两团鬼火跑进大厅，一团比另一团火旺一些。

"他们来了，来了！"两团鬼火都喊道。

"把王冠给我，我要站在月光下迎他们，"精灵王说。随后他领着女儿们去接客人了。

他的女儿们撩起披巾，一路行着屈膝礼。挪威王来了！他的王冠是用冰做的，用松籽擦得亮亮的。他披一件熊皮大衣，脚蹬沉重的大靴子。他的两个儿子倒穿得不那么厚重：他们的衣领敞开着，没有穿吊裤带，看上去十分强壮。

"这也叫山？"小儿子笑道，"在挪威这只能叫地上一孔洞。"

"别犯傻，"老巨人王说，"洞是陷进去的，可山是鼓出来的。你们难道没长眼？"

令两个年轻人吃惊的是，这里的人们能懂他们的语言并也用这种语言说话。

"别冒傻气，"父亲骂他们，"要不人家会以为你们是昨天才出生的人，会把你们放在炉子上，一夜就烤干你们。"

他们进了大厅，宾客全在等候。他们来得太快了，让人觉得是风吹来的。人鱼和他的女儿们坐在灌满水的桶里，很有点像在家中一样随便。除了巨人的儿子，别人的吃相都很好。那两兄弟竟把脚放在餐桌上。可他们认为这没什么错儿。

"把脚放下来！"老巨人王怒吼道。

他的儿子们磨蹭了一会儿才听从了老父亲的话，总算把脚放下来了。可紧接着他们又用装在衣袋里从挪威带来的松塔把两位精灵姑娘弄得直痒痒。饭吃到一半，他们又把靴子脱了下来，说是让自己的脚松快一下儿，还把靴子交给精灵姑娘保管着。

老巨人王同他的儿子们纯粹是两类人。他给人们讲述挪威的群山，讲悬崖下奔腾的河流和汩汩的小溪。江河滚落到峡谷时，水声如雷，像什么乐器在弹奏。他还说，大马哈鱼能从最重最快的瀑布中钻出来，而河仙女则会弹金色的竖琴。他还让人们想象，在静静的冬夜，你会听到雪爬犁上铃声叮当当响起，看到年轻人滑冰，他们就那样手持燃烧着的火把在明镜般透亮的湖上滑着，那冰太清澈透亮了，你可以看到鱼儿在你脚下惊恐地飞逃。他太会讲故事了，似乎能让大家都听到大锯木厂的"嚯嚯"声，能听到青年男女们边跳边唱。

"哈哈！"巨人王突然大叫一声，猛然亲了精灵老太一口，大厅里的人们全听到了这一声亲吻。"这是哥哥的吻，"他说。其实他压根儿不是她哥哥。

现在，精灵姑娘们开始跳舞了。先是跳简单的舞步，然后是踢踏舞，最后是一种最难的舞，叫什么"伸胳膊扬腿舞"。又是转又是扭，让人分不清哪是胳膊哪是腿，哪儿抬起来了哪儿又落下去了。地狱马让这通儿乱舞给看得眼晕恶心，不得不离开，不看了。

"哇！"老巨人王叫了起来。"她们有一腿好功夫，跳得好。她们还会别的吗？"

"您自己看吧，"精灵王说着把小女儿叫到跟前来。这女子像月亮一样娇美，是姐妹们当中最娇小的一个。

她把一根白木头一口吞进肚里去了，她会这一手儿。

巨人王说他不愿让自己的老婆会这一手儿，并说他的儿子们肯定同意他的话。

第二个女儿会变个人影儿出来，站在那里像有影子陪伴着。这一招精灵和巨人都不会。

第三个女儿跟前两个完全不同，她曾经当过泥沼女巫的学徒，会酿啤酒，还会用萤火虫装点枯木头桩子。

"她能当个好媳妇儿，"巨人王冲她挤挤眼说。要不是他早喝了那么些酒，他真想为这个姑娘干一杯。

现在又一个姑娘上来了。只见她手持一把金色的大竖琴，一拨第一根弦，大家就全抬起了左腿，再拨一根，大家抬起了右腿。她让大家怎么动大家就得听她的。

"这个女人可危险，"巨人王说。他的两个儿子早溜了出去，他们对这一套烦透了。

"下一个，你会什么呢？"巨人王问。

"我学会了热爱挪威，"这个女儿呢喃道，"我非挪威人不嫁。"

可别的小女儿们却悄悄对巨人王说："她这么说是因为她读过一首挪威的诗，那首诗预言说全世界塌下去的时候挪威的大山也不会陷下去，它们仍旧会挺立着，成为世界的坟头。姐姐怕死，才说要嫁给挪威人的。"

"哈，原来是这样！"老巨人王笑道，"你露馅儿了。老七姑娘，你怎么样？"

"先让老六说，六在七前头，"精灵王说，他还会数数。

六姑娘太害羞了，不敢走上前来。"我只会说大实话，"她终于悄声说，"没人爱听实话的，所以我只顾为自己缝裹尸布了。"

现在该老七姑娘了，她是最小的女儿。她会干什么？她会讲童话，人们要听多少她就能讲多少。"瞧，这是我的五个手指头，你把每个手指头的故事都讲出来我听听，"巨人王命令说。

精灵女把他的手握在自己手中开始讲了。巨人王听着听着大笑起来，几乎要把肚子笑破了。该讲戴戒指的无名指的故事了，就在这时，巨人王叫道："行了，就这些了！我的手归你了，你就嫁给我得了！"

可小精灵女们不干，说还有两个手指头的故事没讲出来呢，一个是无名指的，另一个是小手指头的，这两个故事都不会长的。

"让它们等等吧，"巨人王说，"下个冬天我们再来听。到时你就给我们讲讲松树啦，白桦啦，霜雾啦，还有河仙女带来的礼物什么的。我们挪威人实在爱听好听的故事，可那儿的人都不怎么会讲。我们会坐在我的大理石大厅中，厅里点着松枝火把，用镀金的牛角杯喝蜂蜜酒，那牛角杯可是当年的海盗王用过的呀，河仙女儿一下子就送给我好几只哩。还有一个人名叫'回声'，是个又高又瘦的家伙，他会来给我们唱歌。他什么都会唱，挤奶女工赶着牛羊吃草去时唱的歌他都会。哈，咱们会好好乐一乐。大马哈鱼会跳出来砸在我的大理石墙上，哦，不过我可不让它进来。请相信我，挪威是个古老的地方，太好的好地方。咦，我的儿子们哪儿去了？"

是啊，他的儿子们呢？原来他们在野地里比着劲追赶那些鬼火，要吹灭它们，可它们是聚在一块儿搞火炬游行的。

"你们干嘛这么瞎跑？"他们的父亲骂道。"我刚给你们找了一个新妈。现在，你们可以在那一群姨妈当中挑老婆了。"

可两个儿子说他们现在只想喝酒、吹牛皮，根本不想结什么婚。于是他们就胡说八道着对喝起来，喝完了还把杯子口朝下倒过来，以示干了。然后他们就脱掉衬衫横躺在桌上大睡起来，他们说过他们从不"讲究礼数"。

老巨人王同新娘跳了舞，还换着穿靴子，换穿靴子比交换戒指要显得高雅。

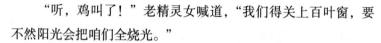

　　"听，鸡叫了！"老精灵女喊道，"我们得关上百叶窗，要不然阳光会把咱们全烧光。"

　　就这样，精灵山的山门关上了。可外头的蜥蜴们还在老橡树上爬上爬下。

　　"啊，我真喜欢那个挪威老巨人王，"一条蜥蜴说。

　　"我更喜欢他的俩儿子，"蚯蚓说，可是这个可怜的小东西没长眼，什么也看不见。

神奇的金鱼

1976　伊朗　埃尔汗姆·扎巴克赫特（Elham Zarbakht）
哈拉赫·扎巴克赫特（Haleh Zarbakht）

这篇文章的作者是家住伊朗首都德黑兰的两位小姑娘。**埃尔汗姆·扎巴克赫特（1965—）**，现在伊朗当医师；**哈拉赫·扎巴克赫特（1962—）**，现在德国当药剂师。

我能在书的神奇世界里旅行，同大树和清泉说话，真开心啊！我还可以到大巨人和魔术师的房子里去看看谁是好人谁是坏人。在书的世界里，我可以跟全世界的人交朋友，与主人公一起走遍全世界，与全世界的小朋友一起玩耍。

读书时，我就走进了一个神奇的世界，和小仙女们一起旅行。我坐在她们美丽的翅膀上，把我的愿望告诉她们，想要什么她们就给我什么。

我永远忘不了我读的第一本书。那是五年前，我得到了一本书，叫《神奇的金鱼》，那里头的画儿真是太美妙了，我一下子就给迷住了。第二年我上学了，会认字了，又开始读那本书上的字，学会了书上奇妙的话。从那以后，我就用心记住了这个故事，从此每天晚上我都对这条金鱼说说我的愿望，不过我要的东西从来不太多，我从来不敢胡思乱想。后来，我又读了不少好书，但是哪一本也比不上第一本。直到现在，我晚上上床时还想着它，以为自己是那书里幸福的渔夫。我把我的愿望说给那金鱼听，早晨起床后我就尽自己的全力让这愿望变成真的。

你呢，我从不相识的朋友，你也有这么一条奇妙的金鱼吗？

读书的快乐

1977　法国　雅克·夏尔庞特（Jacques Charpentreau）

雅克·夏尔庞特（1928—），法国诗人、诗歌编辑和法语教师，出版过多部成年人和儿童作品。

　　从前有个小小的手指头儿，它在书的森林里，沿着一条条字句的小路走啊走。

　　这个小小的手指头，它是一个男孩儿的，还是一个女孩儿的？没有人知道。它不停地走啊走，到处碰上好朋友：灰姑娘和鹅妈妈，比尔博①、穆哥利②和米什卡，穆米娜、爱弥尔③和福勒华④，

---

①　见《魔戒前传：哈比人历险记》。

②　见吉卜林《丛林书》。

③　见卢梭的《埃弥尔》。

④　见 Frances Hodgson Burnett：Little Lord Fauntleroy。

巴加博^①、彼得·潘和桑德拉，还有穿靴猫、宁与波琳娜……

一字字，一行行，一段段，一页页，它走啊走，直到书林的中心。一路交了越来越多的朋友，大家都走同一条路。一片树叶，又一片树叶；一个朋友，又一个朋友；一棵小草，一缕花香，一片开满鲜花的草地，眼前的大森林越来越美丽。

林地中央生长着最大的一棵树，最高的一根树枝上站着书鸟^②，一看到这小手指头，它就立即亮起歌喉：

"清晨旭日东升，我要放声歌唱，
这是生活的好时光；

中午阳光灿烂，我要放声歌唱，
这还是生活的好时光；
黄昏夕阳西下，我要放声歌唱，
这永远是生活的好时光；

夜晚群星闪烁，我在你的梦乡里歌唱，
歌唱你和朋友的欢乐，
这是自由、自由、自由的好时光！

生命的大书就这样写成，听我的，早点读它吧，
快乐的书，快乐之书。

你找到了我，我就会永远为你歌唱：

---

① 见 Henry Bosco: Bargabot。
② 书鸟是 IBBY 会刊的刊名。

读—读书，读—读书，读—读书。"

如果你去书林漫步，定会遇到很多好朋友。在那永不落叶的最高的枝头，书鸟会为你和我日夜不停地歌唱：读—读—读书，读—读—读书，读—读—读书。

（杜惠玲译自法语，黑马根据英译修订）

书中有一个活生生的世界

1978　澳大利亚　柯林·提利（Colin Thiele）

柯林·提利（1920——），澳大利亚儿童文学作家。他的小说《风暴中的孩子》是儿童文学的"经典作品"，小说改编成电影后受到世界各国的好评。

在澳大利亚南部的一座农场上，住着一个小男孩儿和一个小女孩儿。

六月里，湿润的土地上泛着青青的麦苗；可到了翌年一月①，火热的阳光烘烤着大地，青草就都被晒干了。

农舍是用石头筑成的，住室外面环绕着一圈宽大的回廊。屋

---

① 澳大利亚地处南半球，气候与北半球截然相反，六月相当于我们的十二月，一月则相当于我们的盛夏。

里有一间很大的厨房，地窖里贮藏着好多熏猪肉、火腿、鸡蛋、奶油、果酱和腌黄瓜。那时还没有电灯，没有收音机和电视，也没有冰箱。

厨房的壁炉上是一条长长的壁炉台，台的边上摆着一座胖胖的大钟，一只钟摆在忙忙碌碌地摆动着，看上去真像哈姆提·达姆提①坐在墙头儿上优哉游哉地晃着一条腿。座钟旁边堆着一大堆杂乱的书籍，一本比砖头还要重的大《圣经》和一些关于《圣经》里人物的故事书，书中有不少彩色插页。另外还有各种画册、园艺书及人畜医书。故事书就更多了。一到晚上，男孩和女孩就和父母一起坐在油灯下一遍又一遍地品读这些古旧的书，直到能背诵这些故事为止。

农家小院儿是个好玩的地方。院子里养着猪、火鸡和鹅，狗的尾巴打着弯儿，雄火鸡耀武扬威像一条条傲慢的大船，鹅的脖子就像长长的胶皮管子。那小女孩儿还养着一匹矮个儿小马，那马太漂亮了，皮毛金黄金黄的，好像阳光就睡在里面一样。

可是，有一天，这一切在一小时之内都被毁了。当时，一阵北风呼啸而来，附近的山里起了一场大火。火舌像血红的洪水向峡谷和山脊蔓延，席卷了围场，吞噬了农舍和棚子。树木烧成了一座座火塔，马厩里和猪栏里的牲口都被烧死了。那匹小马也死了。农夫和全家人不得不躲到地下储水窖里去逃生。待他们爬出来后，地上什么都没了，只有红色的余烬和黑灰。

孩子们紧紧地靠着父亲，他们的母亲独自啜泣着，她双手捂着脸，双肩颤抖着。

"都完了，"她说，"都完了，全完了。一切，连书都没了，《圣经》也没了。"

---

① 一首民歌里的主角，长得又矮又胖，像一只鸡蛋。

"我们要重建家园，"父亲镇静地说，"既然我们的家园是自己建的，我们就能重建。孩子们也会帮忙的。"

"可你不能让死者复活！"她说，"你再也读不到烧毁了的那些书了，除非产生奇迹。"

"世界上有奇迹，"他说，"天上一下雨，青草又会长出来；烧焦了的树上又会发出绿色的叶子来，甚至灰烬中还能再生出新书来。"

这位父亲是对的。人们成群结队地从远方来帮助这家人。新房建成了。一些人扛来了木头柱子，拿来了锤子和钉子，做成了篱笆；还有一些人送来了羊羔、牛、猪和母鸡；还有人送来了椅子、被褥、水桶和盆子。他们还带来了书——《圣经》《新约》《旧约》和故事书，不久，这兄妹俩的藏书就比从前多了。

他们永远忘不了这一切：这场大火，他们的逃生和重建家园。直到今天，尽管事情已经过去好长好长时间了，他们仍然记得这些。他们甚至把这些写了下来，载进书中，于是他们的书的故事就在一本书中流传下来了，人们读了他们写的书，理解了他们并分享他们的想象。这个世界——宇宙中的整个世界——永远活在书中。有些东西，因为离我们太远、藏得太深或者超越了我们的想象，也许我们在实际生活中永远也看不到。可是，我们可以在书中发现它们。江河可以奔流，猛虎可以腾越，在一页页书中。第25页里也许会爆发一座火山，第36页上坠落一颗星星，第92页上也许会升起一架喷气式飞机。或许室外正有一场暴风雪，可是我们却在宁静的阳光下散步——在书中。

书之奇妙，并不仅仅在于它写的是真实世界，还在于它是头脑幻想的产物；书之奇妙，还在于其非凡的魔幻性，我们可以靠自己找到金苹果，长出魔术般的豆茎并参观耸入云天的城堡。我们可以见到矮妖精、大巨人，可以看到海妖从海里跃出，还可以看到外星人。我们甚至可以看到几百万年前或几百万年后的事。

在书中，我们见到好多人：非洲人和亚洲人，格陵兰人和危地马拉人；人们从大沙漠和森林中来，从深山和平原来；我们见到了婴儿和小男孩儿，教师和邮递员，木匠和小丑，女孩儿和园丁，还有叼着古色古香的烟袋锅儿的白胡子老爷爷。他们活在书中有几百年了。他们永远也不会真的被毁灭掉——这就是农场大火的故事所要说明的问题。

发现了一些版本，就可以更多地印刷，所以旧的书又被赋予了新的生命，如同澳大利亚的沙漠上野火烧过的种子中又生出了植物一样。这就是为什么被烧成灰烬的农舍里又重新装备了书籍。人就是这样重新装备自己的头脑的。

再稀奇的东西也能收进书里。生活中数不清的简单东西书里都有：风在沙漠上吹出的平滑形状，云在风中的星星间互相追逐，雨点儿在街上蹦跳着就像一个个微小的舞者，还有我们手巴掌上的纹路。复杂的东西也有：火箭发射器，电脑，还有我们自己身体里不可思议的化学作用。伤心的事儿：孤独与死亡，奇妙的物种永远从地球上消失了。快乐的事儿：小猫咪打滚儿，鸟儿展翅飞翔，小马驹尥蹶子。逗乐的事儿：人追自己的帽子，椅子散架子了，爷爷的假牙掉拖鞋里咯他脚指头。痛苦的事儿：那些撕心裂肺、热泪盈眶的事。

一切广阔、美丽、可怜、愉快、悲哀和奇妙交织在一起的世界，整个活生生的世界，都融于一本本书中。

你觉得咱们今天该品味哪一部分呢？

书，友谊的源泉

1979　保加利亚　阿森·波谢夫（Assen Bossev）

　　1979 年是联合国确定的国际儿童年。阿森·波谢夫（？—1997），多次被保加利亚提名角逐安徒生奖，是 IBBY 保加利亚分会主席。

　　一个小男孩在读一本书。

　　"你喜欢这本书吗？"人们问他。

　　"喜欢，很喜欢。"

　　"谁写的？"

　　男孩指着封面说："是安徒生。"

　　"汉斯·克里斯蒂安·安徒生？他是个什么样的作家？"

　　"他是我的作家，我喜欢他。"

　　"只是你一个人的吗？"

"不，也是我的朋友的。伙伴们都读他的书。"

"别的国家的小朋友们也读他的书呢。"

"那他们就也是我的朋友。"

真的，任何一本好书都能让人们紧密地联系起来，让人们成为同一个母亲的孩子。好书就是培养友情和人的情操的母亲。

不久以前，在保加利亚的一个小城举行的作家与读者的春季见面会上，一个聪明的孩子问我："你小时候最喜欢读的是哪本书？"

"我喜欢的书可多啦，有保加利亚人写的，也有外国人写的。当然有安徒生的啦，也有伊林·彼林的。有一本书是波兰作家亨利克·显克维支写的，书名叫《扬克是个音乐家》。"

"哦，是这本书？"一位外国同行感叹道。"我上学时也喜欢扬克。"

"那就是说我们老早以前就是朋友了，"我说。孩子们听了都鼓起掌来。

我猜呀，在这个世界上我有好多好多这样从不相识的朋友，我们挚爱着同样的一些书。我们同被书中主人公的事迹所着迷，我们同样爱着那些小兔子、小狐狸、小熊、小夜莺、大象和大狮子……我们都同情那些受压迫的人。

许多国家都有狡猾的彼得兔和逗乐的人，他们让我们同样开怀大笑。我们都疾恶如仇，又都崇尚美德。

现如今，给青少年看的新书越来越多了，这些书写的是家乡的事，也写大千世界。而好书才能成为孩子的终身伴侣，它们为孩子们未来在生活中奋飞插上翅膀。人们对童话的喜爱从未减弱过，因为童话点燃了想象的火苗，激发了孩子们的高贵情思以及对正义和友谊的渴望。我记得著名苏联作家塞穆伊尔·马尔夏克这样说过："如果我们要培养孩子们对别的国家的友好感情，就该让他们先读民间故事。因为民间故事中蕴含的民族精神最能让孩子产生亲情。亲情是终生永存的！"

民间故事和古今伟大作家的书教会我们如何尊重人、智慧和美德。

好的书就像清洁的甘泉，滋润着爱美之心，让爱和友情充溢人的心扉。

就是在那个小小的保加利亚城市的见面会上，我问孩子们："如果我给你们一根魔杖，你们会拿它去做什么？"我听到的是动人的回答：

"我们会为人民做好事。"

"我们会弄坏炸弹，让世界上再也没炸弹。"

"让世界变成和平的天下。"

我们只是作家，没办法给小读者们魔杖，但我们可以写出一部部好书来，帮助他们去实现自己的梦……

在国际儿童图书节和国际儿童年之际，让我们这样祈祷：

多一些书，多一些友谊的源泉。让所有的孩子都来畅饮这样的泉水——为了和平的生活，为了幸福的童年和光明的未来。

节日快乐！

书，世界之窗

1980　波兰　乌杰奇·祖可洛夫斯基（Wojciech Zukrowski）

乌杰奇·祖可洛夫斯基，曾任 IBBY 波兰分会主席和安徒生奖评委。

亲爱的孩子们：

你们的父母一定常警告你们："别靠近窗台！""别开窗户！""别往外探身子！""会掉下去摔坏你的！"可我却跟他们唱反调！我鼓励你们向窗外看！不过这可是另外一种窗户。透过这扇窗户，你可以看到更多更多的东西，相比之下，从你家的窗户往外看到的东西则太少了。

你打开这扇窗户，看看别的孩子们怎么玩，怎么学习，怎么劳动，看看他们都有什么奇怪的爱好。光这还不够，你该全面地了解他们。透过这扇窗户，你可以看到世界的七大洲。捧起一本书来吧，坐在椅子上，听它开始给你讲故事！相信我，它有好多好多的话要对你说。不过，它一直在耐心等你，直到你有时间时才跟你讲。想想那些远方的朋友吧，他们有黄皮肤的，黑皮肤的和棕色皮肤的，他们正睁大明亮的眼睛看着你呢。他们也像你一样，坐着或蹲着，听他们的妈妈讲故事。他们住在与你家不一样的房子里，玩着另外一些样子的玩具。他们穿的衣服样式更奇特！虽然他们说另外的语言，可他们却友好地向你张开双臂，你明白吗？透过我这扇窗户，你能看到更广阔的地平线，看到新的国家。

书，是世界之窗！

选一本你喜欢的书去读吧。书读得越多，你对世界越了解。你生长在这个世界中，你还要改变它，让它变得更美好。让它变成一个友爱与和平的世界，变成一个充满美丽的书和幸福的孩子的世界。你们可以帮助人们促进这样一个世界的到来。我希望你们自己去开启更多更多这样的窗口。精心选择你们要读的书，选择那些能一读再读的书吧！

我叫乌杰奇·祖可洛夫斯基，是你们的波兰叔叔，我就是为孩子们写书的人。

你们的波兰叔叔
祖可洛夫斯基
于华沙

读书怡情

1981　德国　阿基姆·布罗格（Achim Broger）

阿基姆·布罗格（1944—），德国著名儿童文学作家，曾数次获奖。

　　大约在我九岁那年。一天，我放学回到家，母亲和哥哥都出门到城里去了，家里没别人。我拿了一本书，躺在沙发上看起来。从那一刻起，我不再孤独，似乎有一扇门向我开启，书中的人开始来看我。

　　现在我长大了，开始写书了。我那九岁的儿子像我儿时一样，常拿本书躺在沙发里看。他进入了书的世界中，与书中的人共同生活，共同游戏。他与他们一起感受世界，同甘共苦。

　　读书可以怡情。我一遍又一遍地认识了这一点。我的孩子和其他人也有同感。我问他们道："是什么使读书成为你们的一大乐事?"他们的回答是各式各样的。

读书可以怡情……因为你可以想象自己是怪诞故事中的某个人……因为你尽可以伴着书中的故事梦幻……因为有了书你就不再孤独……因为读了书你既学了知识又有所发现……你可以随时拿起书来重读……书就像你的好朋友……有时书还可以令你大吃一惊……一句话,可以在你头脑中形成一幅图卷,让你尽情地想象……因为在书中你找到了那些你曾百思不得其解的东西。

有个孩子对我说:"有时候我夜里躺在床上,屋里会发出吱吱的响声,把我吓得浑身发抖。我赶紧爬起来读书,读着读着就不怕了。"对这样的孩子来说,读书也是一种娱乐,是在可怕的夜晚里的一种需要。当然对这个孩子来说,读书远非仅仅是娱乐。

在国际儿童图书节之际,我希望,不仅儿童们要读书,不仅儿童们要用儿童图书来自我消遣,大人们也该这样,也该重新发现读书的乐趣。这样,大人们甚至会发现,他们还没有忘记儿时的渴望与梦幻。

在国际儿童图书节之际,我祝愿大家有更多更多的书:令人激动的书,日常用书,好玩的、逗趣的、惊异的、探讨问题的、知识性的、怪诞的书……

读书是一种娱乐,但又不仅仅是娱乐。我们应该让所有的孩子分享这种乐趣。

书——和平的太阳

1982　塞浦路斯　基卡·普切里奥（Kika Pulcheriou）

基卡·普切里奥（1934—），塞浦路斯著名女作家，IBBY 塞浦路斯分会主席，曾获该国政府奖。

孩子们都爱画这样的太阳：它长着圆圆的脸和大大的眼睛，咧着嘴笑着。

我小时候就这样画太阳，今天的孩子仍然这样画太阳。因为，孩子们都爱笑，爱欢乐，爱和平。

有一回我给一个小姑娘讲狼和"小红帽"的故事，没想到故事讲完后，她哭了。

"我不愿意让狼吃掉'小红帽'，"她说，"我愿意看到他们成为好朋友。"

我好不容易才对她说清楚，这不是真的，只是一个童话。可我还是发现，这小姑娘完全沉浸在这个童话中了，她在童话世界中所经历的残酷和屈辱使她更加渴望爱和友情。

我凝视着自然界的太阳把光和热洒向大地，心想，还有一个太阳可以温暖和照亮人们的心。这另一个太阳就是书，它有强大的力量，可以从我们心中驱走仇恨和悲哀，让我们的心中充满爱和友情。

每一本好书都是一颗和平的太阳。每一页都是一缕阳光，给人们带来欢笑，这欢笑在孩子们的儿歌中，在麦子金黄的穗穗儿中，在小鸟儿的鸣啼中，在飘动的云朵儿中。

除此之外，书还能给予我们一种信念——小小地球上的人都是兄弟姐妹。你只需有一本书在手，读着书，你会感到你的心平静了，开阔了，从而你可以去拥抱整个世界了。

通过读书了解别的民族的生活方式、风俗习惯、历史和文明，是熟悉别人的第一步，熟悉则是爱和相互理解的基础。

即使是像那个小姑娘为童话中的"小红帽"流泪，那泪水也应该是渴望和平的泪水。

我记得我国有个小女孩对我说过：

"如果我来统治世界，我要把战争变成节日，把带刺的铁丝网变成长满玫瑰的栅栏，让黑暗变成光明，让仇恨变成爱。"

这是个多么美好的梦，它给我们巨大的希望。不过，请别忘记，梦想不会在一夜间变成现实，战争、苦难和贫穷是人类犯下的错误。

让我们齐心协力去广为传播图书吧，当我们都有了书时，孩子们脸上才会绽开笑容，跟他们画出的太阳的脸一模一样。

儿童是明天的世界。书是照亮世界的和平阳光。

吃饭与读书：大家的需求（图画）①

1983　委内瑞拉　莫尼卡·多波特（Monika Doppert）

莫尼卡·多波特，出生于德国，后移居委内瑞拉，曾任安徒生文学奖评委，后返德国从事绘画事业。

---

① 1983 年的国际儿童图书节献辞是这幅图画。详见：1983 年国际儿童图书节海报。

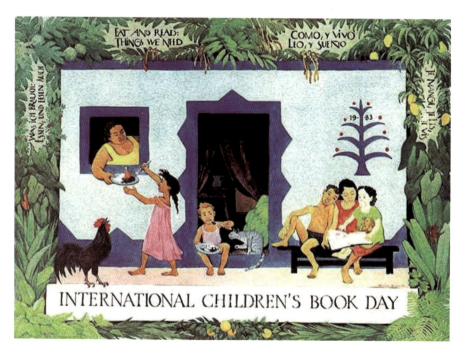

1983 年国际儿童图书节海报

书和屋

1984　巴西　莉吉亚·波隆戈·纽尼斯（Lygia Bojunga Nunes）

莉吉亚·波隆戈·纽尼斯（1932—），曾是该国巡回演出公司的演员，获 1982 年安徒生奖。

对我来说，书是生活的一部分；即便在我儿时，它们也给我一个归宿，给我食粮。

书和我的关系是这样的：当我玩搭房子时，书就是砖瓦。我用它们垒成墙，搭成台阶，把它们左斜一下右斜一下搭成房顶。房子搭成后，我从门中爬进去，坐在自己的屋子里。我再搭别的房子时，我想的只是房子的大小。可后来我开始注意墙上的文字了。我越长越高，我的头顶破了屋顶，可我想的不是修补屋顶而是墙上的文字。

书，丰富了我的想象力，也使我的知识一天比一天丰富起来。

书带我游遍了世界，看到了许多东西：圆顶茅屋、宫殿和摩天大厦，我愿意看什么就看什么，书里都有。这是太美好的享受，是在分享世界上的美，我对此习以为常了。后来读书变成了我生活的一部分。我提的要求越多，获得的也越多。

终于有一天我感到我该把我获得的这些东西分享给别人。从此我开始为一个小孩儿制造我自己的砖瓦，用我的砖瓦和别人的砖瓦一起去建房子，建好后住进去，那又是一个书的世界。

书和世界

1985　奥地利　克里斯蒂娜·诺斯特林格（Christine Nostlinger）

克里斯蒂娜·诺斯特林格（1936—），奥地利著名女作家，获 1984 年安徒生奖。她的作品以强烈的社会批判性著称。

这世界上合理的事儿太少，几乎每件事都不合理。

生活只对极少数人来说是优越的。而对多数人来说，生活是悲惨的。成年人贫穷，孩子们就更贫穷了。

现在，我们更需要去呼吁，去斗争，去和别人联合起来，去改变世界，而不是去读书。可是，为了改变世界，你必须先了解它是怎么回事。你必须能够分清是非，不受谎言的欺骗。人们也会用文字来撒谎的。一旦谎言成了文字，就容易辨认它是对是错了。

不少人都说电视让人变迟钝，书才让人聪明，这当然不大对。

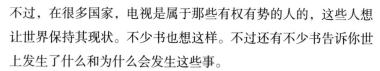

不过，在很多国家，电视是属于那些有权有势的人的，这些人想让世界保持其现状。不少书也想这样。不过还有不少书告诉你世上发生了什么和为什么会发生这些事。

书可以帮助你发现你该呼吁些什么，为什么斗争，与谁联合，何时开始改变世界。书可以在这方面起到别的东西所起不到的作用。

谁也不许偷走太阳

1986　捷克斯洛伐克　卢多·莫利斯（Rudo Moric）

卢多·莫利斯（1921—1985），斯洛伐克人，斯洛伐克"儿童图书之友"协会主席。他的《猎人的背包》已被译成 16 种文字出版。曾被捷克斯洛伐克多次提名角逐安徒生奖。

当阳光普照大地的时候，世界是多么美丽啊！大街小巷清洁明亮，树木青翠欲滴，鸟儿在引吭高歌，鲜花吐艳，芬芳宜人。可当乌云遮住太阳时，世界变得黯淡无光，鸟儿消失了，歌声停止了，花儿也垂下了头。

太阳是光和热的源泉，是我们生命的源泉。如果没有太阳，就没有青草、树木、昆虫，地球上就没有了生命。

谁也不许偷走太阳。它属于我们大家，它更属于儿童，他们最需要阳光，有了阳光他们才能成长，享受生活的奇迹，了解自

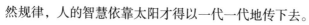

然规律，人的智慧依靠太阳才得以一代一代地传下去。

可是，有些恶人却要偷走太阳。

有两种乌云可以遮日。

一种云能给世界带来赋予生命的细雨和晶莹的雪花儿。这样的云暂时遮住太阳并没坏处。相反，只能有好处。地球上的每一样东西要成长、要开花，不仅需要光和热，还需要水。雨云把生命之水馈赠给大地，阳光又会对我们露出和蔼的笑脸，对着一个清洁、新鲜的世界微笑。

可还有一种云可以永远遮住太阳。这种乌云是可怕的具有毁灭性的烟雾，就像一朵朵巨大的蘑菇云。这种云总有一天会把太阳永远地从我们身边偷走。这乌云不仅要偷走太阳，还要偷走生命。它们要消灭这个美丽的星球上所有的生命。

我们绝不允许这些可怕的乌云偷走我们的太阳。太阳就是生命，它属于我们大家，谁也没有权力偷走它。它属于所有的儿童，有了它，孩子们就可以在阳光下玩耍，阅读我们为他们写的新书，成长为这个世界上聪明、正直的公民。

这就是我为联合国教科文组织宣布的国际和平年所写的献辞。我们作家以名誉担保，我们要和一切爱好和平的人们保卫太阳，不让任何人把它从天上偷走。

太阳属于儿童，愿它永远照耀我们幸福生活！

儿童·书·世界

1987 苏联 谢尔盖·米哈尔科夫（Sergei Mikhalkow）

谢尔盖·米哈尔科夫（1913—），苏联当代著名作家，曾任苏联作协主席。IBBY 俄罗斯分会主席。多次被苏联提名角逐安徒生奖。

　　一位高个子男人走在古城的大街小巷。他有点驼背，走路的样子像是在追赶自己的帽子。人人见到他都冲他微笑。他就是那位大故事家安徒生。

　　多少年过去了，可他还在继续走着，从一座城到另一座城，从一个国家到另一个国家，可他永远也追不上自己的帽子。他对边界的界桩看也不看一眼，因为他觉得它们没什么意义。他只是把自己的爱、智慧和希望给予人们。

　　当你和我读安徒生的童话时，我们的目光似乎都凝聚在同一颗星星上，尽管我们居住在不同的大陆上。我们都嘲笑他童话中的那些愚蠢的国王，祝福灰姑娘，为那个锡兵的毅力和信念感到欣慰。

任何好书，不仅会成为一个人的精神财富，还会使人们相互靠近，因为它在我们心中唤起温暖和高尚的情操。而我们从未像今天这样需要团结。

我相信，我们要的都是同样的东西——永久的和平与正义。正因为这样，安徒生的话才在读者的心中鸣响，就像他昨天才说过一样："我的心渴望和平……战争是个讨厌的怪物，它靠喝人血过日子，它把城市都烧光了。"

为了与这个恶魔斗争，你不仅要勇敢，还要正直、善良，有同情心，心灵手巧，活泼快乐。

相信我，一本好书是你的朋友和伙伴，可以帮你获得这些优秀的品质。

魔毯

1988　澳大利亚　帕特里莎·拉伊森（Patricia Wrightson）

帕特里莎·拉伊森（1921— ），澳大利亚著名儿童文学作家，1986年度安徒生奖获得者。

很久以前，人们一生中只在一个地方生活。偶尔出一次门，也不过是徒步或坐马车到邻近的镇子上去一趟。路远，怪累人的，因此，他们很少出去。

偶尔会有一位旅行家踏着泥泞的路跋涉而来，或是一位卖针头线脑、发带和珠子的小贩，或是去征战的士兵，或是一位从海上归来的水手。这些过客会把他们所见所闻的稀奇古怪的事讲给人们听，人们听得可认真了。人们渴望了解世界。

对一生足不出户的人来说，别的地方就是新奇的。他们听说过白鲸和美人鱼，红色或蓝色的人，塞满珠宝的山洞和巨鸟。这

些故事虽然千篇一律，但个个儿都是那么奇妙，听来那么传神。他们不知道世上别人都怎么生活，不知道白鲸何以会像美人鱼一样歌唱，也弄不清钟乳石和宝石以及大鹏和鸵鸟之间的区别。

他们听说有一位了不起的旅行家拥有一块魔毯，他往魔毯上一坐，这毯子就会顺着他的意志在天上飞来飞去，想去哪儿就去哪儿。这故事可太迷人了。足不出户的人相信这是真的。

时光飞逝，地球围着太阳绕了一遭又一遭，终于来了一些发明家。"没有的事儿，"发明家们说，"压根儿就没有什么魔毯。"接着他们造汽船、汽车和飞机，有了这些东西，人们就能轻而易举地周游世界了。他们还造出照相机来拍照片给别人看。

这场变化可真了不起。现在人们知道与他们同居一球的其他人了，知道围着太阳转的地球是什么样的了。这真像是同所有的人都成了邻居——几乎是，并不完全是。

"照片是平面图，"人们说，"你看不见接下来发生的事儿。我们不能整天满世界转，我们得工作，得照看孩子呀。再说，成天旅游太费钱了。有的人根本就无法旅游。我们需要坐在家里看世界"。

"那好，"发明家们说。于是他们又发明了会动的图片，还配上正确的色彩和真实的声音。"把这台小设备放在你屋里，"他们说，"你就能看世界，听世界上的声音，看接下来都发生什么事儿。"

人们为这新设备高兴。每在晚上下班后他们就从它那儿看世界上发生的事儿。可不久，又有人不满足了。"这些画面还是不生动。"他们窃窃私语道，"你无法感受，你看不见它后头有什么。"

发明家听到这话生气了，因为他们干得很苦还遭人非议。就在这时一位哲人路过这里。他停下来听到人们的悄悄话。

"抱怨可是不够礼貌啊，"他说，"发明家们够不容易的了。为什么你们不使用自己的魔毯呢？"

"魔毯！"人们嘲弄地叫道，"那是老皇历了！发明家说世上压根儿没那物件儿，他们什么都知道。"

"没有万事通的人，"哲人说，"每人都有一块魔毯，只不过它藏在你们的头脑中。发明家也不知道这一点。这魔毯可以带着你满世界飞，你坐在家中的椅子上就能知道好多激动人心的事儿。你可以感受一切，可以看到每件事物的背后，会知道下一步会发生什么。你足不出户就可以访遍所有国家的人。"

"那，"人们抱怨说，"我们无法让这魔毯从脑中飞出来，怎么办呢？"

"你们需要一把钥匙，"哲人说，"什么钥匙开什么锁。我这儿就有一把，拿出试试看。"说着他送给人们一本书。

智慧罐

1989　加纳　格拉夫特·汉森（J.O.de Graft Hanson）

格拉夫特·汉森（1932— ），古典文学教授，加纳儿童文学基金会主席，曾获 IBBY 表彰榜提名。

　　一个月色皎洁的夜晚，爷爷舒舒服服地坐在他最喜欢的院子角落里，叭咂着烟袋锅儿沉思。晚饭以后，这里一片宁静。不一会儿，就到了讲故事的时候了，家里的和邻里的孩子们很快就聚到他跟前。爷爷开腔道："孩子们，你们知道书能给你和世界上其他的孩子们带来什么吗？"

　　他环视四周，只见孩子们一张张脸上露出专注但迷茫的表情。他接着说："我先不讲故事，先告诉你们，为什么你们要阅读你们从图书馆里借到的和父母为你们买的故事书。"

　　他说，故事书向孩子们讲的是男人、女人特别是孩子们的事，这些事可能是真的，也可能是想象出来的甚至是怪诞的。

爷爷又提醒他们说，故事书唤起孩子们的好奇心，激发他们的想象力，用冒险、危险和思念引起他们的恐惧感，然后又用好的结局让他们松一口气。他还说，书还帮助孩子们分清是非，还帮助他们培养美感。"好书，"他说："为孩子们做这一切好事。"

"下回，你们要告诉我你们最近读的什么书和你们的读后感。"说着，爷爷在椅子中直直腰道："现在，我来给你们讲个故事。

"很久很久以前，传说有个大蜘蛛叫安纳塞。他要把世界上所有的智慧收入一个罐子里。这样的话，就谁也比不上他聪明了。他真的把他认为是智慧的东西全装进罐子中，把罐子绑在肚子上，要爬到树上去把罐子藏起来。可肚子上顶着个罐子爬树可太难了。

"这时正好有个小姑娘路过这里。她看到安纳塞这副样子，惊讶地说：'你怎么肚子上顶着罐子爬树啊？把罐子背在背上不是更好吗？'这话，确是聪明主意。安纳塞惊奇地发现，他闹了半天竟没有收尽世上的智慧，看来世上还有人比他更聪明。想到这里，他生气了，一下子把罐子摔了个粉碎。"

孩子们听到这故事，大笑起来。爷爷等他们笑好了，又说："安纳塞收集的智慧就这样散到了世界各地，各处的人都分享点智慧。"

爷爷的故事实在精彩。可有个男孩子站起来提问题了："爷爷，您讲过不少好故事，今天这个也很好。您为什么不把它们写成一本书，让世界上的孩子都分享呢？"

爷爷挪动椅子，从嘴里拔出烟嘴儿说："孩子，说得对，我已经把它们写成一本书了！"说着缓缓转身从椅后拿出一个盒子，抽出几本书来。

"啊，书！"孩子们叫道。爷爷给每个人一本书，说："去读吧，读完后再给你们的朋友读！"

路

1990　加拿大　莫尼卡·休斯（Monica Hughes）

莫尼卡·休斯，出生于英国，1952 年移居加拿大。曾被加拿大提名角逐安徒生奖和 IBBY 表彰榜。

很久以前，一群爱冒险的孩子从"无知城堡"中飞快地逃了出来。黑夜降临了，夜空中响着可怕的噪声，鬼影恍惚闪动。原来他们这是进了一片漆黑的老林子，迷路了。他们找不到出路，只能相互依偎着取暖，等待着天明。

黑夜终于过去了，太阳升起来了。孩子们惊奇地发现，他们正在一条岔路口上，眼前有无数条路向远方伸延开去。每条路都是那么曲曲弯弯，让你看不清前面都有些什么，你只能猜想拐弯处藏着什么。

"我走这条路，"一个小男孩说着踏上了一条小径。不一会儿他就走到了一座中世纪的城池前，那城墙好高好高，墙上飘着好些旗帜。他勇敢地跨进那座城门，去冒险了。

"这条路看上去好迷人，"一位小姑娘说，"我猜得出拐弯的地方有什么好东西。"她走上了这条路，不久就登上了一条宇宙飞船，越飞越高越远，飞向银河系的中心，眼瞅着太阳系变得越来越渺小了。

又一个孩子大叫："我要去找一把神剑，杀死那个把我们关在'无知城堡'中的坏巨人。"

"我也去，"有人响应道。于是他们并肩踏上了与坏巨人作战的道路。

"我想看到全世界，每个家、每个人我都想看见。我要听人们怎么说话，要跟他们的孩子一起玩耍……"

"我要知道这个世界是怎么一回事！为什么树叶落下来而星星却掉不下来。我什么都想知道！"

不一会儿，孩子们都走了，只剩下一个小姑娘。她的眼睛盯着一条洒满阳光的路，又看看旁边的其他小径。不少路已经有人走上去了，还有一些路在等待人们去探索。

她的手触摸到一棵树干，树皮非常光洁。她大喊："这个地方好神奇，我真想知道它的名字叫什么。"

那条金光闪闪的路回答说："我的名字叫图书馆。"

书，黑暗中的萤火虫

1991 希腊 雷娜·卡萨奥斯（Rena Karthaios）

雷娜·卡萨奥斯（1913—），希腊著名女诗人，曾获 IBBY 表彰榜提名。

　　每当我和我哥哥一起读一本好书时，我们的花园里就会飞过一只小小的萤火虫，它那微弱的亮光一下一下地在园子里闪亮。我和哥哥那么爱读书，书读得越多，萤火虫就越多，在很短的时间里我们的花园里就满是萤火虫那金色的光点了。这真像一幅活生生的锦绣，每绣上一针就亮起一星小小的光芒，这些光点点啊，陪伴着我们度过了一个个漫长的冬夜。

　　但是，我们兄妹二人不曾知道，当我们开心地读书时，我们周围正进行着看不见的无声斗争。我们甚至不曾想到，那些小小的萤火虫正以它们微弱的金色光点为武器驱散随时要围困世界的黑暗。

先是邻居，然后是全村的人开始猜测和询问：为什么萤火虫都愿意到我家的园子里过夜而把黑暗留给他们？我哥哥终于有一天忍不住把这个秘密告诉了他们："是我们兄妹俩把萤火虫引到自家园子里来的，"他说，"我们是用书把他们引来的。"我也对他们说："每一本好书都是一只照亮黑夜的萤火虫，它永远不会熄灭的。"

听了我们的话，乡亲们开始自己去找好书了，不一会儿就在村图书室门口站起了长队。男男女女，老老少少，都说要书、要书、要书。美好的读书时光到了，看啊，一座座庭院，一个个阳台，一座座屋顶上全是萤火虫，闪着小小的金光，照亮了一树树叶子，照亮了教堂的塔楼。突然，天都让萤火燃着了——哦，是雨点般的书悄无声息地从天而降，落到中心广场上。那是一大团多么美的火焰啊，是一只只萤火虫敏感颤抖的身体在闪光，聚成了这样大团的火焰。它们闪烁着，就像一些永恒的价值在闪光：爱，善，自由，美，温柔，正义，它们给生活以深刻的内涵，给我们匆匆而过的人生以意义。

我们兄妹俩是一对书迷，读起书来就上瘾。

我们这样对吗？

人们怎么看我们？

您怎么看，怎么想？

米丽安，一个爱书如命的女孩

1992　哥伦比亚　比拉·洛扎诺（Pilar Lozano）

比拉·洛扎诺（1951—），哥伦比亚著名记者。

　　有个八岁的女孩，名叫米丽安·赫尔顿。她腼腆地表示："我不喜欢这个名字，因为同学们给我起外号，管我叫'米丽安·抱抱我'①，真让我脸红。"说着，她那张圆圆的小脸果真就红了。

　　我是在公共图书馆的儿童馆里碰上她的。管图书的年轻人告诉我："这孩子是最用功的小读者。每天下午一放学她就上图书馆来。"

　　"你为什么来得这么勤呢？"我问她。

————————————

① 在英文中"赫尔顿"的发音与"抱抱我"的发音很接近。

"一来这儿我就特高兴！"小姑娘歪歪头说。那表情的意思是"没别的意思，就是高兴。"

当然，她高兴，是因为她是个爱书的小书虫。而她母亲是个清洁工，从来也没钱给她买一本故事书。

"你喜欢读什么样的书？"

"什么样的都喜欢！"她耸耸肩膀说，"长大了，我还要当作家当艺术家。"

这小姑娘太爱书了，她想出一个办法把这些书永远留在自己身边，这就是背书。是的，她一个故事一个故事地背了下来，把这些故事全装进了自己脑袋里，她那浓密的黑发就是给这些故事镀的美丽的花边儿。

学校的同学们都知道她最会讲故事，在课间的几分钟里和西班牙语课上，总会有一群人围住她听她讲故事。她于是就喃喃地向大家讲起来。

米丽安有个同谋，叫西罗，是管图书馆的。

"你能不能告诉我妈说，每个星期六我都得来图书馆？"每到星期五儿童馆关门之前她就跟西罗耳语。"在家我要干好多活儿，她不让我来。"

认识米丽安后我给了她一本书，说："把它给你的老师，让她把书轮流借给孩子们，每天给一个人。孩子们每天晚上睡觉前躺在床上看一会儿书，然后就可以做梦了……"

小姑娘把书紧紧地抱在胸前，垂下头像亲玩具一样亲着书。我从来没见过这样爱书的孩子。她又问：

"等大家都看过了这本书，谁来保存它呢？"我看到这时她的黑眼睛里闪烁着一丝希望的光芒。望着她那张微笑的小脸，我猜得出，米丽安家中没书，没有玩具娃娃，更没有玩具熊。

几天以后，我给米丽安寄去两本书做礼物。她随后给我寄来了一封信，说："我真没想到你会记着我。"

　　我永远也忘不了那个叫米丽安·赫尔顿的八岁女孩儿，她爱书就像爱玩具熊一样。

书：昨天的故事，明天的秘密

1993　伊朗　马赫多赫特·卡什果里（Mahdokht Kashkouli）

马赫多赫特·卡什果里（1949—），古伊朗文化学博士，著有 15 部著作，其中 4 部著作获国际国家奖。

日出之前，孩子们在跑来跑去。他们爬上了山顶，大山戴着白帽子静静地坐着。

一个小姑娘说："把你的帽子借给我吧。"

大山问："干什么用？"

小姑娘说："戴上它，我就没影儿了，就可以到光明花园中去了。"

大山又问："那以后呢？"

"我到藏秘密的屋里去找我的书。"

"好吧，"大山说，"有两个条件：第一，你必须在日落之前把帽子还给我。第二，你必须告诉我你发现的秘密。"

说完，大山把帽子摘下来给了小女孩，小女孩戴上帽子就消失了。她乘风越过沙漠和大海，径直来到一座城堡。城堡有七个大门，每个门都有一个兵把着。最后一个兵给了她一把神奇的钥匙。她打开门，把钥匙揣在兜儿里就进了城。

城堡里有一个花园。她进去后发现，花园里铺的不是砾石，而是星星。正中有一间砖房，一块是月亮做的砖，一块是太阳做的砖。房子有两个门环，一个是隐秘的，另一个则有声音，她屏住呼吸站了一会儿，敲响了"秘密"那个门环。门开了，令她大吃一惊：她看到了无数美丽的地毯，上面满是鲜花、树木和会唱歌的小鸟，像真的一样，她真想伸手摘几朵花下来。可她没有，她怕耽误了时间。她小心翼翼地穿过几间房子，来到一间有七把锁的屋前。她掏出钥匙，一个个把锁打开。进了屋后，她快活地大叫起来。原来屋里有给全世界孩子的书。她走过一个个书架，寻找着自己的书。突然她发现屋角里有一部大书。她走过去，看到书面上写着《奥秘之书》。小姑娘打开书，第一页上印着一张地图，指导人们怎样逃脱黑暗走向光明之塔。第二页上标着从月亮到大海的捷径，还标着金星暗河的位置。再翻下去，讲的是各种不同的疾病，其中一种病叫"无知"，还讲了治这种病的办法呢。

她自言自语道："好啊，我就把这本书带走吧。"可这书太重了，连拿都拿不起来。她朝窗外看去，太阳已开始落山了，她得去了，大山还在等她还帽子呢。于是她赶紧飞快地翻下去，最后一页上这样说："明天属于儿童，懂得这一点的孩子就不会害怕黑暗了。"

她恋恋不舍地放下书，乘风回去了。她的朋友们在等她呢。

她把帽子还给大山，大山笑笑说："小姑娘，这一趟玩得好吗？带回什么来了？"

她高兴地回答："我看到一本大书，像你一样大。上头写着好多事儿。我想把它带回来，可它太沉，搬不动啊。"

大山问："上头写着什么？"

"最后一页上说：明天属于儿童。"

大山很难过，低下了头。但它还是抬起头来说："好吧，过去的东西归大山，峡谷啦，河水啦，都归大山；让未来归儿童吧。"

这世界属于读者

1994　美国　凯瑟琳·佩特森（Katherine Paterson）

凯瑟琳·佩特森（1932—），生于中国。其父母是美国传教士，日本侵略中国后全家迁移回美国。主要作品有《通向特里比西亚的桥》和《了不起的吉利·霍普金斯》等。两次纽伯利奖和美国图书奖得主。1998年安徒生奖得主。

我心目中的英雄之一是一个叫弗里德里克·道格拉斯（Frederick Douglass）的美国人。道格拉斯出生于1817年，是马里兰州的一个奴隶。后来他成了一个废奴主义者，一个政治家，当上了林肯的顾问。在他的自传中，道格拉斯说道，小时候女主人教会了他英文字母并开始教他认简单的字。这事被男主人发现了，一怒之下禁止他妻子继续教小弗里德里克。教奴隶读书既不合法，也不安全，他说："从此就无法让他一辈子当奴隶了。他马上会变得难以管制，对他的主人来说就没用了。对他自己来说，这也没什么好处，只能有很大的坏处，因为他会从此感到不满、不幸。""从那一刻起，"道格拉斯说，"我明白了怎么从奴役走向自由……尽管知道没老师自学有多难，我还是满怀热望、盯准目标开始学着读书，不管付出多大代价也要学……"

另一个美国英雄是生在欧洲的物理学家阿尔伯特·爱因斯坦（Albert Einstein）。有个女人问他道，她的儿子有数学天分，她怎么帮儿子成为数学大师。爱因斯坦回答说："对他读过去的神话名著，用这个来开拓他的想象。"

第三个美国伟人是女诗人艾米丽·狄金森（Emily Dickinson），她有一首诗这么写道：

没有什么大船像书一样
　　把我们载向远方
没有什么骏马像一页
　　奔腾的诗行
把我们驮向远方
最穷的人也能如此纵横驰骋
　　无需艰辛跋涉
这辆战车多么简朴
　　载着人类的灵魂驶向远方

对弗里德里克·道格拉斯来说，读书是他从奴隶到自由的途径。一旦获得自由，他便参加了解放所有被奴役人们的斗争。对爱因斯坦来说，故事是拓展他想象力的手段，于是他开始自问宇宙本质的问题，而在他之前从来都没人想到过这样自问。至于艾米丽·狄金森，她很少离开自己的家，于是书就成了船，诗歌就

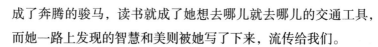

成了奔腾的骏马，读书就成了她想去哪儿就去哪儿的交通工具，而她一路上发现的智慧和美则被她写了下来，流传给我们。

这世界属于读者。通过读书，我们可以去任何地方——去世界上随便哪个国家或去远方的星球。通过读书，我们可以深入到自然的神秘中去，我们甚至可以探索别人的头脑和心灵呢。等待我们的是多么大的财富啊！我们唯一要做的就是：打开书，翻页儿。

书：共享的感受

1995　日本　渡边茂男（Shigeo Watanabe）

渡边茂男（1928—），日本作家、翻译家，曾任 IBBY 副会长，曾获 IBBY 表彰榜提名。

有一次在图书馆，我遇到一个孕妇在翻看图画书，边看边仔细地挑选。她充满希望的幸福感向四周放射着，就如同笼罩在一圈明亮的光环中。我想，这是个真正的准母亲，她在同未出生的孩子交谈，在向孩子哼着歌儿，她甚至在向孩子读着故事呢。我想象着那孩子在她柔软温暖的腹中一边踢腾着一边倾听着母亲的声音。当他们是一体、亲密无间时，母子之间正开始形成的纽带是那么令人心热。

我也曾经在母亲柔软温暖的膝上听她唱歌、哼摇篮曲，让父亲壮实的双臂拥抱着，听他讲英雄冒险故事。我要听民间故事，总会有疼爱我的爷爷奶奶或外公外婆满足我的愿望。上小学时，我们有位老师，一到下雨天就让我们抛开课本，他则从口袋里掏出一本平装书，给我们读奇妙的希腊神话。儿时听过的故事伴随我们终生，想起故事就想起来当初讲故事的人。

所以故事对我来说特别重要：它们让我心定，打开了我的眼界，教我学得文雅，能忍受孤独，也培养了我的勇气和毅力。我有了自己的家庭后，我和我的妻子把这种美妙的感受传给了我们的孩子。我们紧紧地拥抱着孩子们，给他们读优秀的故事，这样共同度过的时光十分幸福，是任何别的享受都不能替代的。

讲故事我们依赖的是书，我们通过一起读书发现了共同的朋友，探索新的想象天地，而且走遍了世界。父母和孩子一起翻过的书页，就如同我们心灵的家，在那里我们寻到我们精神的起点，从而书成了父母和孩子之间特别强壮的纽带。

我对书的力量坚信不疑。书以耐用的印刷方式将人们的叙述记录了下来，有时配以插图，其形式之简单，任何人都可以接近它。书这东西，想什么时候读、想在哪儿读都行。图书可以让人们心心相通，超越时空，甚至超越语言和文化。阅读既是孤独的也是与世上他人共享的活动。如果世界上的孩子都学会识文断字，如果世界上所有的人每人哪怕只有一本书呢，那些折磨我们世界的战争和冲突就会大大减少。

书是通向内心世界的通行证

1996　丹麦　比尔涅·路特（Bjarne Reuter）

比尔涅·路特（1950—），丹麦著名作家，获1984年度和1994年度安徒生奖提名，1990年获安徒生奖非常提名，入围2002年度安徒生奖决胜名单。

有一回我去阁楼上拿装着圣诞树饰物的纸盒子。阁楼里潮湿黑暗，我不得不带上一盏防风灯，我翻找金属星星、玻璃球和形状像胖胖的小天使样的蜡烛台，找着找着却让一只箱子绊了一下。那箱子上捆着粗粗的绳子。我想挪动那箱子，可它很沉，样子又神秘，像是禁止别人打开似的。藏在这么个地方，还捆得这么紧。我毫不犹豫地割断了绳子，立即整个阁楼里"哗"地响了一声，似乎是有翅膀拍打着阁楼一般。随后我看到了一堆一堆的书。这些书有的大，有的小，上面积着厚厚的尘土，看上去怪模

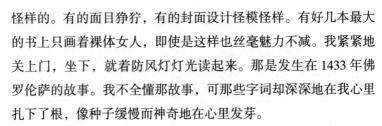

怪样的。有的面目狰狞，有的封面设计怪模怪样。有好几本最大的书上只画着裸体女人，即使是这样也丝毫魅力不减。我紧紧地关上门，坐下，就着防风灯灯光读起来。那是发生在1433年佛罗伦萨的故事。我不全懂那故事，可那些字词却深深地在我心里扎下了根，像种子缓慢而神奇地在心里发芽。

第二天我又上了阁楼。这回我读的是一个完全不同的故事，说的是芝加哥一个毒死别人的人。一个人被另一个恶毒的杀人犯追赶着在城市的小街僻巷里奔跑着。星星在他们头上闪烁，就如同在我头上闪烁一样。那些星星在窄窄的一线天上鬼鬼祟祟地冲我眨着眼。我一口气跑出小巷子，几乎喘不过气来了。

十天之后，我合上书，开始思考我是怎么奔跑着穿过芝加哥的一条条街巷的。

我是站在世界的屋顶上的。手里有一本书，我不仅能去芝加哥或佛罗伦萨，而且能去种子发芽并且变成我自己的一部分的地方。想明白了这一点，我竟然在算术课上放声大笑，在夜半时分醒来浑身是汗，还会在爷爷给我讲《十戒》时憋着嗓子逗笑说：说得好，哦，大智大慧的人！说得好啊，世人之父！

光明与阴影的童年

1997　斯洛文尼亚　鲍利斯·诺瓦克（Boris A. Novak）

鲍利斯·诺瓦克（1953—），斯洛文尼亚卢布尔雅那大学教师，曾获 IBBY 表彰榜提名。

I

成年人听到字词，但不倾听字词。

成年人阅读字词，但不感受字词。

成年人说话，但不品话。

成年人写字，但不嗅字。

成年人说话时并不注意

　　　　　　　说出的字词。

所以，字词悲哀而孤寂。

成年人使用字词，但不热爱字词。于是

字词受到扭曲，成了陈词滥调。

儿童就不同。儿童与字词游戏。

在游戏中把扭曲的字词扳正。

游戏中他们拂去老字儿上的锈迹，恢复
字词本来的青春光彩。

游戏生出了新的字词，那是闻所未闻的新生命，
新鲜而美丽。

儿童倾听字词，字词是人类之声的音乐。

儿童感受字词：软，硬，圆，还是尖？

儿童品字儿：甜，咸，酸，还是苦？

儿童嗅字儿：字儿是花儿上的花粉。

儿童爱字儿，所以字儿也爱儿童。

Ⅱ
成年人观看色彩，但看不见色彩。

成年人感知形状，但不理解形状的语言。

成年人生活在光明中，来自光明，但从不
在意光明。

成年人身影很长，可他们从不
与影子游戏。

成年人占有很多（其实是过多）的
地界儿，可压根儿不想那
地界儿有多大。

成年人闭着眼睛看世界。

于是地界儿

在缩小，影子没了，光暗了，色儿褪了，形状消失了，
默默地。

儿童就不同。儿童
大睁着双眼盯着
　　　　世界，对什么都好奇。
儿童与色彩游戏，与形状游戏。
游戏中他们拂去了
　　　　褪色上的浮尘，还之以
　　　　　　生就的光彩。
游戏中生出了新的形状，闻所未闻、前所未有
　　　　　　　　新鲜而美丽。

儿童看得见色彩。色彩是光明的
　　　　　　　　童年。
儿童懂得形状的话：
　　　　　　温柔？尖刻？活泼？哀伤？
儿童感受，儿童呼吸，儿童看得见
　　　　　　　隐匿的光明。
光明是世界之母。
儿童当然也有短短的身影，可他们
　　　　　　　跟身影游戏。
阴影是瞎子，所以光明才能
　　　　　牵着它们的手走，
　　　　　就像儿童。
儿童对空间和它的辽阔好奇。
儿童爱画儿，所以
　　　　画儿也爱儿童。

Ⅲ

每个诗人都是一个大孩子。每个孩子都是一个
　　　　　　　　　　　　　　小诗人。
每位画家都是一个大孩子。每个孩子都是一个
　　　　　　　　　　　　　　小画家。

Ⅳ

这篇献辞是写成了诗，是一首赞美诗，赞美儿童无限的创造力。不幸的是，我们无法用诗来结束这篇献辞。因为儿童所遭受的痛苦过于深重，是无法掩盖的。所以我才在结尾打破诗意，是出自对儿童的未来负责、对我们这个唯一的世界负责。

我在萨拉热窝这座美丽的城市遭到野蛮围困的时候去过那里。那可怖的毁灭场景中最让我震惊同时也是最让我欣慰的，都是那里的儿童。我看到到处都是儿童，每个角落里都有。他们在玩耍，在追球，捉迷藏，随便拿根棍子就玩打仗的游戏。即使当成年人在真正互相射击时，他们照样玩。每看到这情景，我的血都发凉，因为离他们最近的狙击手只在一二百米开外，而且谁都知道，狙击手特别喜欢向小脑袋射击！这是一种犯罪，在这个可怕的战争中，这是最恶毒的罪行！一个成年人怎么会把孩子当射击目标。世界在这个地方完结了！

我的感情是矛盾的：我为孩子们的生命担心，可也懂得萨拉热窝的孩子们是多么想玩儿。经过几千天的战争，在地穴里躲了几千夜（对孩子们来说每天都像一辈子一样长），孩子们要动弹、要玩耍的冲动占了上风。他们就是想来到院子里，来到大街上，要奔跑，要玩儿！

尽管第二次世界大战后还是个孩子的我也经常"打仗"，看到萨拉热窝的孩子们那么个玩法我还是不寒而栗，因为我们都知

道，孩子的游戏反映的是成年人社会的关系，木头枪代表的是战争的野蛮！在波斯尼亚，在卢旺达，在索马里，在中东，在库尔德斯坦和车臣，都是这样。

所以，我希望我写的那些赞美儿童创造力的话也同样成为为儿童玩耍的正当权利进行的祈求。作为一个不能再真实的警告，希望成年人不要把他们的童年变成地狱。让我们都尽自己的一份力，让孩子们免受苦难！希望孩子们快快长大吧！

我们唯一的世界未来命系于此。

打开书，魔术开始

1998　比利时　巴特·莫伊亚尔特（Bart Moeyaaert）

巴特·莫伊亚尔特（1964—），比利时作家。两次获安徒生奖提名，2002 年入围安徒生奖决胜名单。

太阳会照耀
雨水会滂沱
爱会仇视
最残酷的战争。

女孩会改变
男孩可能不变。
一切都会发生
在一个情节里。

春天到
三、五、六
字儿会唱
无声的歌。

幽灵会纠缠
心灵会滴血
一切会发生
在你读书时。

书有完
笑永驻。

我的书，我的爱

1999　西班牙　米古尔·安吉尔·费尔南德斯 – 帕契克（Miguel
Angel Fernandez–Pacheco）

米古尔·安吉尔·费尔南德斯 – 帕契克，作家，插图画家和
平面造型设计师。通过竞赛胜出成为 IBBY 西班牙分会为 1999 年
国际儿童图书节写作献辞的作者。

我知道你的年纪
你承受着几千年的岁月重负。

我懂你的心
它向无数的造访者开敞
　　　　　几十亿次
在图书馆里被成千上万的人分享。

我知道你被禁了
　　　　无数次
还时常被焚毁。

可我爱你
就如同你昨天才新生，
就如同你只属于我一个人，
就如同你指望我
来救你。

我怎么能不爱你，
因为我今生今世就活在
你的光你的影里，
我经常做梦
手捧着你，
多亏了你，
我才躲避了苦难
才能面对正义，
你终于成了
我整个的记忆
甚至
我同类的整个记忆！

因此我感到
我从儿时就爱你
我将来会更爱。
所以我高呼

国际儿童图书节献辞（1967—2022）

你是最好的工具
让我获得自由
让所有人获得自由。

我承认我显得
有点失态，
人们或许会嘲笑
这样的坦言……
可情人都如此这般。

其实我不羞赧
反而骄傲
为那些不眠之夜
有你伴我身边……
为那种兴奋的颤抖
每次当我和你相遇……
为丢了你感到的伤心，
为找到你感到的欢乐，
甚至为那种紧张
不知所措
当你不在手边。

我承认爱让我盲目
我坦白：男人获得的
一切
你最伟大，也最美好，
我的书，
我的爱。

诀窍在书中，书就是诀窍

2000　芬兰　汉尼尔·霍威（Hannele Huovi）

汉尼尔·霍威（1949—），曾三次被芬兰分会提名角逐安徒生奖。

我坐在大艾尔德的脚下，听他唱歌，既好奇又焦急。他的歌声能让石头变轻，漂在水上。他一唱，很多小岛就都漂浮到湖中央了。他能把星星唱得躲进天空里去。他一唱，所有的东西就都调了个儿。

"什么时候我能成为一个真正的巫师？"我拉着他那身巫衣上的绒帽子问。

"快了，"大艾尔德支吾一句又开始唱了。

这时他的猫身上的毛开始闪光，尾巴翘了起来。它是看到什么了，而我却看不到。

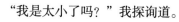

"我是太小了吗？"我探询道。

"那倒不是，"大艾尔德说完继续唱。

一只游荡的鸟儿扑棱着翅膀飞到巫师的肩上，开始用它的尖嘴梳理翅膀上的羽毛。鸟儿歪起脑袋，眼睛盯着我。

"我是不是太矬了？"我问。

"不，这跟高矮没关系，"大艾尔德说完接着唱。

他直唱得树梢都哼起歌来。他把风都扯过来，于是我们让咆哮呼号的狂风包围了。呼啸的风把干枯的枝丫刮到地上，狂舞着的林子令人胆寒，我忙弯下腰去看自己的脚。

"我的脚趾头太小了吗？"我问。

"什么？"巫师问我。

他惊诧地看着我。树林停止了咆哮。

我让巫师看我的手指头和脚指头。

"巫师的手要比别人大吗？"我问。

"不，"大艾尔德说着莞尔一笑。

我从一簇草丛里掐了一朵小花儿闻了闻，那花儿散发着一股清香。

"巫师的鼻子要比别人大吗？"我问。

"不，"大艾尔德说着几乎笑出声来。

我好奇到了极点，也不耐烦到了极点。我再也不能等了。我天生是个巫师，可我没有力量。我不知道怎么控制自己的力量。我看着那闪亮的猫毛。巫师施过巫术的石头在空中飘荡着。我决定再问一次。

"我什么时候能成为……"我开了口。

就在那一刻，大艾尔德猫下腰来，从他的袋子里摸出一本书。他狡黠地笑道："诀窍儿在书里，书就是诀窍儿。"

书中自有一切

2001 匈牙利 伊娃·扬尼可夫斯基（Eva Janikovszky）

伊娃·扬尼可夫斯基（1926—），曾任匈牙利分会主席，获提名角逐安徒生奖，曾任安徒生奖评委。

书里能有些什么呢？这是我三四岁时坐在外祖母的书店小凳子上困惑不解的问题。我的外祖母坐在收款台边，我母亲则在柜台后边迎接顾客。在母亲身后有好几排书架，高到了房顶。店里有一架大梯子，梯子顶是弯的，钩在一根铁条上，这样梯子就可以从右滑到左，连最顶上的书都能够得着。

可别以为在店里我会憋闷得慌！每来一个顾客我都会猜他是想要书架低处的书呢，还是高处的书。我母亲既聪明又麻利，她知道店里每一本书的位置。赶上顾客要高处的书，她会爬梯子上去，从最顶上把那些蓝皮、红皮或紫皮的书给顾客取下来。我觉得妈妈真能，也越来越想知道书里能有些什么。低处那些蓝的、红的和紫的书里满是黑字，可没有一本像我的书里面有好看的图画。

家里每个人都读书，妈妈、爸爸、外祖母和外祖父都读。我看到他们低着头都看书，有时他们会笑，有时脸色严肃，有时会激动地翻动书页。我想知道他们读书时都怎么了。我跟他们说话，他们似乎跟没听见一样，如果他们总算听见我说话了，那样子就像是他们从什么地方回来似的。可他们为什么没带我去那个地方呢？

书里都有什么呢？他们有什么秘密没跟我分享呢？

后来我学会了读书，我知道书的秘密了。书里什么都有。不仅有小仙女、小妖精、王子和坏巫婆，还有你和我呢。咱们的欢乐、忧愁、希望和忧伤；善和恶，真和假，自然和宇宙，什么都有，都在书里。

打开你的书吧！让它们把全部的秘密都跟你分享！

攀登书的阶梯

2002 奥地利 雷内·威尔斯（Renate Welsh）

雷内·威尔斯（1937—），出版过 60 部著作。现任 IBBY 奥地利分会主席。三次获奥地利提名角逐安徒生奖。

一个女孩坐在美丽的花园里，花园四周围着高高的大墙。她是一人独处。别问我她是怎么来到花园里的，也别问是谁给她送吃的。我不知道。

这女孩感到孤独。

这墙的某个地方一定有门吧，她想。于是她顺着墙缓缓地走起来，手在石头上摸索着，可她找不到裂纹，没有缝隙，没有开口。她敲敲墙，试试声音，可敲遍了，到处声音都一样。

女孩坐在花园中间的大树下。高天上掠过一群鸟儿。

突然她身边出现了一本书。在第一页上挺立着一个大大的 A，它边上是一个红红的苹果（apple），一只蚂蚁（ant）和一条鳄鱼（alligator）。第二页上是字母 B，边上是一个球（ball），一头熊（bear）和一只鸟（bird）。

当这女孩学会了所有的字母后，天上又飘下了第二本书，第三本，第四本，第五本……女孩把书从头翻到尾，每本书的飒飒声都不一样。她闻了这些书，每本书的味都不同。起初女孩只是学字母，后来字母开始形成字词，字词变成了句子，最终成了故事。女孩读啊读。她骑上了大象和骆驼，她划上了独木舟，她坐着爱斯基摩犬拉的雪橇在冰上飞驰，她坐进了皇家城堡里的金椅子上，又踏上了印第安人圆锥形帐篷里的五彩地毯。当然最重要的还是书里的孩子们，开心的孩子，忧伤的孩子，腼腆的孩子，莽撞的孩子，张狂的孩子，恬静的孩子。

女孩儿在想象这些孩子们。读书时她就和他们在一起，可当她伸手去摸他们时，却发现只有她自己，因此感到伤心。

这时她想出了一招儿。她把书一本一本地摞起来，搭起了一道假梯子，高得足以爬上去朝大墙外眺望。

她看到墙外还有一个花园儿，里面也坐着一个孩子。

"你好呀！"女孩子招呼着那个孩子。

那孩子朝上看过来并张开了他的双臂。女孩儿下到她自己的园子里，抱了一些书，把它们垛在墙头上。那男孩儿头枕着胳膊正哭呢。

"小心！"女孩儿叫了一声，就把书一本本地扔下去。书像树叶一样飘落到草地上。随后女孩儿又上上下下七个来回，把书运上来再丢给男孩儿，于是男孩儿在自己的一边也搭起了一道梯子，随后一阶一阶小心翼翼地爬上来。

两个孩子伸出双臂拥抱在一起，笑了。然后他们在墙头上坐下，两腿荡来荡去。

书：迷人网络中的世界

2003　巴西　安娜·玛俐亚·马查多（Ana Maria Machado）

安娜·玛俐亚·马查多（1941—），生于里约热内卢，当过画家、记者、大学讲师，开过书店。1969年出版第一部作品，此后出版了100多部成年和儿童作品。曾名列 IBBY 表彰榜，获得过拉美和欧洲一些国家的文学奖。荣获2000年安徒生奖。

我那会儿还是个小孩儿，但我不知道我几岁……

我的个子刚刚长到父亲的桌子那么高，能把胳膊放在桌面上，把下巴搁在手背上。在我眼前摆着一座小雕像，那是一位瘦削的骑士手握一杆标枪，骑在一匹更瘦的马背上。后面跟着一匹矮小的驴子，上面坐着一位矮胖子，那人手里拿着一顶帽子，似乎很快活的样子。

我问父亲他们是谁，父亲介绍道："是堂吉诃德和桑丘。"

我想知道他们是怎么回事儿，他们住在哪儿。结果我知道了，他们是两个西班牙人，在一本书里生活了好几百年了。然后我父亲放下他手里的事儿，从书架上拿下一本巨大的书来，一边给我看里面的画儿一边给我讲那两个人的故事。

其中一幅插图画的是堂吉诃德置身于书堆里。那是谁住在那些书里呢？我问。

从父亲的回答中我知道，世上有各种各样的书，书里有各种各样的人。从那以后，我的父母帮助我了解了很多，有荒岛上的鲁滨孙，有小人国里的格里弗，有森林里的罗宾汉。打那以后我发现，公主啦，小仙女儿啦，大巨人、精灵、国王、巫婆，三只小猪、七头小羊、丑小鸭和大坏狼，这些我从民间故事里听来的耳熟能详的人和动物，也住在书里。

我能识字读书以后，就轮到我住在书里了。我在书里认识了全世界的童话人物，从中国到爱尔兰，从俄国到希腊，全都有。我们著名的作家蒙泰罗·洛巴脱写的故事简直就成了我生命的一部分，我干脆就生活在那些故事发生的啄木鸟农场上了。那是一个自由的领土，没有边界。从那里很容易就能到密西西比河上去找到汤姆和哈克[①]，去法国和达达尼昂一起骑马[②]，与阿拉丁一起迷失在巴格达的市场里[③]，和彼德·潘一起飞向虚无岛，和尼尔斯骑着一只鹅飞越瑞典，和爱丽丝一起穿过兔子洞，和皮诺曹一起让海怪吞掉，与亚哈伯船长一起追捕白鲸莫比·迪克[④]，与布拉德船长一起到七大洋去航行[⑤]，与朗·约翰·西尔沃一起去探

---

① 见马克·吐温作品。

② 见大仲马《三个火枪手》。

③ 见《一千零一夜》。

④ 见麦尔维尔《白鲸》。

⑤ 《布拉德船长》，20世纪30年代轰动世界的一部好汉题材电影。

宝①，与菲力斯·福格周游全世界②，与马可·波罗一起在中国住上个把年，与人猿泰山一起生活在非洲，与小海蒂一起上山顶，与英格尔斯一家住在大草原上的小屋里③，与奥利佛·特威斯特在伦敦，或与柯塞特一起在巴黎受剥削，与简·爱一起从火里逃生，与英里克和加罗涅一起去库里学校，与基姆一起跟着圣人去印度④，和乔·马什一起梦想当作家⑤，与皮特罗·巴拉一起去巴西亚的山和海滩加入沙滩上的船长的行列⑥。就那样生活。没有边界，没有年龄的界限。从这里滑到那里，一切都被一张结实的网连在一起。

就这样，从一点一滴开始，我从很多个世界里蹚出了我自己的世界。在我写的书里，我与其他人一起分享我内心里生活着的一切。

---

① 《金银岛》中的海盗。
② 见《八十天环游世界》。
③ 见《草原小屋》。
④ 见吉卜林《基姆》
⑤ 见《小妇人》。
⑥ 见若热·亚马多的小说《沙滩上的船长们》。

书的光芒

2004　希腊　安吉利基·瓦里拉（Angeliki Varella）

安吉利基·瓦里拉（1930—），毕业于雅典大学历史与人类学专业。出版过 30 多部著作，翻译过 20 多部著作。其重要作品有《希腊与我》和《九个来电与一只兔子》等。多次获国内奖，并于 1990 年被希腊提名角逐安徒生奖。

这两个孩子喜欢玩地球仪。他们把它扒拉得转了一圈又一圈，他们闭上眼，把手指随便指向地球仪的某个地方，如果指到的是北京、马达加斯加或墨西哥，他们就会到图书馆去找讲这个地方的书来读。

他们喜欢读书，乐在其中，他们窗口的灯光一直亮到深夜。

是借着书的"光芒"，他们发现自己就在中国的长城附近，与海盗一起倾听着大海的涛声，住在古埃及的金字塔旁，与爱斯基摩人一起在冰封的湖面上滑雪橇，亲身参加古代的奥林匹克运动会并戴上了用野橄榄枝做成的花冠。

每当他们困了，那些故事，那些传奇，那些地方，那些作家和英雄们就在梦中混作一团，温柔地哄他们睡去：伊索会在埃菲尔铁塔的最高处对沙赫拉扎德背诵他的寓言，而克里斯托弗·哥伦布则会听汤姆·索耶讲他的在密西西比河上的一条小船上的恶作剧，爱丽丝则会同玛利·波平斯一起在幻景里旅行，安徒生会在金字塔外面对蜘蛛安纳塞讲他的童话。

玩地球仪和读书让孩子们十分开心，这样的活动似乎永远不会停止。他们学会了在书页之间航行和探险。他们的"灯光"帮助他们征服整个星球，体验不同的文明、时代，羡慕这些文明和时代的丰富多彩。简而言之，他们可以体验他们屋子以外的广漠世界。他们可以飞向任何地方，旅行，做梦。

当然了，他们总是忘记关灯就睡了！

"你们还不睡觉啊？"父母会冲他们嚷。"都什么时辰了？关灯！"

"我们关不上！"孩子们会大笑地回答。"书上的光没法儿关。"

书是我的魔眼

2005　印度　曼纳拉玛·贾法（Manorama Jafa）

曼纳拉玛·贾法，印度儿童作家与画家协会创始人，1990年后任 IIBY 印度分会主席。她用印地语和英语写作出版了很多儿童书籍，曾任 IBBY 执委会委员，多次获国内外大奖 。

　　很久以前，在古老的印度，有个叫卡比尔的小男孩。他喜欢读书，很有好奇心，满脑子都是问题。为什么太阳是圆的，为什么月亮的形状变来变去的？为什么树会长高？为什么星星不会从天上落下来？

　　卡比尔在用棕榈叶子写成的书里寻找答案，这些书是有学问的圣人们写的。他读遍了他能找到的书。

　　有一天，卡比尔正聚精会神地读着一本书，他妈妈把一个包给他，说："把你的书放一边儿去，把这些吃的给你爸送去，他肯定饿了。"

卡比尔手里拿着书站起身来，拣起饭包走了。走在林子里崎岖的小路上，他还在读着书。突然，他的脚踢到了一块石头上，他跌了一跤，倒在地上。他的脚趾头流血了，可他站起来，还是接着读着他的书，目不转睛。他又碰到一块石头上，摔了一个大马趴。这次比上次摔的厉害，可棕榈叶子上的文字让他忘了伤痛。

猛然间眼前闪过一道光，随之他听到一个女人悦耳的笑声。卡比尔抬头看过去，发现一个身穿白纱丽的美丽妇人正冲他微笑，她的头上闪烁着一圈光环。那妇人是坐在一只美丽的白天鹅身上的，一手握着一卷闪亮的卷轴，另外两只手握着维纳琴（一种印度弹拨弦琴）。她向他伸出第四只手来，说："孩子，你对知识如饥似渴，很让我感动。我要赐给你点什么。说吧，你最想要什么？"

卡比尔敬畏地眨着眼睛。原来他面前的这个妇人是知识女神萨拉瓦蒂呀。于是他双手合十，鞠躬道："女神，请赐给我的脚两只眼睛吧，让我走着路也能看书。"

"那好吧，就这样，"女神赐福给他。她抚摸了卡比尔的头，就消失在天上的云彩里了。

卡比尔低头，看到脚上两只眼睛在眨着，高兴地跳了起来。他在弯弯曲曲的林间路上跑着，眼睛还在看书。

凭着他对书的热爱，卡比尔成长为印度最有学问的圣人。人们都知道他智慧超凡。他还有一个名字叫查克舒巴德，梵文的意思是"脚上长眼的人"。

萨拉瓦蒂是神话里的知识、音乐和口才女神。

这个古老的印度传说讲的是一个男孩发现知识是写在棕榈树叶上的。

书是我们的魔眼，它给了我们知识和信息，引导我们在生活艰难崎岖的路上跋涉。

书的命运写在星球上

2006 斯洛伐克 让·尤里西扬斯基（Ján Uliciansky）

让·尤里西扬斯基（1955—），斯洛伐克剧作家、小说家、导演，布拉迪斯拉发表演艺术学院副教授。主要作品有《雪人岛》《我们抓住了爱玛》《松鼠沃伦尼卡》和《初学乍练先生》。以下是2006年国际儿童图书节献辞。

　　成年人经常会问这样的问题：儿童不再读书了，书会怎么样呢？或许答案是这样的：

　　"我们会把书装进巨大的宇宙飞船里，送到其他星球上去！"

　　哇！

　　不过，书确实像夜空中的繁星。世界上的书太多了，数不胜数，而且大多书离我们太远，我们都不敢去抓它们。还是想象一下子吧，如果有那么一天，发自我们精神世界的那些书都消失了，再也不释放出人类知识和想象力的能量了，那世界会如何漆黑一团啊！

天啊！

你会说，儿童无法理解这类科幻小说吗？那好，让我回到地球上，回忆一下我自己童年时代的书吧。反正我凝视着北斗星时就想到了这个，我们斯洛伐克人管北斗星叫"大马车"。我的很多宝贵的书都是马车运来的。这就是说，那些书并不是先到了我的手里，而是先到了我妈妈的手里。那是战争年代。

有一天，妈妈站在路边上，迎面咣当咣当驶来一辆马车，那辆运草的车上装满了书，摞得高高的。车夫告诉妈妈说这些书是他从城里的图书馆里拉出来的，要把它们送到安全的地方去，免得被战火毁了。

那时候妈妈还是个渴望读书的小姑娘儿，看到那山一样高的书她立即眼睛一亮。在那之前她只见过马车装干草或粪便。对她来说，一辆装满书的马车简直就像童话一样。于是她鼓足勇气说：

"请问，能从那一大摞书里拿一本给我吗？"

那车夫笑着点点头，从车上跳下来，解开了一边的绳子，说：

"掉地上多少，你就可以往家拿多少！"

说话间，马车上哗啦啦掉下很多书，掉在尘土飞扬的路上，一转眼那辆奇怪的车就消失在拐弯处了。我妈妈把书拢起来，心怦怦直跳。掸去书上的尘土后，她发现，里面居然有一整套《安徒生童话故事》。那五本颜色不同的书里，一幅插图都没有，可那些书就是神奇地照亮了让我妈妈害怕的一个个夜晚。她怕黑夜，是因为在那场战争中，她失去了自己的妈妈。晚上读安徒生童话故事，每一篇都带给她一线希望的光芒。读完故事，她半闭着眼睛，睫毛之间就出现了一幅静止的画卷，那画卷就长在心头上，从而她能安静地睡上一会儿。

　　岁月流逝，这些书到了我的手里。我走在生命的尘土飞扬的路上，总带着这些书。你会问，你的路上都有什么样的尘土呢？

　　唉！或许我想到的是我们在黑夜里坐在椅子上读书时，星星上的尘土掉在了我们的眼睛里吧。我们可以通过阅读了解到很多事情：一张人脸，棕榈叶上一条条的脉络，还有星座……

　　星星就是夜空中的书，它们照亮了黑夜。

　　每当我怀疑再写一本书值当不值当时，我都会抬头仰望天空，告诉自己宇宙的确是浩渺无垠的，肯定还有地方接收我的小星星。

［该文英文译者为海瑟·特列巴蒂斯卡（Heather Trebatická）］

故事唤醒世界

2007　新西兰　玛格丽特·马黑（Margaret Mahy）

玛格丽特·马黑（1936—），新西兰著名女作家，2006 年安徒生奖作家奖得主。在获得安徒生奖之前出版过 100 多部图画书和各种小说及剧本，获得过多种国际文学奖。以下是她为 2007 年国际儿童图书节写的献辞。

　　我永远也不会忘记我是怎么学认字的。我幼小的时候，字词从我眼前闪过，就像一只只小黑甲壳虫想逃离我一样。但我那么聪明，它们可不是我的对手。不管它们逃得多么飞速，我都能认得出它们。最终，我能打开书，弄懂书上写的是什么了。我无师自通，就能读故事、笑话和诗歌了。

　　对了，还有不少惊喜呢。阅读给了我驾驭故事的力量，同样，也给了故事驾驭我的力量，我从此就再也不能离开它们了。那就是阅读的神秘之处。

你打开书，读懂了那些字，于是好的故事就在你心里炸开了。那些黑甲壳虫一行行地在白书页上飞蹿，先是一些你能理解的字儿，然后这些字儿就串成了神奇的图像和事件。尽管有些故事看似与真实生活没什么关系，尽管它们化成了各种各样的惊奇，而且像胶带一样这边抻抻那边抻抻，但最终，好的故事还是让我们找回了自己。它们是由字词组成的，所有的人都渴望与字词一起冒险。

我们大多数人起初都是听众。我们小时候，我们的父母和我们一起玩耍，朗诵童谣，摸着我们的脚趾头说："这头小猪去赶集"；或者拍着我们的手说："拍—蛋糕！拍—蛋糕！"什么的。这些文字游戏都要大声喊出来，我们还是孩子，只会一边听一边笑。后来，我们学着读书页上的那些黑色印刷字儿，即使是默读，也能听到书上有什么声音在响，是谁的声音呢？可能那是你自己的声音——是读者的声音，但事情又没这么简单。那是故事的声音，发自读者的头脑。

当然了，现在讲故事的方式有很多种了。电影和电视能讲故事，但它们使用语言的方法跟书不一样。为电视和电影写脚本的作家经常被专家要求把字儿砍掉一些，理由是"让画面讲故事"。我们是和别人一起看电视的，但如果我们阅读，大多数时间里是独自阅读。

我们生活在一个图书汗牛充栋的时代。作为读者，就得通过一遍一遍地阅读才能从这些书中寻找到什么。在那个印刷字组成的野性森林里想找到点什么，那是一场冒险：一些故事会像魔术师一样"腾"地跳将出来，有些故事过于令人激动，过于神秘，它们竟然能改变读者。我想，如果我们读到一些新鲜的笑话、新的想法，他们为我们展示了新的前景，能让千篇一律的日子发生一点变化，那一刻每个读者都会很开心的，那是因为字词有力量说出真理。于是我们心里会说："说得对，那是真的！我认可！"阅读难道不是很令人激动的事吗?!

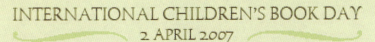

INTERNATIONAL CHILDREN'S BOOK DAY
2 APRIL 2007

TE RĀ WHAKANUI PUKAPUKA
MĀ TE TAMARIKI O TE AO

JOURNÉE INTERNATIONALE
DU LIVRE POUR ENFANTS

INTERNATIONALER
KINDERBUCHTAG

DIA INTERNACIONAL
DEL LIBRO INFANTIL

STORIES RING THE WORLD
PUTA NOA I TE AO Ā TĀTOU KŌRERO PŪRĀKAU

 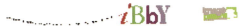

2007 年国际儿童图书节海报

书开慧眼，智生洪福

2008　泰国　查克拉布汉德·波萨亚克里特（Chakrabhand Posayakrit）

查克拉布汉德·波萨亚克里特（1943—），泰国自由画家，做过大学美术讲师，在两所泰国大学获得荣誉博士头衔。以下是2008年国际儿童图书节献辞。

读书求知识应该受到高度重视，这种习惯应该从童年开始培养。

就我所知，泰国的孩子长久以来一直都有读书求知的欲望。在这方面他们有着灿烂的文化和传统做后盾。父母是他们的第一任老师，神职人员是他们主要的导师，在精神和智慧方面引导和教育年轻人，既教他们处世做人，也培育他们的心灵。

我画这幅画（指作者本人绘制的 2008 年国际儿童图书节海报）

的灵感来自泰国悠久的传统，那就是把写着字的棕榈叶放在小折叠桌上，然后开始给孩子讲故事和让孩子学认字，这种形式是专门为阅读设计的。

写在棕榈叶上的故事通常与佛教有关。这些故事讲的是佛陀的生平，转述《佛陀本生经》（讲述释迦牟尼在今世以前的无数世中以国王、婆罗门、各种动物等的身份修行菩萨道的事迹）里面的故事，其高尚的目的是滋养年轻的心智，为他们灌输信仰、想象和道德。

我是世界

2009　IBBY 埃及分会

以下是 2009 年国际儿童图书节献辞。

我是世界，世界是我
在我的书里
我想是什么就是什么。
字和画，诗歌和散文
把我带去任何地方
无论远和近。

在苏丹王和满地金子的国家
流传着一千个故事
飞毯、神灯

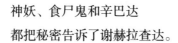

长满书的大树

神妖、食尸鬼和辛巴达
都把秘密告诉了谢赫拉查达。

随着每个字，每页纸
我穿越空间，穿越时光
乘着幻想故事的翅膀
我神游大地和海洋。

读得越多，越懂这样的道理：
书是我最好的伴侣。

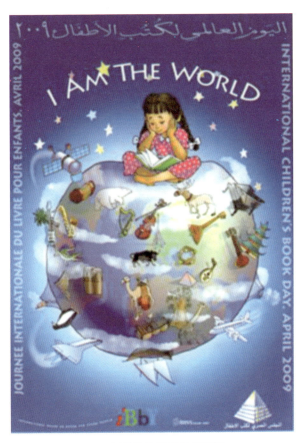

2009 年国际儿童图书节海报

一本书在等你，去找吧！

2010　西班牙　伊利阿瑟·坎西诺（Eliacer Cansino）

伊利阿瑟·坎西诺（1954—），出生于赛维拉，西班牙著名儿童文学作家，获得多种文学奖。主要作品有《有名字的铅笔》《书做成的汤》《读〈堂吉诃德〉的巨人》等。一些作品探讨的是西班牙的民族问题。以下是他所撰写的2010年国际儿童图书节献辞。

从前有条小小船儿，
它不懂，也不会
就是不会航行。

一，二，三，
四，五，六

六周过去了

那小船儿

自个儿启航啦。

我们先学玩儿和唱歌儿，然后才学认字儿。我们那个地区的孩子都是先会唱这首歌儿，然后才认得歌词。我们在街上围成圈儿唱啊唱，我们用歌声跟夏天聒噪的蛐蛐儿比赛，一遍又一遍地唱，唱出那条不会航行的小船儿的难受心情。

有时我们折几只小纸船儿，把它们放进街上的水洼儿里，这些船还没漂到水洼的那一头就全沉了。

我自己就像一只停泊在我们社区街道上的一条小船儿。很多个下午，我都在房顶上看着太阳西下，一边看一边幻想着遥远的未来，那个精彩的世界在我的视线之外呢。或许，我并不清楚，我是不是在窥视我自己的方寸世界。

我家的衣橱里有一些盒子，那后面有一本小书，没人读到它，所以说它像船没有航行。我好多次都错过了这本书，根本没注意它在那儿呢。一本孤独的书藏在架子上的纸盒子后面，就像一只陷在泥水里的纸船。

有一天，我的手在盒子后面摸着找东西，碰到了书脊。如果我是那本书，我就会这么讲述这个故事："有一天，有个小孩儿的手摸到了我的封皮儿，那一刻我感到我的船帆张开了，我启航啦。"

我的目光落在那本书上，简直令人惊奇！那是一本小书，红皮儿，上面有金色的水印。我满怀希望地打开书，就像一个人刚发现一盒子宝物，急着要知道里面是什么一样。它没让我失望。一读起来，我就知道会有一场历险，书中主人公的英雄行为，里面的善与恶，危险，惊奇，还有带着说明的插图，我看了一遍又一遍，这些让我神游了一个令人激动的未知世界。

我就是这样发现我家外面有一条河，河那边有一片海，海里有条船正在启航。我上的第一条船叫"西班牙号"，也可以叫它"水手号""大马号""辛巴达船"或干脆叫"哈克贝利大船"*。所有这些，无论时光怎么流逝，都等着孩子们的眼睛去看它们呢，看了就等于给他们扯起帆，让它们启航。

所以，别再等待，伸出你的手，拿起一本书，读起来，你就会发现，就像我小时候的儿歌里唱的那样，什么船，即便再小，都会学着航行起来的。

[该文英文译者为纳迪雅·莫格哈尼（Nadya Merghani）]

---

* 　这些引号里的名称多与世界文学名著有关。"大马"指的是《堂·吉诃德》里的那匹马，原名叫"驽马难得"。

书记得

2011　爱沙尼亚　爱伊诺·别尔维克（Aino Pervik）

爱伊诺·别尔维克（1932—），爱沙尼亚著名作家。毕业于塔尔图大学的芬兰－乌戈尔语专业。1967 年开始创作生涯，已经出版了 47 部作品，包括儿童小说和成人散文和诗集，享有国际声誉。以下是她为 2011 年国际儿童图书节撰写的献辞。

"阿诺和爸爸到学校时，课都开始了。"

在我的祖国爱沙尼亚，几乎每个人都能背这句话。这是一本书里的第一行字，这本书叫《春日》，1912 年出版，作者是爱沙尼亚作家奥斯卡·卢茨（1887—1953）。

《春日》写的是 19 世纪末爱沙尼亚一群在教区学校里上学的孩子们的生活。奥斯卡·卢茨其实写的是他自己的童年。书里的那个叫阿诺的孩子其实就是童年时的他自己。

学者们通过研究老的文献来写历史书。历史书写的是曾经发生的事件，可是普通老百姓的生活是什么样呢？历史书里并不总能讲得清楚。

可是故事书却能记下你在老文献里找不到的事情。比如，故事书能告诉我们像阿诺那样的男孩一百多年前去上学的事，或者在那个年代里孩子们在梦想着什么、他们怕什么以及什么能让他们感到幸福。故事书还能记下孩子们的父母，能记下他们想成为什么样的人，他们希望自己的孩子有什么样的未来。

当然我们今天也可以写老一辈人的故事，这些故事常常写得很令人激动。但是今天的作者是不能真正知道遥远的过去年月里的味道、体会以及恐惧和欢乐的。今天的作家倒是知道后来都发生了什么，也知道了过去的人们的未来是什么样。

书能记得书被写出来的时代。

从查理斯·狄更斯的书里，我们能发现19世纪中期伦敦街头一个男孩子的生活到底是什么样子，也就是书的主人公奥利弗·特威斯特的时代。透过大卫·科波菲尔的眼睛（也是那个时期狄更斯自己的眼睛），我们看到19世纪中期英国的各色人等——他们之间的关系如何，他们的思想和感情如何影响了他们的关系。因为大卫·科波菲尔在很多方面就是狄更斯自己，所以狄更斯不需要编造故事，他知道那时的一切。

也是从书里，我们知道马克·吐温描写汤姆·索耶、哈克贝利·芬和他们的朋友吉姆19世纪末在密西西比河上的冒险故事时，他们真正的感受是什么。他完全懂那个时代人们是怎么看待自己相互之间的关系的，因为他就生活在他们当中，是他们的一员。

在文学作品中，对过去年代人们最准确的描述都出自那个年代的人之手。

书记得。

［本文转译自英文，英文译者是乌尔维·哈金森（Ulvi Haagensen）］

从前，有个故事全世界都传遍

2012　墨西哥　弗朗西斯科·西诺乔萨（Francisco Hinojosa）

弗朗西斯科·西诺乔萨（1954—），生于墨西哥城，毕业于墨西哥自治大学西班牙语言文学专业，已经出版了40多部作品，包括小说、诗歌和散文，其作品以幽默和荒诞著称。

从前呢，有个故事传遍了全世界。其实那不是一个故事，而是好多故事。这些故事开始全世界都在传，故事说的是不听话的小姑娘和骗人的狼，水晶鞋与恋爱的王子，聪明的猫与锡兵，友好的巨人和巧克力作坊。这些故事给世界带来了文字，充满了智慧和想象，还有非凡的人物。这些故事让世界开怀大笑、吃惊，让大家和平共处。这些有意义的故事从此就大故事生小故事，越来越多，讲成了一千零一个故事，开头都是："从前呢，有个故事传遍了全世界……"

我们读故事，讲故事，听故事时，我们也是在练自己的想象力呢，好像想象力这东西也得练才行。有一天，不知不觉中，会有其中一个故事回到我们的生活中来，它能帮助我们克服前进路上的障碍。

我们读故事，讲故事，听故事时，我们也是在继续着文明史上起到一个基本作用的古老仪式，那就是创建共同体。文化，过去的时代和过去的一代代人都围绕着这些故事走到了一起，这些故事告诉我们，我们是一家人，无论你是日本人，还是日耳曼人或墨西哥人，我们是一体的。那些生活在 17 世纪的人和今天在网上读故事的我们是一体的。还有爷爷奶奶，父母和孩子们，都是一体的。故事以同样的方式使所有人变得完美，这是因为尽管我们之间差别很大，我们的内心深处都和这些故事里的人物是一样的。生物有出生、繁殖和死亡，但那些流淌着生命的故事却可以不朽。特别是那些广为流传的作品，它们是在自己的环境中应运而生的，这样的故事经过我们的再创作，我们就成了故事的合作者了。

从前，还有个国家，这个国家里到处流传着神话和传奇，多少个世纪以来，口口相传，与后人分享着创作的道理，讲述人民的历史，与大家分享文化财富，讲故事的口吻是神秘的，令听众喜笑颜开。可这个国家里还少有人能有书读。但这种情况已经开始变了。现在，我的国家墨西哥，每个遥远的角落里都流传着故事。这些故事在寻找它们的读者，一边找一边创建一个个共同体，创造一个个家庭，让每个人都尽可能找到幸福。

国际儿童图书节献辞（1967—2022）

读书给全世界带来快乐

2013 美国 帕特·莫拉（Pat Mora）

帕特·莫拉，美国著名女诗人、作家，出版了 40 多部著作，获得了包括"名誉博士"在内的多种荣誉称号。

我们能认字，你和我
看到一个个字母变成了字儿，
字儿又变成了书
捧在我们手中。

我们从书页中听到呢喃，
听到大河的涌动声，
小熊在歌唱
冲着月亮哼着逗人的歌儿。

我们走进幽暗的灰色古堡中，
顺着开满鲜花的树
我们爬上云端。
大胆的姑娘们飞呀飞，
男孩子们在天空中捞星星。

你和我，绕着世界读啊读书
读书的快乐传遍全世界。

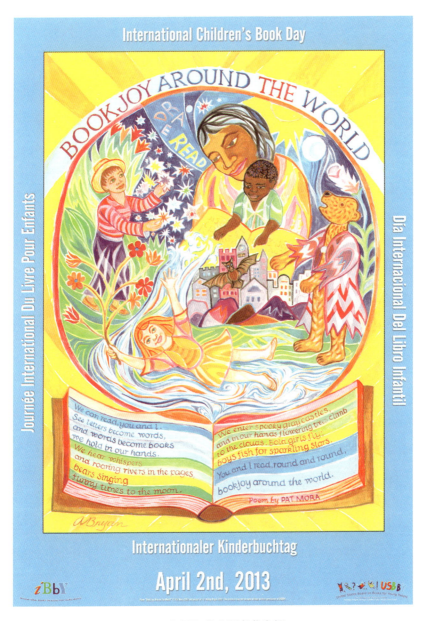

2013 年国际儿童图书节海报

致全世界儿童的一封信

2014　爱尔兰　索伊布翰·帕金森（Siobhán Parkinson）

索伊布翰·帕金森，爱尔兰儿童图书桂冠作家，也是编辑、翻译家，出版了 25 部作品，被翻译成多种文字在全世界出版。现在还是出版人和高级中学文学创作教师。

　　读者经常问作者他们的故事是怎么写出来的——想法打哪儿来？作者会说是我想象出来的。哦，是的，读者会说，可是你的想象在哪儿呢？是用什么做的？每个人都有一个叫想象的东西吗？

　　嗨，作者说，想象就在我头脑里，那是当然，是用图像、字词、记忆做成的，还有其他一些故事的线索，还有各种词儿啦，各种东西的碎片啦，还有旋律、想法、面孔、魔鬼、各种形状、字词、波浪、各种图案、风景、香水、感觉、色彩、韵脚、咔吃

声、嗖嗖声、味道、能量的爆发、谜语、风声等等。所有这些都在头脑里打转儿、歌唱、像万花筒那么旋转、漂浮或者呆坐着出神儿，还抓耳挠腮呢。

当然每个人都有一个想象啦，否则我们就做不了梦啦。不是每个人的想象里的东西都一样。厨师的想象里，可能主要是味道；艺术家的想象里，主要是色彩和形状；而作家的想象里，主要是满满当当的字儿和词儿。

故事的读者和听众，他们的想象也是靠字儿和词儿才活跃起来的。作家的想象开动起来后，就把想法、声音、说话声、人物和时间都编织成故事，而故事不是靠别的什么做成的，是靠字儿和词儿，于是大量的曲里拐弯儿的字儿就爬满了一页又一页纸。然后读者来了，一读，这些字儿就活啦。它们还是待在页面上，看上去还是一堆堆的字儿，可它们也在读者的想象中蹦蹦跳跳，读者现在开始编织起这些字儿来，于是故事就开始在读者的头脑里转悠起来，这之前是在作家的头脑里转。

这么说，读者和作者都是故事的重要参与者了。一个故事只有一个作者，可读者却有成百上千，甚至成百万上千万呢，不光是作者国家里说自己母语的读者，还有翻译成很多外国语后的外语读者呢。没有作者，故事就不会出生，可没有世界上成千上万的读者，故事就不能有各种不一样的生活经历。

故事的每个读者都跟别的读者有共同之处，他们分别或者也可以说是共同，在自己的想象中重写了作者写过的故事。这种行为既是私下里的，也是公开的；是个人的，也是集体进行的；是同胞们的，也是全世界的人共同的。这完全应该是人类最美好的行为。

读吧，继续读下去！

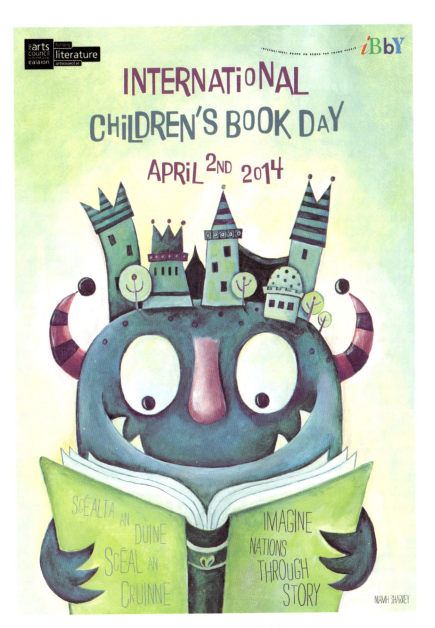

2014 年国际儿童图书节海报

多种文化，一个故事

2015　阿拉伯联合酋长国　马尔瓦·阿尔·阿克罗比（Marwa Al Aqroubi）

作者是 IBBY 阿联酋分会主席。

我们说很多种语言，来自不同的背景，
但我们分享着共同的故事。
国际故事……民间故事
我们听到的其实是一个同样的故事
讲故事的声音不同
　　故事的色彩不同
可它并没有改变……
开头……
情节……

还有结尾……

是我们都知道和喜欢的同样的故事

我们都听到了它

版本不同，讲的声音不同

　　可总是同样的故事

有个英雄……一个公主……还有个恶棍

不论他们说什么语言，姓甚名谁

或者长相如何

总是同样的开头

情节

和结尾

总是那个英雄……那个公主和那个恶棍

多少世纪以来就没变

他们是我们的伙伴儿

他们在我们梦中对我们耳语

哄我们睡觉

他们的声音早就消失了

但他们永远活在我们心中

因为他们把我们带到了充满神秘和想象的国度

于是所有不同的文化都融入了同一个故事里。

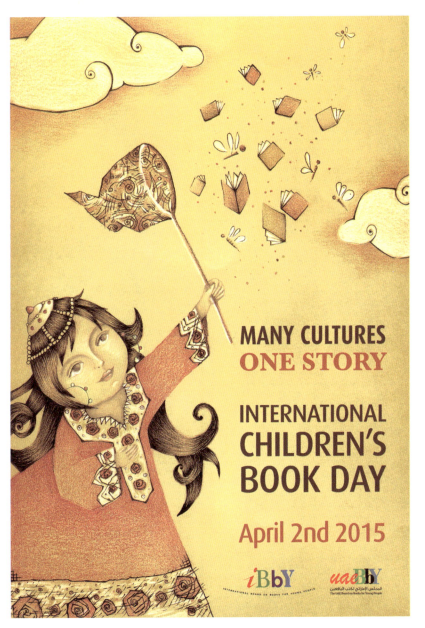

2015 年国际儿童图书节海报

从前呢

2016　巴西　露茜娅娜·桑德罗尼（Luciana Sandroni）

露茜娅娜·桑德罗尼（1962—），生于里约热内卢，是巴西著名儿童文学作家，获得无数国内奖，曾经获得安徒生奖提名。

从前呢，有一位……公主吗？没有。

从前倒是有一座图书馆，还有一位小姑娘，名字叫露茜娅，她还是第一次上图书馆来呢。这小姑娘走得很慢，拉着带轮子的巨大背包箱。她四下里张望着，看什么都觉得神奇：一书架一书架，都是书，还有桌子、椅子、彩色的枕头，墙上还挂着画儿和海报呢。

"我带来了自己的一张照片儿。"她面带羞涩地对图书管理员说。

"很好，露茜娅！我这就给你发放借书证。你可以选一本书。

可以挑一本书带回家，好不好？"

"就一本吗？"她失望地问。

突然，电话铃响了，图书管理员就出去了，只剩下这小姑娘，她要从书架上的书海里只挑一本书，这太为难她了。露茜娅拉着她的背包箱，在书架上翻找啊翻找，直到她找到了她最喜欢的书，那是《白雪公主》。这是一本硬壳精装书，插图很精美。她拿上这本书，又拉动了她的背包箱要走，这时有人拍了拍她的肩膀。这一拍几乎惊得她倒退了一步：那竟是穿靴猫，他手里，干脆说他爪子里拿着他的书！

"你好啊？你好吗？"那猫恭敬地说。"露茜娅，你是不是什么都懂了，不想知道这些公主的故事了？为啥不带走我的《穿靴猫》这本书？它更有意思呢。"

露茜娅惊得大睁着眼睛，不知说什么好。

"怎么了？猫抓住你的舌头啦？"他逗她道。

"你真是穿靴猫吗？"

"就是我呀！真的是我！好吧，把我带回家去，我的故事你就都知道了，还会了解卡拉巴斯的侯爵呢。"

女孩儿很是迷惑不解，只剩下摇头了。

说话间穿靴猫就神奇地"忽"一下回到书里去了。露茜娅要离开时，有个人又拍了拍她的肩膀。还是她。她说："像白雪一样白，脸蛋儿像玫瑰一样红，头发像乌木那么黑。这是谁呀？"

"是白雪公主吧？"露茜娅回答，这时她完全吓呆了。

"露茜娅，把我带走吧。就是这一本书。"她说着向女孩儿展示一下那本书。"这可是完全忠实地改编的格林兄弟的故事哟。"

女孩儿打算换书时，穿靴猫好像真的发怒了。

"白雪公主，露茜娅已经决定带哪本书啦。你回去找你的六个小矮人儿去吧。"

"是七个呢！而且她什么都没决定呢！"白雪公主气得脸都红了。

他们两个都看着这女孩儿，等她回答。

"我不知道带走哪一本，我想都带走呢。"

这时，突然发生了最出人意料的事：那些书里的人物都从书里走出来了。有灰姑娘辛德瑞拉，小红帽，睡美人儿，还有芮菖姑娘。这是一队真正的公主啊。

"露茜娅，带我回家吧！"她们都央求着。

"我只要有个小床睡觉就行。"睡美人打着哈欠说。

"不多，就睡一百年就行。"穿靴猫嘲笑道。

灰姑娘开口道："我可以帮你清扫房间，不过晚上我在城堡里有聚会……"

"王子要来！"大家都高喊起来。

"我的篮子里有蛋糕和酒。谁想尝尝？"小红帽表示要招待大家。

随后出来了更多的人物：丑小鸭儿，卖火柴的小女孩儿，锡兵和跳舞女孩儿。

"露茜娅，我们能跟你走吗？我们是安徒生故事里的人。"丑小鸭问道，其实它并不丑。

"你家暖和吗？"卖火柴的女孩儿问。

"啊，要是有个壁炉，我们就待在这儿得了……"那小锡兵和跳舞的女孩说。

就在这时，出人意料地冒出了一头毛茸茸的大块头狼，这头狼呲着尖尖的牙出现在所有人面前。

"是大坏狼！！！"

"狼啊，你的嘴怎么那么大呀！"小红帽习惯性地大叫起来。

"让我来保护你们！"那小小的锡兵特别勇敢地说。

这时那大坏狼张开了他的大嘴，然后……

吃了大伙儿吗？

没有，他只是累了，打了个大哈欠。然后他平静地说：

"大家都放心吧，我就是想给你们出个主意。露茜娅可以带走《白雪公主》这本书，我们可以钻进她的背包里去，那背包个儿够大的，能装下我们所有人。"

大家都觉得这主意好。

"行吗，露茜娅？"卖火柴的女孩儿问，她冻得直打哆嗦。

"那行！"她说着打开了背包。

童话人物们排好队，开始挨个儿往里钻。

"公主们先进！"灰姑娘要求说。

最后，巴西的童话人物们也出现了，撒西，赛波拉，一个破布做的叽叽嘴玩偶，一个疯狂的男孩儿，一个带着黄钱包的女孩儿，还有个随身带着她祖母画像的女孩儿，另一个是专横的国王。大家都钻进背包里了。

背包比平时沉多了。那些人太沉了！露茜娅拿起了那本《白雪公主》，图书管理员在借书卡上登了记。

不一会儿，女孩高高兴兴地回到了家，妈妈在屋里跟她打招呼：

"小甜甜回来啦？"

"不是我一个人，是我们回来啦！"

[本文英文翻译：琳达·麦克吉尔（Linda McGill）]

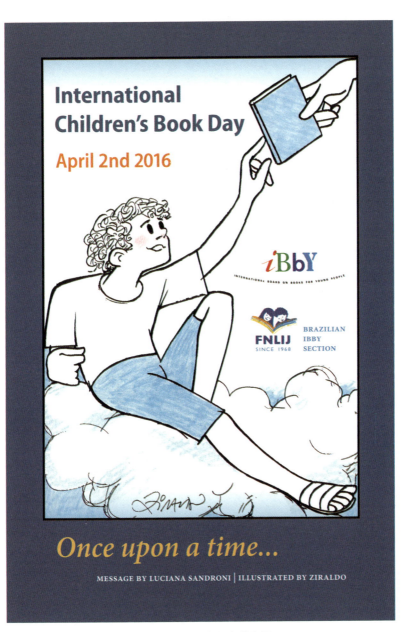

2016 年国际儿童图书节海报

与书一起成长

2017　俄罗斯　谢尔盖·马霍金（Sergey Makhotin）

谢尔盖·马霍金（1953—），生于索契，现居圣彼得堡。毕业于高尔基文学院，曾经是几家儿童文学刊物的编辑，现在是俄罗斯广播电台编辑。出版有 20 部儿童和少年题材作品，其长诗《我长得随谁》获得马尔夏克文学奖。他的作品曾列入 IBBY 荣誉榜单。

我幼小的时候喜欢用积木和各种玩具建造房子。用什么当房顶呢，我用的是小画书。在梦中，我爬进屋里，躺在用火柴盒做的床上，仰望云彩和星空，看什么完全取决于我最喜欢哪幅画。

我本能地像所有孩子一样要为自己创造一个舒适又安全的环境。而儿童图书就帮助了我。

长大一些之后，我学会了阅读，从此在我的想象中，书就开始变得像一只蝴蝶，甚至一只小鸟儿，然后像一座房子的房顶。

书页就像扑棱着的翅膀。似乎窗台上的书会从敞开的窗口飞出去，飞到未知的宇宙中去。而我拿起书来开始读它，它就开始安静下来了。随后我自己就开始跑到其他地方和别的世界中去了，我想象的空间就开始变得越来越大。

把一本新书捧在手里的感觉是多么美好啊！开始你不知道这书说的是什么。你抗拒着诱惑，决不把书翻到最后一页先看结果。书的味儿好香啊！想分清都是哪些味儿是不可能的，是油墨味还是胶水味？不，分不清。书有一种特殊的味儿，它令人激动，那味道很特别呢。有些书边儿会粘在一起，好像那书还没睡醒。可你一开始读，它就醒啦。

你在成长，周围的世界正在变得越来越复杂。你正面临的问题甚至任何成年人都难以回答。但重要的是，你同某个人分享你的怀疑和秘密。于是一本书又来帮助你了。我们很多人或许会发现自己在这样想：这本书写的就是我呀！你最喜欢的人物突然看似就是你自己。他经历了同样的问题并且有尊严地解决了这些问题。另一个人物根本不像你，但你想让他成为你的榜样，希望像他一样勇敢和足智多谋。

当有些男孩儿或女孩儿说："我不喜欢阅读！"那会令我发笑。我就不信任这样的孩子。他们吃冰激凌，玩游戏，看好看的电影。换句话说，他们喜欢寻开心。但阅读对培养情感和人格来说并不是什么难事啊，阅读首先是一种巨大的快乐。

特别是为了这个快乐目的，儿童图书的作者们才写书。

〔本文原文是俄语，英语译者是雅娜·斯赫维多娃（Yana Shvedova）〕

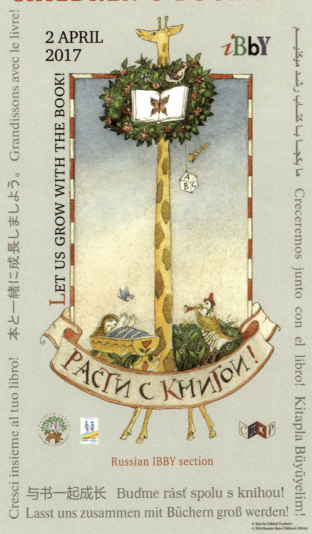

2017 年国际儿童图书节海报

书中无问小与大

2018　拉脱维亚　茵妮塞·赞德列（Inese Zandere）

茵妮塞·赞德列（1958—），拉脱维亚诗人，图书编辑。出版有三十多部少儿图书，被翻译成多种外文出版。她的诗歌、童话和剧本改编成了动画片、话剧和歌剧。她的作品多次获得国际和国内大奖。2017年获安徒生奖提名。

　　人们都喜欢规律和规则，如同物理实验中磁力吸附金属屑，如同雪花将水气变成结晶。在童话或诗歌中，儿童喜欢重复句子，喜欢迭句，喜欢普遍性的主题，因为每次都能从中获得新的认知——给一个文本带来规律。世界获得的是美好的秩序。我还记得小时，我为了公平和对称跟自己较劲，为左手和右手都获得平等权利而较劲：如果我敲桌子，我就数着每根手指要敲多少次，从而不让任何一根手指吃亏。鼓掌时我不知怎么爱用右手拍左手，就觉得这样不公平，我该试着相反的做法，用左手来拍右手。这种追求平衡的直觉行为当然有点好笑，但是它表明我们需要防止世界变歪了。我就觉得我对世界上的一切富有保持平衡的责任呢。

儿童对诗歌和故事的喜好同样是出自他们的一种需要，那就是要用规则治理世界。任何事物都会从混乱走向秩序。童谣、民歌、游戏、童话、诗歌，所有这一切有节奏的形式都能帮助小孩子们在大的混乱世界中构建他们的存在，由此培养了一种本能意识，那就是世界上的秩序是可能的，每个人都在世界上有自己独特的位置。一切都朝向这个目标：富有节奏的文本、一行行的文字和页面的设置、图书给人的印象，这些是一个结构完美的整体。大就通过小来得到揭示，我们就在儿童图书里树立这样的模式，即使我们并没有想到上帝或分形问题。一本儿童图书是一股神奇的力量，它促进小孩获得存在的欲望和能力，激发他们的生活勇气。

在一本书里，小孩总是大人，而不是要等到成年时才成大人。一本书就是一个神话，在此可以找到现实中找不到的东西，或是找到自己能力之外的东西。某个年龄段的读者无法把握的东西铭刻在了他们意识中，他们会继续努力去理解，即便是无法完全理解。一本画书可以起到智慧和文化的百宝箱作用，甚至对成年人来说也是这样，这就像儿童可以阅读一本为成年人写的书，从中找到他们自己的故事，找到他们初绽的生命迹象。文化语境塑造人，打下通向未来的印象基础，同样提供了考验他们的经验，让他们得以战胜考验，保全自己。

一本儿童图书表达的是尊重小孩的伟大之处。它意味着一个每次都被重新创造的世界，那是一种游戏的和美丽的严肃的世界，没有这样的世界，包括儿童文学在内的一切都不过是空洞和徒劳的。

　　简言之：一本书会令小孩本能地感到世界上的秩序是可能的，每个人都在世界上有自己独特的位置。一切都朝向这个目标：富有节奏的文本、一行行的文字和页面的设置、图书给人的印象，这些是一个结构完美的整体。大就通过小来得到揭示，我们就在儿童图书里树立这样的模式。一本儿童图书是一股神奇的力量，表达的是尊重小孩的伟大之处。

　　［本文由莱瓦·莱辛斯卡（Leva LeSinska）翻译成英文］

2018 年国际儿童图书节海报

图书帮助我们慢下来

2019 立陶宛 科斯图蒂斯·卡斯帕拉维修斯（Kęstutis Kasparavičius）

科斯图蒂斯·卡斯帕拉维修斯（1954—），立陶宛最富盛名的图书装帧家和作家。他出版了 60 多部图书，有些书被翻译成 27 种语言在世界各地出版。举办过 20 多次图书设计展览，多次获奖。

我急着呢！我没工夫儿！回头再说吧！这样的话我们几乎见天儿都能听到，不仅在欧洲最中心地带的立陶宛，在世界上很多地方都是这样。我们也同样经常听大家说，我们生活在一个信息过量、匆忙的时代。

不过，如果你手里拿上一本书，感觉马上就会不一样了。好像图书就有这种美妙的本事，能帮助我们慢下来呢。你一打开书，进入它深深的静谧中，你就再也不用害怕事物还没等你看清楚就以令人发狂的速度一闪而过。你一下子就开始相信，你用不着像一只蝙蝠从地狱里"嗖"地冲出来那样急着去干毫不重要的小事。在书里，一切都悄悄发生，按照精确的次序一点点发生。这或许是因为书的页码是标了号儿的，也许就是你翻动时，书页发出柔和的沙沙声的缘故。在书里，过去的事与将来的事能平静相遇。

书的世界向人们大大地敞开着，快乐地将现实与想象和幻想融合。有时你发现化雪时房檐上滴下来的水珠儿那么美，邻居家的墙上长满了青苔是那么赏心悦目，你都弄不清这是书里还是现实中的真事儿。花楸果子看着美丽，其实果子是苦的；你趴在夏天的草坪上或盘着腿儿坐看天上的流云，这些你是从书里知道的，还是现实中有人告诉你的，你知道吗？

图书让我不着急忙慌，教给我们学会留心周围的事物，图书邀请我们，甚至是让我们坐下来待会儿。我们一般是坐着读桌上摊开的书，或坐着读一本捧在手里的书，对吧？

还有，你是不是经历过另一种奇迹——你读书时，书也在读你呢？！是的，当然是了，书可以读人。它们读你的脑门儿，眉毛，嘴角——当你抬头、扬眉和活动嘴角的时候。而书首先读的是你的眼睛。凝视你的眼睛时，它们看到了什么？嗯，你知道的。

我肯定，书到了你手中就不会感到厌倦。无论是小孩，还是大人，只要他喜欢读书，就比把书不当回事儿的人要更有趣，不读书的人总在跟钟表赛跑，从来没空儿坐下，身边的什么事物基本上都不注意。

在国际儿童图书节这一天，我希望大家伙儿的是：读书人有有趣的书，书有有趣的人来读它们！

[本文原文是立陶宛语，英文翻译是黛娜·瓦伦丁纳维谢涅（Daina Valentinaviciene）]

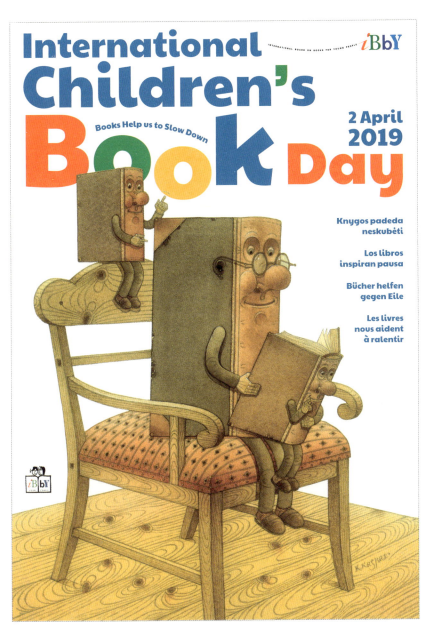

2019 年国际儿童图书节海报

渴求字词

2020　斯洛文尼亚　彼得·斯韦迪纳（Peter Svetina）

彼得·斯韦迪纳（1970—），斯洛文尼亚文学学者、作家和翻译家，出生于卢布尔雅那，他是迄今为止唯一一位三度获得斯洛文尼亚最佳儿童读物夜星奖（Veemica）的作者。

　　我居住的地方灌木丛在四月末或五月初开始泛绿，随后很快就撒满了蝴蝶化茧之后剩下的蛹壳，看上去像棉花壳或棉花糖。这些蛹吞噬了一片片叶子，直到把灌木丛都啃得光秃秃的。等它们长成了，就化作蝴蝶飞走了。但灌木丛并没有因此毁灭。待到夏天，灌木丛又泛绿了，一直是这样。

　　这就是一个作家或诗人的画像。他们被他们写的故事和诗歌啃噬一番，被吸干了血，那些故事和诗歌写成了就飞了，飞进书里去，找到了它们的读者。这样的事就这样一次次发生。

那，这些故事和诗歌又怎么样了呢？

我认识一个眼睛做了手术的小男孩儿。手术后一连两周，他必须右侧卧位睡觉，之后还要有一个月不让读任何东西。一个半月后他拿起一本书，感觉自己就像拿着一把勺子从碗里往外撅字儿，像是在吃这些字儿一样。事实上他真是在吞噬字词。

我还认识一个女孩儿，长大后她成了一名教师。她告诉我说，那些没有听过父母给他们朗读过什么的孩子后来都过得不好。

诗歌和故事里的字词就是食粮，不是养身体的，不是填饱肚子的食粮，是精神食粮，灵魂的食粮。

人们饥渴时，他们的胃就收缩，嘴巴发干。于是他们找任何能充饥的东西。一片面包啦，一碗大米饭或玉米粒儿，一条鱼或一根香蕉。越饿，他们的视线就越狭窄，他们什么都看不见，只认能果腹的东西。

这种饥渴只能用诗歌和故事来满足。

可是，那些从未沉迷在字词里的人有希望消除饥渴吗？

有希望。那小男孩几乎每天都阅读。那个女孩长大后当了老师，就给她的小学生们读故事。每个周五都读。如果她忘了这事儿，那些孩子们就会提醒她。

作家和诗人们呢？夏天一来，他们又开始变得郁郁葱葱的了。他们又会让自己的故事和诗歌啃噬一番，然后这些故事和诗歌吃饱了就飞向四方。年复一年，日复一日，多年如一日都会这样。

［本文的英文翻译是叶尔纳吉·祖帕尼斯（Jernej Župani）］

2020 年国际儿童图书节海报

字词的音乐

2021　美国　玛格丽塔·恩格尔（Margarita Engle）

玛格丽塔·恩格尔，古巴裔美国诗人，多次获得国内外文学大奖。2017—2019 年度青少年诗歌桂冠诗人。主要作品有《手握星星》《来自多条河流的梦想》《你的心，我的天》等。

读着书，我们的心灵长出了翅膀，
写着字，我们的手指头在歌唱。

书页上的字词就是鼓声和笛声，
鸣禽高飞，大象吹号，
河水奔流，瀑布狂泻，
彩蝶飞旋比天高！

国际儿童图书节献辞（1967—2022）

字词邀我们舞蹈——伴着节奏和韵律心在跳，
蹄声阵阵，翅膀扑动，老故事、新故事
分不清幻想与现实。

无论你惬意在家
还是穿越边界奔向新世界
总有奇异的语言、故事和诗歌
属于你。

我们交流言语和字词，我们的声音
成为未来的音乐，
和平、欢乐与友谊的音乐
希望的旋律在荡漾。

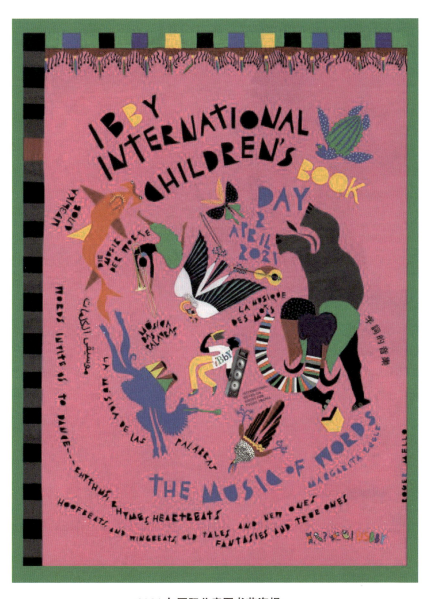

2021 年国际儿童图书节海报

故事就像翅膀，助你每天翱翔

2022　加拿大　理查德·范·坎普（Richard Van Camp）

理查德·范·坎普，加拿大著名作家，多次获得各项大奖，作品有《小小的你》等 26 部。

阅读是自由，阅读是呼吸。

阅读让你换个角度看我们的世界，邀请你进入很多你决不想离开的世界。

阅读让你的心灵去梦想。

人们说图书是终生的朋友，这我赞同。

只有你阅读，你自己完美的宇宙才长大。

故事是翅膀，助你每天翱翔，所以去寻找那些与你的心灵对话的书吧。

故事还是良药，能治愈，能宽慰，能启发，能教导。

国际儿童图书节献辞（1967—2022）

祝福那些讲故事的人，祝福读者和听故事的人。祝福图书。他们是更美好、光明的世界的良药。

万分感谢你们。

2022 年国际儿童图书节海报

安徒生奖获奖作家
受奖演说辞
（1960—2020）

儿童读物作者的自然历史

1960　德国 艾利契·卡斯特奈

艾利契·卡斯特奈（1899—1974），1960 年安徒生奖得主。该演说发表于卢森堡，1960 年，主要作品有《两个小路特》和《埃米尔与侦探》等。

女士们，先生们：

我仍然记得很清楚，那天下午，我们在慕尼黑国际青少年图书馆会议室里开理事会。会上，叶拉·莱普曼向大家展示了一枚金奖章，大家互相传看着它。奖章设计者是巴伐利亚美术学院院长埃米尔·普里托利斯。莱普曼夫人说，这枚奖章是为了纪念儿童文学泰斗安徒生而设计，作一项国际奖用。我当时也把它捧在手中把玩了一会儿。就在那一刻，我想到："这可能不是我最后一次把它握在手中观赏吧！"我这决不是吹牛。你们瞧，我的预感一点不错吧。今天我又一次把它握在了我的手中，而这一次，它归我了。这项荣誉是崇高的，我因此而十分欢喜。我谨借此良机，向评委会致以衷心的感谢。

感谢和快乐是不能由一个人独自在一个人的世界里表达的，必须在大庭广众之下做一个演讲。这是一种必须的惩罚，而我正是该受罚的人。可喜的是，这次卢森堡大会的议题教我找到了这个小小演讲的开篇——"儿童图书与学校。"既然我们头脑中早已有了"学校"的概念，既然今天是我站着，你们坐着，那就允许我做一次老师并向你们——我的学生，问个问题。孩子们的角色是回答问题的，尽管他们经常不知道答案；老师的角色是提问题的，尽管他其实用不着提，因为他老早就知道答案了。没有哪个教师提那些他不知道答案的问题。因此，聪明的孩子都不回答问题。他们会对自己说："装这份相干什么？他不是什么都知道吗？这不就得了？"

所以，亲爱的学生们，我以一个教授的身份问你们："今天这位第三个安徒生奖得主与前两位得主之间有什么不同？哪一点不同让你们感受最深？"现在谁来回答呢？没人吗？啊，好一群聪明的学生！我指的不是他的祖国，也不是他的母语。确切地说，我应该说"看上去"而不是"感受"。还是没有人回答？好吧，我来提供答案吧。今天这个得主与前两位大不相同，是个男人。我这样一说，我的学生就会大为吃惊，原来是如此不同。学校里的问题有时也是这样的。

英国的埃琳诺·法吉昂是第一位得主，第二位阿斯特里德·林格伦是瑞典人，第三位是一个德国男人。那么，男女之别是否如此重要呢？你们应该理解，我提这个问题不是泛指男女之别的，而是单单就儿童图书的写作而言的。对我来说，这不是学校里的问题。进一步说，提这问题时，我不是我刚定义的那种老师，因为我虽提了问题却不知道答案。但我相信，头两次安徒生奖授给两个女人绝不是依照"女士优先"的原则的礼貌之举，而是每次都出自艰辛而郑重的评判。

但人们因此就可以得出结论，认为为儿童写作的人中女人比男人多吗？这个领域更适合她们而不是我们？她们的作品因此而更合时宜并比我们的强？如果是，那怎么解释这一现象呢？因为她们是母亲或是潜在的母亲吗？因为这一点，她们就更亲近孩子，与孩子的关系更直接？因此说孩子既是她们的书中的主角也是书的读者？如果可以这样解释，岂不是不够有说服力，也不令人满意吗？

在1954年10月4日以前，我这种解释似乎是十分贴切的，我从未对此有疑问。不过，就在那天晚上，我与林格伦和特拉瓦斯夫人一起谈话（对这两位女作家我无限钦佩），我们的谈话教我对这个问题困惑起来。那是在苏黎世，我们为开IBBY大会去的那儿。我们三个人坐在一家舒适的小酒店里，我提出这个问题并做了如是解释。可是这两位爱开玩笑的母亲对我的几种解释一个也不同意。她们问我为什么我写的书也让全世界的儿童读得很愉快？我说那是靠着我的天才写成的，我能栩栩如生地回忆起童年来。说到此，她们都十二分地同意并说她们也是如此。女性和母性，在写作中并不起什么大的作用。她们把她们的成功归咎于我所说的原因：与自己的童年保持不受损害、依然活生生的联系，这是一种罕有的才能，靠这才能方能写作成功。依她们的观点，生儿育女、了解孩子的人不见得就能写出优秀的儿童文学作品来，要紧的是了解过去的那个孩子——自己。这样的好作品首先不是观察的结果，甚至不是以母性去观察的结果，而只是记忆的结果。

在苏黎世度过的那个夜晚让我在好长一段时期内无法平静。我们这场讨论的诚恳之情是毋庸置疑的。其结论既简单又发人深思，颇有点诗意。讲故事的艺术只有一个源泉，这两位女作家这样证实。太可爱了！这似乎是无可辩驳的了，是显而易见的了。可是，女士们，先生们，我现在不那么相信这种说法了。

我觉得那天特拉瓦斯夫人和林格伦夫人的说法有误，或许不仅仅是那天。可能，她们并未高估个人记忆的价值和力量，甚至考虑到自己的著作时也没有，但她们低估了她们的天赋。女人写作儿童文学的才能不仅仅来源于记忆或讲故事的天分，还源于她的女性和母性。如果依此判断，可以说她的才能几乎是天生的。至于男人，即便他们当了父亲、教师和心理学家，他们只是局外人。有时，男人的艺术或生动的回忆可能会掩盖了这一点，但不能改变他是天生的局外人这一基本身份。

只举两个例子就够了——《格列佛游记》和《鲁滨孙漂流记》。乔纳森·斯威夫特和丹尼尔·笛福做梦也没想过要写儿童文学。在这两本书中连个儿童的影子都找不到。其原版本也绝不是为儿童构思的。但却由此衍变出两部历史性的最富魅力的儿童读物。这纯粹是偶然。这两个人赢了他们从未参加的竞争，而儿童文学的历史上并不鲜见类似的例子，尽管别的书并非亦如此重要。这个题目值得儿童文学史家研究，不过就我所知只有保罗·哈泽德在这方面有所尝试。

至今，男性作家仍然是局外人。既然获奖者本人不被禁止谈论自己，我想说我认为我也是个局外人。我也不是一位真正的儿童文学作家。如果我像刘易斯·卡罗尔是个数学讲师，或者像亨利希·霍夫曼，问题就显而易见了。可我是个专业作家，这就难说了。很久以来我一直像大家一样认为作家和儿童文学作家是血亲，这两个词儿几乎是同义词。不，这是个根本性的错误。这两种人的共同之处仅仅是：他们都使用打字机，都尽量用自己的母语写作，除此之外再无共同之处了。

我曾是一家讽刺性政治周刊《世界万象》的编辑，这本杂志算是青史留了名的。该刊主编是卡尔·冯·奥西耶茨基，这名字是写进了历史的。科特·图科尔斯基是我们当中最重要的一员。这两个人都是"第三帝国"最早的受害者。奥西耶茨基在德国成了烈士，图科尔斯基则在瑞士自杀了。这些事儿听起来都不像儿童文学。

《世界万象》的创始人西格弗里德·雅各布森曾是位充满激情的戏剧批评家和出版商。他过世后便由他的夫人伊迪丝·雅各布森接管出版社。她每月一次召集该刊同仁聚会。跟奥西耶茨基和图科尔斯基来的人中有阿尔弗雷德·波尔格、阿诺德·茨威格、韦纳·海格曼、赫尔曼·凯斯顿和鲁道夫·阿恩海姆等。我也是这批人中的一员，因为我从1927年始就住在柏林。我们聚在一起谈文学、戏剧，特别爱议论政治、银行丑闻、邪恶的军队和《世界万象》因其无畏直率引起的各种法律诉讼。这些讨论发生在一座即将爆发的火山顶上。

就在一个情绪压抑的午后，女主人伊迪丝·雅各布森把我叫到一边。我们来到阳台上，她问我是否想过为儿童写一本书。她是怎么生出这种奇怪的想法的？她不仅出版《世界万象》，还是出版儿童读物的威廉姆公司的老板。洛夫汀、米尔恩和恰佩克都是她的作者。很难想象她是怎么把这些外国人汇集到她身边的，而把我变成一个儿童读物的作者似乎更为困难了。这位戴单片眼镜的夫人为什么在这些人中选择我来干这个？仅仅是凭我这只歪鼻子就判定我有这份才能？我不信我的鼻子能说明什么。很可能她是这样想的："问一问总没坏处。"出版商们喜欢多问十遍但不愿少问一遍，因为他们总是在寻找着。

说实话，这个奇特的建议完全不符合我的文学兴趣。可我为什么接受了它呢？因为它对我年轻而骄傲的心提出了挑战，也引起了我对自己天赋的好奇心。或许如果她建议我写一部歌剧我也会写的。

为什么要提起过去？如此大谈自己，仅仅因为今天人们允许我这样吗？我谈论作为儿童文学作家的自己，因为我最了解自己，只有这样我才能指出作家们的问题，在此，"问题"这个时常误用的字眼儿有着其正确的位置。我似乎觉得，专家们应该放一放他们研究的课题，如少年文学、儿童和阅读层次等，转而去认真地分析一下写书的作者们，这同样会对我们共同的伟大事业有所贡献。今天，我只是试图就《儿童读物作者的自然历史》说几句不着边际的话。

女士们，先生们，我的演讲快结束了。我最后要提三个问题，它们让我想了许久了。但我并非把它们提到论文的高度。尽管它们是问题，可我仍在不断地质问这几个问题，这是因为，我说不准这些问题是否有答案，但我相信它们值得一答。回答这些问题不仅对儿童读物的理论有所帮助而且对于让这理论沿着有意义的方向发展亦有所帮助。请允许我再次简要重复一下这三个问题吧：

1．少儿读物作家与一般作家不同，就如同是两个不同行业的人。两个行当的人都以语言为工具，这一点模糊了他们之间的区别。

2．一个人是否能成为儿童读物作家，不是因为他了解儿童而是他了解自己的童年。他的成就取决于他的记忆而非观察。

3．局外人在儿童读物作家中所起的作用更为巨大和重要，而之于一般作家则不那么重要。这一点对女人和男人是否同样真切，这类局外人的男女之比例如何，仍有待回答。

女士们，先生们，我就此结束这篇演说了。我衷心感谢评委会和理事会对我的承认和奖励，也感谢你们的倾听。

创造力的呼啸

1962　美国　门德特·戴扬

门德特·戴扬（1906—1992），生于荷兰，幼时移民美国，1962年成为第一个获安徒生奖的美国作家，在国内也多次获各种大奖。主要作品有《学校屋顶上的轮子》《一家六十个爸爸》和《来了一条狗》等。

大雁的呼啸

　　我从密执安来，它的北边是加拿大。冬天早早地来到了加拿大这片广漠的土地上——夏天和冬天之间只隔着一个漫长而晴明的秋夜，大雁就开始南飞了。在我起身来汉堡（受奖）前的一个清晨，我听到我家屋顶上有雁鸣声。我只穿着衬衫就跑出来看它们从天上飞过。在寒天之上，大约上百只大雁组成一个十分优美而有力度的"V"字形雁阵飞翔着。我刚刚驻足在院中，却发现它们已从我家屋顶上飞过去，随之它们的叫声也消逝了。城里的噪声太大了，我甚至没有细听那最后一声雁鸣。不行，我顾不上穿外套，便一头钻进汽车中开车追逐着雁阵，直到看着它们飞出城去。它们就那样在寥廓的天空中自由地飞翔，身下是晨光中沉寂的大地。

就在那一刻，我听到最后一声雁鸣飘回大地，飘入我的耳屏，那一叫声中满含着野性和渴望，包含着生气与爱。那一声叫触动了我——一个被雁阵甩下的凡人的心。在那一刻孤独地伫立中，我意识到，我所做的一切正是一个有创造力的作家一生所做的——追逐，追随，倾听，生存，只是为了一声呼啸——不单单是为一声大雁的呼叫，而是为了创造力的呼啸。当然，大雁的呼啸在那一刻唤醒了我的创造灵感，教我来写这一篇演说辞。那么，我为何不就此来探讨一下创造力的问题呢？这不仅令作家着迷，也令其他人困惑和着迷。我不知道还有什么别的问题比这个更经常地纠缠着一个作家了。当然，并没有人问创造力的本质是什么。人们更直截了当地问："你的故事是怎么想出来的？"

问题……

每个人都会这样问的。对图书涉猎未深的人似乎会第一个站出来提这类问题，而深谙图书的人则会问得更为执着。儿童们当然要问了。不少孩子写信给我，几乎每封信都有一系列的问题。问我有没有宠物，有几个孩子，有没有老婆。而问我"有没有老婆"的问题一般都是在问我"有几个孩子"之后。但在所有问题之首的是"你是怎么想出故事来的？"

这个问题令每个作者生畏。尽管随便说说容易，可这个问题带有某种探秘的成分——探讨最初故事在何时何地萌发，探讨那最初的独特想法是怎样和为什么能激发出创作的过程来。发问者想要被带入创作的神秘中去探幽，而问题则探讨着创作的过程。

好吧，先说说"怎么想出来"的吧。那种创造性的、强有力的想法从何而来？它来自某个地方，又像是来无踪去无影；它可以从任何途径来，很奇怪的途径。但它肯定是从内心深处来的，它百分之百的主观。

就是这种主观性立即划清了创造型作家与雇佣文人的分野，后者总是在公众需求和要求的圈子中钻来钻去，像个小丑一样地表演着。这号儿雇佣文人总是伸直了耳朵在听着俗众们的需求、时尚、变化和要求，从而自觉地奉献出俗众所想所求的东西。当然，毫无疑问，这样做很有金钱的赏赐。他总是能够随着图书行情、风格和时尚的变化而左右摇摆。一旦市场上缺了哪类书，他就会恪尽职守地去填补这个真空。的确需要这样的人，我一点都不蔑视他，因为人们总在呼唤着不成其为书的书即"非书"。可为"非书"而劳作的人只能算作雇佣文人而不是一个有创造力的作家。

对于一个有创造力的作家来说，只有一种需求、一种挑战和一种责任，它完全是主观的。他唯一的责任就是全部艺术的责任——那就是"捕捉"（正如中国哲学家陆机所说的那样）——用形式的笼子捕捉天地万物，但是在他履行这个艺术职责之前，他必须倾听唯一的挑战——他要倾听的就是创造力的呼啸。当然，他须得独自静听，有点像我倾听大雁的呼叫那样。是在听到那最后一声飘向大地的雁鸣时，我的创造力被触动了。是的，你必须得独自一人才能听得到那声音。

独自行路

有创造力的作家须得独自行路。在最初学习创造性艺术的时候，他是孤独的。而在他获得了成功、赞赏和理解后，他仍须独自行路。他继续向前独行。

他只顾独自前行，对追随其后的赞美和喋喋不休的评论一概不予理睬，对他们的需求和需要不屑一顾。哦，别误会，他一点都不感到优越。他要继续前行，因为他必须这样独行，只有这样他才能听得到那种挑战——他唯一的挑战——创造力的呼啸。

是在那种呼啸中，也是为了那一声呼啸，他活着，他获得了他的意义和他的自我……哦，我把这说得太明白而缺少了神秘感，这真叫我失望。或许我不需要如此解释，因为诗人斯蒂芬·文森特在他的一首题为《感谢》的诗中早已把这个问题道得十分完美，请让我朗诵给大家听吧：

> 我吃我睡我流着汗水求生存
> 但我对此毫无感激，
> 我感激
> 能在十七岁上盲目作诗
> 高墙震颤出呼啸
> 写麻的手不是我的
> 它属于一个聪明的动物。

你看，这种呼啸就是这样变成了一种想法，它来自某个地方，又像是来无踪影。这种情境被印度人这样定义并表达出来："艺术家从某种难以想象的信心源泉中深深地呼吸，获得某种盲目的自信，随后发出自己的声音。"请注意那个"盲目的自信"。盲目——他根本弄不清他的想法来自何处。

作者——创作的上帝

在创作的过程中，你其实就是一个小上帝，一边创造着，同时也沉浸在你的创造之中并被它吞噬。

千万不要因为我如此唠唠叨叨大谈上帝似的创作情境就认为这是利己主义的言论。没有什么比这种自以为上帝的感觉更下作的了。当墙壁震颤、创造力的呼啸破墙而入时，你就不会感到自己是上帝。因为，当它破墙而入时，你往往因为你那无用的肢体和笨拙的动物之手而空对这种呼啸而瘫软无力。创造的天有多高，创造的地狱就有多深，甚至比天的高度更深一些。

让我感到安慰的是，我听说托尔斯泰的《战争与和平》结结实实地写了七遍，甚至写完第七稿时，他仍然对此不满，痛苦得满地打滚。这的确令我感到安慰了。像他这样的大家都会因不满意自己的作品而在地上痛滚，那么，我满屋乱跑，爬到墙上去面壁呐喊："你这小东西，你凭什么认为自个儿是个作家？"这样做就没什么可羞耻的了。

当然，与此同时我必须诚实地承认，创作过程中的痛苦与狂喜是很难在最终写成的作品上留下痕迹的。说起托尔斯泰，我又想起一个平庸的女作家来。就在她为一家妇女杂志社写一个老掉牙的故事时，她发觉她的楼起火了——火已蔓延到她的门后，可她照样定心写完了她的故事。她说，尽管她知道她的故事只是过眼云烟，今天在杂志上登了，明天就会让人扔进火里去，可她仍要这样写。

我想，无论天才还是庸人，创作的过程都同样包含了痛苦与狂喜。但创作的紧张程度并不会在最终写成的作品上留下太多痕迹。但只有那些富有创造力的作家才能懂得从受到震撼、感到迷狂到最终这种创造力自行变成文字，这个过程让他遭受了多大的令他感到耻辱的损失。我想，如果他是真正富有创造力的作家，那么他感兴趣的就是这种"损失"而不是受到震撼后创作的过程。

一个富有创造力的作家——一个分裂的人格

没有创造力的人们之所以感到困惑并对作家感到神秘，这是因为他们不懂那些富有创造力的作家是类似精神分裂症患者的人。说得客气一点，脱去他的疯人外衣，他至少是一个人格分裂的人。我这样认为：他既是一个创造者，也是一棵卷心菜，而在创作间歇中他则完全是一棵卷心菜——等待，倾听到创造力的呼唤他才能复活。这是因为，只有在创作时他才是真正活着，才有意义。

不幸的是，他的读者们看到的只是一棵卷心菜的他而非创造者的他；作为卷心菜的他，要么呆笨，要么风趣，或者令人生厌。有一点可以肯定，他不是他自己，人们看到的他是一个普通的、唯利是图的自私家伙，似乎最感兴趣的是他的名望和新作的销售情况。他太关注自己了——对写作以外的事他一点也不了解。

当然，这很容易解释——写作，从本质上说是一种孤独的营生。作者孤独地写作，不写作时他也是孤独地行路，等待着创造力的呼啸到来。在创作的痛楚中，他必须沉默孤独；不写作时，除非偶尔做演讲，作家很少与公众见面，甚至几乎从不以一种创作的状态与他们见面（但现在我试图以创作的面貌与大家见面）。

新作品

同样，如果只对创作过程感兴趣并只为此而活着，那么任何一点小小的成就和读者对作品的接受对他来说都显得很了不得。这是因为他太自私、太内向的缘故。哦，当然，成功和被接受对他有保障作用——为了保障他的菜篮子，他还要再写下去呢；而且，成功和被接受对于他树立写下一本书的自信心也有所帮助。不过，对我来说，过去的成功似乎对将来起不了什么作用。看起来，创作的过程永远不会完结，永远无法把握，永远也弄不清。

前一本书对于缓解下一本书创作中的痛苦一点儿帮助也没

有。每到这个时候，前一本书已变成公众的财富了，你全部的注意力已经从那一本书转移到新创作的这一本上来了。

在创作阶段你是那样的自主，是书的主人，可它出版并变成公众财富后你对它又是那样客观、漠然。这两种态度都是惊人的。你尽可以欢呼它的某一种成功，惋惜它的某种失败。但说实在的，至少我是这样——只把它当作一件公众的财富一样看待，就像家门口的一条公用马路一样。如果人们用得上它，那很好，只要能派上用场，尽可以用。这书一出版就是他们的了。可你却开始进行下一本书，在倾听下一次创造力的呼啸。

我恐怕在自主、主观的创作阶段也对公众及其需求持漠然的态度。当我写书的时候，我不会而且也不必想到我的读者。我必须全然主观——只注意用儿童图书的有限形式之笼来罩住我的创作，在这笼子之中让我的创作压缩成形。正像英国人清醒地认识到的那样，儿童文学创作是最接近那种最纯的文学形式的，这就是抒情诗。我怀疑抒情诗人是否会对其最终读者的状况、组成成分和需求给予半点考虑。不会的，当然我也不会。现在，我已经写了二十几本书了，可我仍然对诸如儿童的年龄段、年级段或文化程度之类的事儿一点都不懂。恐怕这意味着我不仅是情动于中，而且是为自己而写，只用我特有的艺术形式之笼赋予作品以必要的形态。

因为这一点，人们经常批评我只写那些特殊的、天分不凡的、思维超群的优秀儿童。对此我不屑一顾，须知每个孩子都是"特殊"的。无论是否特殊，我知道，他们都会从我的故事中取其所需，吐掉那些不吸引他们的苦涩的籽（或许这些苦涩的籽是超出他们理解力的）。但是，这些苦涩的籽儿有必要存在，就是要叫孩子们尝一尝，伸伸懒腰活动活动胳膊。因为尝尝苦果可以培养孩子的品位，伸伸懒腰活动活动可以有助于长身体。

直到现在，我探讨了创造力的呼啸和创作过程等问题，可我仍像往常一样回避了那个直截了当的问题："你是怎么想出来的？"

唯一完整的回答似乎是："从我心里想出来的。"若要想出故事来，就要跃入潜意识的深层，在那儿，全部创作的材料都蛰伏着，等待着创造力的呼啸唤醒它们，然后创造的过程才开始。

最近我曾与友人谈起挖掘自我和潜意识的问题，她问我："你那口井干枯了以后怎么办？"随之她说到研究和旅行，让自己沉浸在想写的生活和事情中去，从此就又储备了新材料。

我不想就此种研究方法进行争论。可除此之外，一个作家还没有别的方法去了解事物呢？自然，他无法仅凭自己有限的经验去了解一切，经验的重复性很大，不过是一再重复而已。不过，当你想写什么时，就让自己沉浸在那种生活中，这样做是有效的。但我想我不是这样做的，我要做的就是返回我的潜意识之中。毫无疑问，在这方面我是幸运的，因为我在荷兰度过的童年永久地固定在我心中，如同铭刻在那里一般。

重归威尔卢姆

我8岁离开了故乡威尔卢姆村，这就是说在我懂事后，有三四年在那儿的生活留在了记忆中。而25年以后，在美国的经济大萧条时期，我有生以来第一次也是最后一次住在一个农场里，大概也是住了3年。就是这两个相距遥远的3个年头的经验，教我写成了我全部的作品。我当然希望通过潜意识的途径一次又一次地重返那两口生活之井。

而现在，我这个人就要回到其中一口井里去了，那是我童年的威尔卢姆村，它紧靠着北海大堤。说到此，我必须向本届理事会和评委会表达我深深的谢忱，我要特别感谢我长期以来的支柱和热情的保护人弗吉妮娅·哈韦兰德小姐，哦，还有哈泼与罗公司敬爱的编辑厄秀拉·诺德斯特罗姆小姐，是她，在20多年前独具慧眼地发现我还有点用。总之，我要感谢国际青少年读物理事会全体同仁把安徒生奖授予我。也正因为我获了奖，才有可能回到我童年的小村庄威尔卢姆。

我似乎有这样的感觉，那就是，只有回故乡一趟才能使我得到的这顶大奖变得真实可信。

受奖之后，我将坐着车横穿我的故国荷兰。我对荷兰的了解只限于对我生长于斯的那个村子。我是坐车去，可我绝不坐着车进威尔卢姆村，不坐车进去。我想走进去。我想独自沿着大堤走，直到我再见到威尔卢姆的塔。这座塔就耸立在威尔卢姆的大堤上，但它也耸立在我所有写儿时故乡村庄的书中——它就耸立在我童年的灵魂之中。还有……哦，我希望，我在海边行进时，儿时的羊群仍旧在大堤上徜徉。我还记得那些羊傻透了。奇怪啊，五十几年过去了，我仍然深怀一肚子恼火——8岁时我和哥哥们放羊，那种光头光脸的弗里西安种羊，它们傻乎乎地站在涨潮的海浪中几乎淹死，而我则冒着生命危险去抢救它们。我是豁着8岁的小命儿那样做的。

我一定很爱它们，我热爱所有的动物。可不知怎的，自从看到美国的羊都安全地圈在草场上的篱笆圈中，我对羊就再也不感兴趣了。现在我倒要看看我对大堤上的羊抱有什么样的感情。

啊，那羊群可能没了，但50年沧桑过去，那大堤一定还在，那大海一定还在，那塔一定还在。它们仍然都在，因为在一个8岁孩子的心目中它们仍然是那么坚实而永恒，永恒地存在于他的心中。

但是，尽管我急于要走，我绝不是没有一点紧张。因为，我现在不会用一双好奇的童眼去看故乡，而是用一个成年人的目光，用理智去丈量它，使一切还其本来面目。很可能，回去这一趟，我会失去那口给我的许多书提供了源泉的大井。

从此，我只能仰仗密执安那40公顷农场上3年的大萧条日子来写作了。我想试试——如果回威尔卢姆会使我失去威尔卢姆，那么，那片农场上的日子还够我写的。岁月流逝，那片用想象力肥沃了的40公顷农场已经扩大到覆盖几个县了，后来，我甚至觉得在那片土地上建了一座城市和一两个村庄。

书的立意——事实的衍变

这都是些感情用事的题外话了，不说这些了。但是我仍然无法满意，因为在探讨"怎样想出故事"的过程中，我孤立了那最终变成一本书的思想萌芽。当然，这萌芽绝不是诞生在实际的经验中，尽管作家会在写作中利用这种经验。前面我曾谈过创作中的上帝。只有上帝才能平白无故地创造出东西来。而我们是人，只能利用一点实事，在此基础上衍变之——是你的潜意识替你做了这些，让它变成有创造性的、戏剧化的生活。

在密执安的一个叫大拉皮斯的地方，有一位邻居，为了吓跑樱桃树上的鸟儿，就用绳子串了一串罐头盒，他站在树下拉动绳子，空盒子们就发出一阵杂乱的交响。从这件小事衍变出了我的纽伯利奖获奖作品《学校屋顶上的车轮》中的主人公，缺腿的亚纳斯。当你在密执安的湖中泛舟钓鱼时，一些失群的蜜蜂落在了你的小船上，于是你会用你手中的船桨把它们救出水面。把这些蜜蜂的关心之情衍变出《沙德拉奇》中那个胆怯、孤独的小戴卫，他试图从荷兰的水沟里救上一群濒临淹死的蜜蜂，这些小蜜蜂全都吓破了胆。

这些不过是书中的一些"事儿"而已，它们是在一些生活琐事的基础上经过创造性的潜意识变成蝶蛹然后变成蝴蝶飞将开去。但是我仍然说不出什么是一本书的萌芽，说不出是怎么想出来这本书的。我把我的书倒翻一遍，还是发现不了一星半点的萌芽。看来，一旦书写成了，那萌芽就会披着面纱神出鬼没地飞逝而去。

不过我倒是记得《沙德拉奇》开始写作的情景。一天晚上上床之前，我信手翻着一本杂志，读别人的书评。读着读着有一行字让我心头一亮，我急忙抓起笔和纸写起来，等到早晨，《沙德拉奇》已经草就了，仅仅用了一夜时间。后来，我苦苦地在那本杂志中寻找那一行启迪我写了一本书的文字，却怎么也寻不到。是在写书时，我把它给忘得一干二净。

我的另一本书叫《迪克的狗贝娄》，这本书的起因也同样奇特。那天我偶然走进大拉皮斯图书馆，图书馆员也是偶尔说起有一个儿童图书写作大奖赛，奖金 10000 美元呢，我听到这消息时，离大赛截稿期还有一个月。只花一个月就能得 10000 美元，我决定参加，立即车转身赶了四英里路回家。坐在打字机前，脑子里刚好生出了开头的一句话，只八个字（英文）"威尔卢姆的女人在大堤上。"开头一行有了，只是这一行而已，再也没有一个字接上。可是，突然，天晓得从何而来的，我竟写出了这本书的最后一章，这一章最神奇开心。结尾写完了，剩下的事就是写前边了。不，我没有赢那 10000 美元。别忘了，只有一个月大赛就要截稿了，可我从写完开头和结尾到填完中间部分竟花了整整一年时间。

要是所有书的开头和结尾都那么容易就好了，其实不然。《一家六十个爸爸》艰难地写了两年才写完。获纽伯利奖的《学校屋顶上的轮子》则让我苦写了四年。现在我写一部新书，它已经困扰我长达七年之久。但是，我不会为它最终写不成或成不了比旧作更好更深刻的作品而焦虑。因为，这些年的写作生涯，教会了我与潜意识密切合作，我把这当成我的使命。现在我知道了，当潜意识万事俱备了，我托付给它的纷纭事物就会呈现出来。这些是通过创造性的变形来得到转化和衍变的，只有潜意识可以起到呈现的作用。当然，意识层面上的创造性智识也会痛苦地斗争，但它显得那么笨拙，那么无能。

不，我才不焦虑呢，默默沉寂 7 年了，我仍不为写不出它来而焦虑。因为，今年春天我的一本新作《没人跟卷心菜玩》出版了，它足以证明潜意识的坚韧不拔。在写书的时候我丝毫没意识到它，但为了这篇演说辞，我开始探讨起我作品的起源和萌芽之时的想法。于是我突然想起，30 多年前在大学期间，我写过一篇《没人跟卷心菜玩》的东西，但那是给校报写的打油诗，而且是一首不怎么样的打油诗。

都 30 多年了，我都忘了，可潜意识并没忘那首破打油诗。为什么？仅仅因为潜意识对它不满，要有个了结才行。于是在我毫不自知的情况下，潜意识一直在做着这样的工作：它把那首可怜巴巴的打油诗中的各种成分不断变形和衍化，直到现在，30 年后，所有的成分都重现在这本我认为最优雅的小书之中。30 年，重写完一首打油诗，把它变成《没人跟卷心菜玩》以后，潜意识可以歇息了，歇息一下它又会转而去写下一部著作。

就说到这儿吧。我站在这儿，是因为你们，我才优雅地站在这儿的。你们听了我的演说，我是听到了大雁的呼啸，是它唤起了我心中的创造性呼啸而创作这篇演说辞的。如果你们和我一起听到了这呼啸声，愿上天保佑你们。我现在必须走了，必须回去，回到威尔卢姆，到灯塔去，到大堤去，一切都是从那儿开始的。

戴扬曾写过一本小说名为《吉姆和他的卷心菜》，书中一个孩子不畏艰辛挫折，把一棵卷心菜种活了。这里用卷心菜来比喻作家创作之前的状况。

说安危

1966　芬兰　多维·扬森

多维·扬森（1914—），1966年安徒生奖得主。主要作品有《精灵帽》等。标题为译者加。

刻有汉斯·克里斯蒂安·安徒生名字的奖章意味着一种重大责任。可十分奇怪的是，接受这一奖章后我并未感到一般情况下责任的沉重。我只感到幸福。

女士们，先生们，你们今天在这里相聚，是因为你们对儿童和为儿童写的东西感兴趣。你们会理解，这项奖励对我来说是多么重要。重要，是因为我一直有点担心，担心自己不能给孩子们最适合他们的故事。我担心我是在欺骗我的读者，因为我其实是在对我自己讲故事。现在我放心了，我要感谢评委会和理事会为我的写作带来了新的欢乐。或许你们还给了我一把打开迷人的儿童世界的钥匙，这个世界随着我们变老而越来越离我们远去。我今天就要谈谈这个世界，只谈它千百个方面的两面——安与危。

有时我在想，为什么当人远离童年以后反而会突然动笔写儿童故事？我们是为孩子们而写作吗？我们是否也是为自己的快乐或忧虑而写？我们写的是悲剧还是童谣？

快乐并非是写童谣的动力。或许人们是在试图摆脱不必要的沉稳才写童谣，因为在成年人的社会中顽童气根本无法存在。或许人们在描述一种正在消逝的东西。你尽可以靠写作来拯救自己，借此重返那个没有责任没有管制的想当然的世界。儿童的世界是一个色彩浓重的世界，安全与灾难总在比肩并行，相互补充。在那个世界里什么都是可能的，也是可以存在的，非理性与最清晰、最逻辑的东西是交融为一体的。那里有梦幻般超现实的东西，日常的真实出现在怪异的环境中。噩梦般的废墟在空旷的地平线上碎裂，与它在一起的还有司空见惯的道具，可这些道具却是出现在一个很小的小点上的。这是一个多彩多姿的让人兴奋的世界，人们可能早就离它而去了，极其不可能再被它接收。

通向这个世界的路经常是堵死着的。一年又一年过去，我们仍然无法重新看见、无法想象那种神秘的变幻。安全变成了一种习惯，在成年人的世界里，灾难由于人们的焦虑和烦恼而变得毫无神秘魔力感；逻辑变得没有生命，非理性在人们眼中不过是普通的紊乱和无条无理的代名词。

这真像从一场美梦中惊醒后又绝望地试图入睡，妄图找回那个梦。可这是不可能的了，大门永远关上了，你无法再次进入那迷人的园子。

我想，只有孩子才能将日常事物激起的兴奋和面对怪异而不慌不忙的安全感完美地平衡起来。这是一种非凡的自卫方法，把威胁和烦琐都不当一回事。

或许这就是为儿童写书的人们所企图达到的目的——重新恢复这种不稳定的平衡。如果他被日常的无聊所窒息，他就会寻找失去的非理性。如果他感到恐惧，他就会寻找安稳。当然，他也可以是一个精神上无比协调、十分自满自足的作家，只是给自己的孩子讲讲故事。尽管如此，我仍然怀疑，在他的内心深处，他仍然为自己而写，请原谅，我仍这样保留我怀疑的权利。

　　我谈论的为儿童讲故事者，是一种追寻者。他在追寻那个安危并存的世界给他以沉静的激励。那个想当然的世界里，善良与残酷并存，五彩光芒与无法刺破的黑暗并存。如果那世界里出现阴天，那绝不是沮丧的颜色，而是神秘的迷雾，这是童话中那些难以言表的、暗藏着的东西表面必须笼罩的一层迷雾。

　　在一本儿童书中，必须有什么东西解释不清，不必图解。应该让孩子们自己去想或者让他们在可能和不可能的情况下去自我感受，这样才好。应该留一条路，让作家在此驻足而让孩子独自继续走下去。讲故事的人说到底不过是一个逃离自己的世界入侵到别人世界中来的人，他是理智的，因此是有限的。

　　我为我的故事做插图时从来没有写故事时的这种感觉——在一个很久以前属于我的奇特的世界中行走。我画插图，不是为自己画，而是为那些读我书的人。我绘图只是为了解释、强调或者是淡化。插图只是解释我用字词说不清的东西，算是脚注吧。

　　画插图纯属出于为读者考虑。可怕的故事可以用插图来淡化，某些暗示可以用插图来强化，美好的瞬间可以用插图来延长。那些自我沉醉的作家因为写得洒脱而一带而过的东西，插图家可以详细地描绘之以逗乐孩子们。插图家还可以不画那些妨碍儿童幻想的图画。有谁画得出露易·卡罗尔笔下那条想象中的大蛇鲨？谁又能画出超验的美来？

　　作家时而会写坏了，于是就由画家来细细地为他做补救。有时线条和平面图可以表达语言难以企及的东西。在神圣的中国水墨画中，孩子们可以看到迷人的危险，这种画可以把恐怖淡化到可以接受的程度。

一般来说作家总是把自己的恐惧写进故事中去。一个故事如果不时不时地吓唬孩子一下，那么这故事就迷不住孩子们。即便如此，我仍认为作家在把自己的恐惧写进故事中去时应该多加小心才是。他尽可以为自己而写，或许这故事会因此写得更好、更真实。

现在不少优秀的儿童故事都在大写特写作家的失望、恐惧和沮丧，写惩罚、邪恶和孤独的也不少。但他们欠读者的是一个具有某种幸福的结尾，或者说他们的故事缺少一种开放性供孩子们自己去继续构想故事。

既然小读者要与主人公认同，不幸的结尾就不是"费厄泼赖"了。孩子们是可以高高兴兴地（甚至是兴高采烈地）接受恐惧和孤独，接受全部的恐怖氛围。可是如果没有安慰、拯救和补偿，他就会感到上当受骗，就会难过。

我坚信，对孩子来说没有终极的东西，没有什么能超越希望，没有。你可以写死亡这种最终极的东西，但千万别杀死那个孩子与之认同的人物。选个次要的角儿让他死吧，或是个普通人也行，最好是恶棍什么的。不管杀死谁，死亡最好是与邪恶弄到一块儿去。

无论如何，我觉得儿童的脆弱是被过分地夸大了。他们身上其实有一种健全的毁灭性和对邪恶的热情倾向。在我看来，他们对灾难怀有一种感情，爱幸灾乐祸。这是一种正确的感情，正如同一个人面对一个炸雷时的感情一样——雷会击中什么东西，但最好只击中邻居。

灾难只不过是久盼的冒险变成了真，比书真实，甚至比幻想还真实。而与灾难并存的是安全——面对灾难钻进一个小小的地方避难。

一说到炸雷，我想人们会用毯子裹起自己来的。另一种灾难是下雪，越来越厚的雪埋过了窗户，把一切都埋没了。这是一种平静的灾难，但绝对让人满意。没人能出得去，没人能进得来，终得彻底的安全。

或者涨大水了，船和浮码头全冲跑了。关上窗户，关上门，饭厅里的家具都漂起来了，一切都变了样……这下可安全了。

人总会自救的。作家要么让水退了，要么放救生排来。事情就是这样。在孩子心中有一个小九九儿——这个冒险故事跟别的没什么两样，最终总会有办法救灾的。

最可怕的是黑暗，是无名的恐惧。但这也会变成一种安全的良好背景。孩子们有着无法破坏的幻想能力，足以对抗恐惧并让它变样儿。

总之，总有避灾躲难的地方，不仅是被子下面，还有一些个秘密的小角落——在灌木丛中，在树洞子里，在雪堆里或亭子间里。幸运的孩子可能会找到一个洞，在饭厅的桌子下照样可以躲难。于是就没了危险，危险只在外面流窜，永不会进来。

安全存在于某种熟知、重复的东西中，如走廊上的晚茶和上钟表发条的父亲，总是这样的。父亲可以不断地上钟表发条，永远永远地上发条，因此这世界就不会被毁灭，无论怎样可咒的行为也毁灭不了它。

作家的事是为危险勾勒出半明半暗、暗示性的轮廓让儿童自己去用自己的颜色填充它。危险总是在外面潜伏着，但是黑暗却会戏剧性地透过窗台上静燃着的油灯的光亮钻进屋里来。

亲情与儿童文学

1968　德国　詹姆斯·克鲁斯

詹姆斯·克鲁斯（1926—），1968年安徒生奖得主。该演说于1968年发表于瑞士。主要作品有《海风吹来的幸福岛》等。标题为译者加。

女士们，先生们：

安徒生奖给我以巨大的欢乐，我希望我的欢乐能给你们也带来欢乐。

把这项奖颁给一个为这个国家不同民族、不同体制下几个州的儿童写故事的人既令人高兴又是恰当的。这个国家把几个不同的民族和各种不同的政见信仰民主地联合在它的国土上。令人高兴，是因为这奖给这样的人是恰当的；恰当，是因为所谓儿童文学是文学地图上的瑞士，这样一个国度存在的先决条件是和平，在这个地方，你可以参与世界的仇战而不至于卷入刀光火影之中。

我还要以另外两位获奖者的名义向你们表示感谢，我感到我与他们两位的同胞紧密相连。

虽然离约瑟·玛丽亚·桑切兹·席尔瓦的人民很远，就如同非洲与欧洲那样，但我感到我与西班牙人是一体的，是用一种飘忽于亲情与愤怒之间的复杂的爱联系着，那是一种深深的、激情的关系。

一个金色的五月把我和吉利·特林卡的同胞连在了一起，在捷克斯洛伐克布拉格的《兹拉提·马吉》杂志上我第一次发表了儿童文学创作方面的探索文章。

是亲情把我与瑞士、西班牙和捷克斯洛伐克这三个国家连在了一起。而且我相信，亲情是"儿童文学"成长的先决条件之一。

亲情，这个词儿听起来有点幼稚，像个过时的公式。但我是理智地使用这个词的，因为它化呆板为灵活，化混凝土为棉布。它明智而默默地意味着：拒绝向所有极端的权威屈服。它意味着面对枪口说一声："嘿，拿枪的兄弟！"

任何一个为儿童写书的人都不应该如此简单地对他忠诚的未来幸福的一代说：把你的老子送到魔鬼那里去吧！那会让世界大乱的。儿童只能在成年人的帮助下才能成长。因此，成年人如作家之类，用道理而不是用打骂教育儿童，就应该早早儿地告诉孩子们世事怎样变得邪恶或美好。你无法对用形象思维的孩子们直截了当地解释这一切，而应该用寓言、电影、诗歌、传奇和故事，如吉利·特林卡这位来自布拉格的天才画家的画，约瑟·玛丽亚·桑切兹·席尔瓦这位来自马德里的人写作的忧郁传奇，我所写的诗和故事，还有我的苏联同行谢尔盖·米哈尔科夫的诗。下面我念一首米哈尔科夫的名为《和平》的诗：

叶尼亚十岁的生日礼物里
有明亮的坦克和大炮

威风凛凛地耸立着。

他的枪全是自动的
油得黑亮亮的
大人们觉得叶尼亚
是个准备冲锋的战士。

但，叶尼亚吃着生日蛋糕
并没有生气
却把地毯上的武器
全销毁了。

"叶尼亚，孩子，你干什么？"
叶尼亚一点儿不惊慌，说：
"我像你们大人那样，
你们总爱说：放下武器。"

女士们，先生们，让我们希望，俄国的孩子仔细地读一读他们诗人的诗，他是最高苏维埃也就是议会的议员。孩子们会长大，新的成年人是从幼儿园里长成的。而这些孩子会变成什么样，在某种程度上取决于那些给他们讲故事的人。

给他们讲好故事，我们就可以期望古老高贵的西班牙民族像我们的东道国瑞士一样在和平中永存；我们就可以期望我国人民会像这个世界要求的那样变得谦逊起来，而另一个金色的五月里捷克斯洛伐克的人民就会看到鲜花遍地。我们同样强烈地、固执地希望，全人类都会迎来一个金色的五月。

谢谢大家。

幻想·童话·现实

1970　意大利　吉安尼·罗达利

吉安尼·罗达利（1920—1980），意大利作家，1970 年安徒生奖得主。该演讲发表于 1970 年 4 月，波伦亚。主要作品有《假话国历险记》《蓝箭号列车历险记》和《洋葱头历险记》等，被译成 100 多种语言出版。标题为译者加。

　　我感谢评委会授予我这项用伟大敬爱的安徒生的名字命名的大奖。感谢阿佐拉（当届 IBBY 主席）先生对我和拙作的赞扬。但是，如果此时此刻我要向每一个给我帮助的人致谢，我的话就没完了。

　　比如说我的父亲吧。他是个烤面包的，非常爱猫，因此我们家中总有猫。可能就是因此我才总是写猫的故事。有一个故事讲的是一只会做买卖的猫，她经管着一个杂货铺，专卖装了老鼠的罐头。她买了许多罐装鼠奶，挂起招牌，上书"买三罐送一只启子！"可是老鼠们并不上当，最后猫不得不另换一种工作。

还有一个故事讲的是一只叫米兰的猫，她的主人是波伦亚车站的站长。火车进站时，猫冲出屋去看热闹，站长紧随其后，生怕她葬身轮下。站长大叫着"米兰！米兰！"随着叫声旅客们全跳下火车，以为车到米兰站了呢。可想而知那是什么样的混乱场面，少不了引发几个冒险故事。

我真的认为是安徒生奖激起了我写猫故事的冲动。请不要误会我是在吓唬人，也不要说这样的故事会妨碍儿童成长为严肃的成年人。人完全可以借谈猫来说人，甚至可以讲一个快活的故事来达到谈论严肃而重大事情的目的。

再说了，什么样的人算得上严肃之人呢？比如伊萨克·牛顿先生吧，我觉得他是个十分严肃的人。如果人们的传说不错的话，他就是那个坐在树下被苹果砸在头上的人。

任何一个别人处在他的位置上都会咒骂几句，然后换个地方乘凉了事。可牛顿先生却自问：苹果为什么会掉下来？为什么不左不右，而是直落地面？是什么神秘的力量把它拉下来的？

一个毫无想象力的人听了这个故事会说：这个牛顿先生没什么了不起，他相信魔力，或许他还认为地下有个魔术师在施魔法呢，他以为苹果会像魔毯一样四处飞呢。牛顿在他那个年龄相信的是童话！

不，正相反，牛顿先生之所以发现了地球引力定律，是因为他的思想开放；因为，除了幻想以外，他知道怎样使用、怎样想象未知的事物。

要成为一个真正的科学家，去想象和发现未被发现的东西，去想象一个比我们的世界更美好的世界并为实现它而工作，需要幻想和美好的想象。

我想，童话，无论新旧，都对促进思想的成长有所帮助。童话是一切假设的居住地，可以给我们钥匙，帮助我们找到通往现实的新途径；童话可以帮助儿童了解这个世界并赋予他们估价世界的能力。

因此我认为写幻想故事是件有用的工作。从某种意义上说，这是件娱乐工作，而且很少有这样的工作，既能娱乐，又有利可图，还值得给个奖。

如果一个人有一份合适的、有趣的并能自娱的工作，那真不容易。至少现在来说这是一种空想，是个童话。但童话常常变成真的。比如吧，童话中有飞毯和飞船，而今我们就有了超音速飞机。尽管我们还不能像童话里那样说："桌子，自个儿走！"但我们可以说："衣服，自个儿洗！""碗，自个儿烘干！"

我们随口说的话会成真的。问题是怎么让正确的东西变成真的。没人能对此施魔法用咒语。我们必须一起来探索，用各种语言，谨慎、充满激情、真诚和幻想——办法之一就是为儿童写些个逗他们大笑的故事。这世界上再没什么比儿童的笑更美的了。如果真有那么一天，全世界的孩子一个不落地全笑了，那定是个伟大的日子——让它到来吧！

谢谢各位的倾听。

那只永恒的黑划子

1972　美国　斯哥特·奥代尔

斯哥特·奥代尔（1903—），1972年安徒生奖得主，主要作品有《蓝色海豚岛》等。标题为译者所加。

许多年以前我写过一篇小说叫《黑划子》。这三个字很有挑动性，你们记得，是艾哈伯船长说过的一个词儿。他驾着"佩阔德"号捕鲸船穿过太平洋去捕杀他的死敌恶魔白鲸莫比·迪克。[①]

"黑划子"这三个字会让你们记起，是船上木工为自觉大限已到的奎奎格做的一口棺材。棺材是用船上的木头做的，就放在甲板上。奎奎格进去舒舒服服躺下等死。几天以后，奎奎格感到自己应该当南海某公主的儿子，就决定不死了。于是他跨出棺材，

---

① 这一段讲的是美国作家麦尔维尔的小说《莫比·迪克》。

笑着重返生活。

从此这只名曰"黑划子"的棺材就给扔到一边去，没人想得起来了。直到有一天"佩阔德"号包围了白鲸时，奎奎格才又想起它来。

"黑划子"又被拖上甲板，木匠开始把它做成救生桶了。这木匠曾用鲸鱼骨为船长做了一条漂亮的假腿，他肯定也能把奎奎格的棺材改成一只漂亮的救生桶的。他用沥青堵好漏缝，用30根绳子把它兜起来，绳头系成一个疙瘩，然后小心地把它挂在船尾。

最终他们两败俱亡，"佩阔德"号沉了，只有一个水手没死，其余的全淹死了。从黑水的旋涡中冲出那只救生桶，直漂到以实玛利身边，以实玛利就紧抱着它生还了，从而向世人讲述了艾哈伯船长和白鲸的故事。

我孩童时就爱读麦尔维尔这部《莫比·迪克》，初读就喜欢上了这个关于一个奇特的船长、水手和他们冒险命运的故事。长成青年时我还爱读它，除了同样的原因外，又有了别的原因，其中之一就是它给了我洞察人心的眼光。成年以后又读《莫比·迪克》，除去这两种体会之外，我第一次看出了麦尔维尔这部杰作的本质——它是一部有血有肉的象征和神话。这是皮格马利翁和戈拉西娅①神话传统中的神话，是身负重石的西西弗斯②的神话，是坦塔罗斯③的神话，是背负灾星的情人俄耳甫斯

---

① 皮格马利翁，希腊神话中塞浦路斯国王，他完成了一个少女雕像并爱上了她。随之，爱神阿芙洛狄蒂赋予这雕像以生命。
② 希腊神话中的暴君，死后入地狱，被罚推石上山，每推至近山顶时石头重又滚下，于是再推，往复不已。
③ 希腊神话中宙斯之子，因泄露天机被罚永世站在头顶上有果树的水中，水深至下颏。每当口渴时水退喝不成，腹饥时树枝升高吃不成。

和欧律狄刻①的神话。这样的神话形象地表现了人对神秘、交织着恶魔与欣喜的生命产生的恐惧，表现了人最热切的愿望和最隐秘的欲望。

多年来重读这本书，反思这本书，每读一次都产生新鲜感受和新的认识，我想这就是一本书之伟大的标志吧。于是我因受其感动而决定写一篇故事，讲讲艾哈伯的"黑划子"。

构思这个小说时，我深信这"黑划子"是不朽的。它生长在我的心中，也会生长在别人心中。它把以实玛利送到了安全的地方，但它并未完成自己的既定使命。它现在在哪儿？在哪个海岸或哪片海域上我能再寻到它？

我想象出加利福尼亚的巴加，让它漂到那里的马格达里那海湾，仍旧拖着30条水手的升降线，并且每一根线的结尾处都打着一个绳结，那是艾哈伯的木匠留下的。

我的故事情节是传统的，但充满了悬念，我希望这悬念足以吸引小读者，甚至能让青年读者去感受它试图说些什么。

我要说的既简单又富有多个层次，这就是：大作家所写的故事自有其自身的生命力。它们世世代代活着。它们像山一样坚实，比作者的出生地更长久地传世。我们知道萨福②的颂诗，可她的出生地埋在泥土中了，谁也不知道在哪儿。

汉斯·克里斯蒂安·安徒生是个伟大的作家。他为一艘船——最好说一只方舟——更为有活力些——装满了财富，比东西印度群岛的财富都多。他的方舟绕世界转了许多遭了，还会再转下去。我至少作为一个幻影般的水手随他的船航行了一次，这是一项荣誉，我深深珍视它，永远珍视它。

---

① 俄耳浦斯是诗人音乐家，下地狱去救自己的妻子欧律狄刻，因违反禁令在未出地狱时回头看了妻子一眼而永远无法救出妻子。

② 萨福，古希腊抒情女诗人。

一个字，一个影子

1974　瑞典　玛丽亚·格丽佩

玛丽亚·格丽佩（1923—），1974年安徒生奖得主。主要作品有《约瑟芬娜三部曲》和《卡尔松三部曲》。

许多人都问我："你的儿童画儿画得那么美妙，可你的书为什么那么奇怪、忧郁呢？"我想借此机会回答这个问题：

我自然的回答是：我不认为这些书奇怪，而且一点也不忧郁。写这些书是愉快的事，我因此能发现自己的存在；它让我产生一种难得的完美感。因此我认为我的书是积极的。如此而已。当然这是一种自卫机制让我这样说的，因为我实在不愿意深入地谈论这个问题，对我来说这并不容易。首先，我发现回首那些已经完成的事是不自然的。揭开那些封存了许久的东西，会毁灭你向前走的欲望。其次，我只有搜寻我的童年和最初吸引我的那些东西，才能把握我的这一面。这些都使我无法理性地认识这个问题。早年的经验给人以困惑，谁也难以真正弄清什么是自己的真正经验、什么不过是故事而已。对很小的孩子来说，故事本身就是一种直接经验，特别是当孩子把自己也卷进故事中去时更是如此。叙述根本不占有他们的头脑，字词和说话人并没有生命，有生命的是那些画、那些事和感情等。

我的书中那些被认为转瞬即逝的东西源自我为表现各种不同的真实所做的一再努力——儿童远远地走出了成年人的界限。任何一种真实的体验都取决于知识和信息，如果我们无法获得外部信息，我们就用内在的信念来补足，这种信念是由幻想来支撑的。可能因此儿童似乎比成年人更多幻想吧。他们懂得很少，但信念很多。真正的真实是由零零碎碎的东西组成的，但填补真实的东西也是真实，可能与真实同样有价值。人会为自己创造真实所需要的这种关系。我也试图用我的童年来思考这种模式。对这种现象的理性思考有时可能发现其根源。后来我果真在我的书中试验起我的经历，结果表明它既不是一种结束，对我来说也不陌生。不少人只对童年有一个模糊的记忆，但我则不然，童年就在我身边。我可以轻而易举地让往日的事件、情绪甚至想法都栩栩如生起来。或许，童年是人们唯一可以公开见面的地方。这是"腐败"以前的国家，是"堕落"以前的国度，因此是每个人最合法的国家。我过一会儿再回到我们与真实的关系这个话题，还是先说说另一个绊脚石——语言吧。

成年人谈论相互的经历时总认为他们读到的和看到的是同样的东西，可他们永远也不会相互理解，甚至当他们使用同样的字词时。对你我来说，一种想法的意思很难说是一样的。我们说出的每一个字都饱含着我们极不寻常的个人体验、情绪、记忆、欲望、恐惧、梦幻或挑衅等。年龄越大，其不同的含义就越多，人们离其原来的价值越来越远。这种情况让我们想起与孩子说话的情景。孩子们不是能掌握简单、正确和直截了当的字词吗？我们若想与儿童沟通，便简化并限定概念，可我们忘了我们这样做是因为我们与他们之间的关系是模糊不清的，我们根本不知道这种沟通会怎么样。因此，这是不尽人意的。

为了说明我们对真实经验之把握的与日俱退，我想举几个我童年的例子。我弟弟出生前的那个夏日，我同爸爸去散步。爸爸一路走着教我记许多花儿的拉丁文名字，特别是我最喜欢的那些小花如星星草等。我记得我把每个字都记得牢牢的。后来星星草都消失了。我在草丛中一通好找，可就是找不到。可就在弟弟出生的那天，整扇窗户上突然布满了星星草。外面很冷，这些小花儿却不停地落在窗棂上。那是圣诞节前三天，花儿是不会在那个时候开的，这是怎么回事？后来我知道那是雪花儿，仔细看看我明白了。可这种喜悦却从未在经验中消逝。

6 岁时，我家搬到了另一座城市。那时我一点也不高兴——祖父死了，妈妈为离开她自己的家而难过，哭了，父亲则沉默不语。

我们是坐船去那座新城市的。那只白船真的是圆圆的，人可以在甲板上跑圈儿。我感到我一直是在跑着。河水很凉，起着银色的浪花，鱼儿在水中飞快地穿梭着。那次旅行留给我的记忆仅此而已。然后我们下了船就进了屋。那是座红房子，里面的回音怪怪的。我想那房子一定是爸爸造的——其实不然。他还为一间屋做了窗帘呢。那窗帘白白的，轻如烟雾，在我看来十分漂亮。别的事我就记不得了。可是有一回我说起爸爸做的窗帘时，妈妈盯住我问："你说什么？爸爸怎么了？"我于是一下子明白了我是在说疯话，因为爸爸压根儿不会针线活儿，我本来是知道的呀。他是个笨手笨脚的人，但是在新房子中的第一个晚上，我亲眼看见爸爸站在风中，对着窗子吹气，吹呀吹呀，先是让窗户变白，接着吹，就吹出了窗帘。从此我就不再想这事儿了。窗帘是件真事儿——是爸爸做的。后来我当然发现这是错觉。是的，我甚至明白，当时以为船是圆的，那是因为我们坐在了船尾。还有，那些浪花不过是些个微微发光的水波纹儿而已。但这些都不曾破坏了我的体验，那种体验永远不变。再后来我在学校里学会了使用指南针。我们随着教师结队而行，全班人都穿过林子向山头行进。我们高高兴兴地聊着天儿，突然老师转回身对我们说："现在是中午12点。太阳在北边，影子朝北。"简单的几句话却向我展示了某种神秘。我的头脑立刻空白一片，一时间什么都消失了。那就是我第一次与诗的相遇。在学校里倒背如流的那些诗对我毫无影响，这一次我感到我以前其实压根不懂文学。可能这次只有我一个人产生了诗的体验。

我的影子

我很小时就发现了我的影子。我不知道我何时不注意它。可能有，但我记不得。我与我的影子之间产生了一种友谊。有一段时间我试图向每个人询问我的影子，可从没得到过满意的答复。最后还是我自己发现它的。我不知道是怎么发现的，但我确实是通过影子才进入与幻想世界的关系中来的。

最早的发现是，影子总是背朝着我，谁也不知道它长得什么样。为什么？它天生与人做对吗？当然不是，但是如果它转过脸来，它就看不到那个与我们看到的世界大不相同的世界了。它可以看到我们看不到的、我们不懂的。它可以看到任何事物的背面和内心。它看到了地心，看到了月亮和太阳的背面。它看到了花心，看透了上帝和魔鬼。通过影子我就可以进入我不熟悉的和我自己永远看不到的世界，正如影子永远看不到我和我的世界，因为它注定是要永远面向事情的背面。我们每个人都有些要告诉别人的事，而我则感到我没有多少可说的。但孩子们就不同了，他们自然要分享各自的经验。他们甚至不曾想过要独自享有什么，因此根本不知道何时该保持沉默。这与其说是与我的环境相冲突倒不如说是与我的内心相冲突。在我的内心，如果没有一个十分具象的东西打破我与我的影子之间的联系，事情就弄不清楚。现在回过头去看，那可能是件小事，可当时却是重大的事。我是家中的老大，愿意做任何被人看成不天真的事。于是我不再理会我的影子，毫不留情。我决定放任自己。我与邻里的恶棍们大耍野蛮，一时间完全改变了自己的性格。那时我真怕什么人窥视到我的内心世界，一旦发现有这种迹象，我就向人们吐舌头加以掩饰。我看不起以前的那个我，开始用一种新的能产生威力的口气说话。毫无疑问，我成功了，人们都喜欢我了。这是一个了不起的改变。从此我再也不想变回原来的样子了。

可是我再也不像以前那样自然快乐了，尽管我装得很幸福。为了感到幸福，我突然发现我需要一个让我感到幸福的机器。而一当笑声消逝，我便感到一无所有。我感到很陌生，觉得自己正走向异化。

我读童话

向现实屈服并未使现实更真实。它似乎愈来愈不真实，难以解释，深不可测。它就悬在空中。以前情况可不是这样的。以前，似乎影子的世界和我的世界相互认可，相互补充，因此每件事都很合时宜。现在，现实却是分裂的，令人无法把握它。但我们对此毫无办法，只能继续朝前走。我朝前走的办法是读童话——它可以让人向后转。今天更令人生疑——今天童话更让人需要。但成年人不厌其烦地说童话对现代的儿童来说没有什么用，因为孩子们很快就让它骗了。孩子的内心不过是一台小小的顺从的机器，很容易被操纵。但是如果社会上的一切都照其"应该"的样子运作而其外在结果又看似令人满意的话，别的东西就会好自为之——特别是当每个人都尽早学会他们应该经历什么或不应该经历什么时，更是如此。

但我说，我仍然读童话。我一遍又一遍地读安徒生的《旅伴》和《影子》。（作为成年人重读这些故事，令我产生一种奇特的感觉——我发现我再也看不到我曾经看到过的，我还看到了我不曾看到过的。比如，小时候，我全然忽略了它们的幽默，我看到的只是忧伤的一面。当我读到约翰尼斯不顾一切地要娶那个恶公主时，我甚至发现这段话都很有悲剧意味：那些狂饮白兰地的女人总是要把酒弄得黑黑的再喝。这是她们表达哀思的一种办法，她们只能这样才能表达自己最深切的悲哀。那是怎样绝望的心情啊，我不禁心颤。）

每次我读到那个饱学之士在一天晚上把自己的影子丢给了他刚想好的一首诗，我就浑身起鸡皮疙瘩。他命令影子回来。多少年过去，影子回来了，但变成了人。它看到了别人看不到或不应该看到的，看到了别人不应该知道但又十分渴望知道的一切。

影子只有一个问题：它自己没有影子。于是它要求这个日渐衰弱濒临死亡的学者来当它的影子。这是个令人难以置信的戏剧性场面，令我激动得难以言表。有时我不敢去读它的结尾，但我无法控制自己不去一再重读一些段落。是不是这故事在提醒我我所做过的？我不知道。我几乎无法有意识地拿它与我的影子相比较，但这想法却在潜意识中徘徊。尽管我并没有把自己的影子丢给诗歌，但我让某种世界的主宰把它吞噬了。说得明白一点，这就是社会要求我更顺从现实。仅这一点就足以说明为何我18本书中仅有3本可以说是"社会真空"的产物。

有一点可以肯定的是，“渴望的蓝花儿在乱石滩上比在皇家玫瑰园中看起来更为幽蓝，”至少更容易看得到。但在乱石滩上更容易碰上荆棘，而在玫瑰园中则不可能。

可能这是一种错觉。但在我看来，正如影子世界和现实相互充实一样，现实作品与“形上”作品的关系亦是如此——如果对一种写作方法产生怀疑，那么整个写作都将成为不可能。当雨果最终出去寻找两条河的交汇点时，可能他是要找到两股真实之流是如何交汇到一起的。“我必须知道这是怎么形成的，”他说。因此他的目光比以往更幽蓝，它们看到了别人所看不到的。

那么是不是可以说我写这些书是出于利己的动机呢？只是为了重新寻回我儿时丢失的东西吗？

不，绝不是，如果是那样的话，我会把它们保留给自己的。我写，仅仅是因为我相信它们是必需的。否则我就不会继续写下去。我绝不是为了迷惑成年人而写作的。

但儿童文学作家的困难是，他不能直接与自己的读众相接触。除去他自身的内在防范增加了难度外，还有四个障碍：出版商、批评家、家长，还有儿童。他们各有不同。出版商知道作者怎样写批评家才会怎样评，进而使家长认为这是他们的孩子应该读的书。批评家发现出版商和家长什么都不懂，但身为批评家他知道我们社会中的儿童应该读什么样的书。家长自以为，只有他们才知道他们的孩子要读什么书，但他们常被批评家说得晕头转向，而拿起一本被广而告之的书时也会游移不定。孩子们是不会有板有眼地表达自己的愿望的。于是，似乎作家和孩子们最有共识了，可他们永远不会相遇，因为他们之间的障碍太多了。于是，作家必须写那些能赢得出版商好感的书，而批评家和家长又要想尽办法不让儿童受这类书的害。

还有一点但这一点不可多重复：儿童与儿童大不一样。他们的区别正如让·林德布拉德和英格瓦·卡尔森之不同。卡尔森和林德布拉德意识到了这种不同，可一个孩子感到与别人不同却说不出为什么来，他只会一再让自己去与别人一致的。这就是我所说的境况。

作者与书

1976　丹麦　西赛尔·波德克

西赛尔·波德克，丹麦女作家，1976年安徒生奖得主。主要作品有《西拉斯和黑马》等。标题为译者所加，该演说发表于雅典，1976年。

　　我谨代表我的书向 IBBY 的成员表示感谢，感谢你们在全世界范围内和你们各自的国家中为传播有价值的儿童文学所做的重要工作。

　　我特别要代表我的书感谢 IBBY 和评委会的成员把 1976 年的安徒生奖授予我。

　　此刻我十分幸福，内心充满了感激，但我同时必须提醒自己也提醒大家，我只是一个工具，我被赋予一种写作天赋，我有义务利用这种天赋去写，从而为尽可能多的人带来快乐。人们无法寻找到这种天赋，但是可以避免让自己滥用这种天赋。如果我应受到表扬，那是因为我坚韧不拔，果断地与我的每一部作品朝夕相伴直到让它变成一部优秀作品。

特别当那是一部儿童图书时，更是如此。

儿童并不像成人那样注意写作风格，也没有什么批评态度，因此，为他们写书更需谨慎。儿童的头脑最开放，接受能力很强，因此从小就该为他们提供符合他们标准的读物，形成他们应有的阅读经验。这是可能的。

不幸的是，我与生俱来的写作天赋并不能让我按自己的意愿去写作。我的书比我更强壮。总的来说，每当我把书转交给出版商去出版，我就对它无能为力了。无论在形象上还是情感上，我都无法做到与公众对一个作者的期望相符。我要学会这样生活，但我经常为不得不承认的自己的缺点而感到惭愧。我不得不总是令人们失望。因为一个作家的声望是建立在他的故事上的——如我书中那些强有力的男孩子西拉斯或塔夫斯，几乎是些万能的人。令人痛苦的是，我得承认这不过是促使我如此塑造人物的愿望而已。

我有时问自己，是不是这么一回事？我想我那么喜欢西拉斯这类万能的人物是不是因为我自觉无能。

同时我感到，这个西拉斯也是我心中某种东西的产物——他是我四位先祖父的总和。

第一位是个牧师，一个很严厉的人。

第二位是个发明家，如发明打字机或纸的人。

第三位是个海盗，确切地说是个武装民船船长。

第四位是个弃儿，对家史一无所知。

这四个人混成一人，不就成了小说中的西拉斯了吗？

我没成为西拉斯这样的人，但似乎我应该。现在西拉斯已经成了我的一部分，因为最近我刚交给出版商一部稿子，讲的还是这个人。这是讲他的第四本书了。

我最初写西拉斯时，我父亲认为那书极好。后来我说我要写个西拉斯系列，父亲摇摇头深表怀疑。他认为一写成系列就有质量下降的可能。可第三本书出来后，他看了挺满意的。读第三本时，他很专注，很挑剔，但我发现他仍然很欣赏。现在，他去世了，可西拉斯还活着。在第四本书中，西拉斯有了自己的家，不过是以一种不寻世俗的方式。他按照自己的本能和理想行事，最终与自己的社会反目。

一般来说，我感到我了解西拉斯就像我了解我身边的熟人一样。尽管如此，我仍无法每次都准确地预言他在某个特定情境中会怎样做。经常是我给他制造麻烦，西拉斯总能战胜我制造的困难，有时我对他的做法并不满意。一想到他长大了会做什么我就感到恐惧，要知道现在他才15岁，就这般不驯服，这般倔强。他老了会怎么样？他还会继续这样有主见下去吗？也许他会屈服于环境，最终变成一个失落、古怪的人，既排斥别人又被别人排斥？

我说不准。但是，根据他的发展逻辑，他可能会过一种动荡不安的日子。当然了，他亦会随着经验的增长而有长进。

不少孩子写信告诉我说他们十分喜爱西拉斯，他们还要我多写写西拉斯，因为他们十分想知道接下来他会怎么样。

我也很想知道呀，我也想多写写西拉斯。所以我希望我会继续追踪他而不受别的事物的影响，我想，对我来说为儿童写更多的好书最重要，而对成年人讲我为什么这样做和怎么做倒不那么重要。因此我会尽量不辜负安徒生奖及其所代表的价值。对IBBY授予我此奖的真正谢意在于创作出你们和儿童应该读到的高质量的更多的书，不仅是在近期而是在我能写作的生命期间。

现在只略表谢意。

我会为这个目标而奋斗。

我的奖不仅是 IBBY 给的，还是我为之创作故事的儿童们给的。他们给我写信要我多写，而一个作家却不敢多要奖。

想象的漂流瓶

1978　美国　波拉·福克斯

波拉·福克斯，1978 年安徒生奖获得者。主要作品有《跳舞的奴隶》（又译《"月光号"沉没》）。此演说发表于德国魏兹堡第 16 届 IBBY 大会上，1978 年。标题为译者所加。

那是很久以前我年轻的时候。一个清晨，我漫步在马萨诸塞海岸边的一座小岛的南沙滩上。在滩头上，阳光下有一只封了口的小瓶子。瓶子里有一张写了字的卡片，可是玻璃太厚了，看不清上面写的是什么。我忙拿着它赶回家，又动起子又动刀，算是打开了瓶口的软木塞子把卡片取了出来。这东西是美国政府内政部放出来的。卡片上说，这瓶子是几个月前放出来的，为的是测量某种水流的流向。还说，如果我能在卡片上填清楚捡到瓶子的确切位置和日期，他们将感激不尽，并马上告诉我这瓶子最初从哪里放出的。我填了卡片，到村邮局去寄出，然后开始等待，政府是不会马上答复我的，让我等了足足六个星期。在那期间，我常常在图书馆里一坐几个小时，研读地图上全世界的海岸线，不停地梦想着这个瓶子的出发点，一定是个非同寻常的地方。

政府部门的回复终于到了，我打开信一读，立即哭笑不得。笑的是我竟傻乎乎想象了一通儿；哭的是来信提供的事实——那瓶子就是从我所在的岛上的南沙滩放出的，它从来没有离开过南沙滩呢。

许久以前经历的这场惊讶今天我又经历到了——这个惊讶是与我的书有关的新闻引起的，我从未想象过的水流把这新闻传得很远很远。

我受宠若惊地感谢 IBBY 授予我安徒生文学奖。

我们一直听人们谈论儿童文学与成人文学的区别。在儿童图书出版的领域内，从 20 世纪以来人们就详详细细地就儿童图书的年龄段、年龄兴趣和年龄类别争论不休，我们都多多少少受这些争论的影响。可在争论的喧闹声中我们忘了一个好的故事应具有放之四海而皆准的力量和生命力。我曾读到一句话说，好的故事应具有"把玩耍中的儿童和壁炉边取暖的老人吸引过来"的力量。

好故事的力量在于想象。歌德曾说过，伟大的想象是真的想象——通过想象来把握真。在伟大的故事中人们发现的是生命的真。

如果说任何一个 5 岁的小孩儿会喜欢《包法利夫人》或《罪与罚》，那是荒唐愚蠢的。可是对包法利夫人或拉斯科尔尼科夫感不感兴趣并不是普遍区分一个人是儿童还是成人的标准。这标准只对某个人适用。个别并不是问题的核心。问题的核心是，我相信，讲故事的艺术终归是真的艺术。在好的故事背后是想象在努力，在这方面，无论是为儿童写作还是为成年人写作，其想象的努力是没有区别的。如果儿童读到的或听别人读的东西不是些个高高在上的东西，不是靠牺牲真实来炫耀浮华的东西，而是启发孩子们想象的东西，这些孩子以后可能会乐意知道包法利夫人和拉斯科尔尼科夫。

至尊至贵的彼得主教在《英国人的教会史》一书中讲到诗人加德蒙的故事。加德蒙生活在 7 世纪，是个没文化的放牛郎。加德蒙没有歌唱天才，因此，在人们晚上轮流弹起竖琴时，他就惭愧地躲到牲口棚里去，因为他不会唱歌。

一天夜里加德蒙梦见一个陌生人，他说加德蒙必须要唱歌。加德蒙问："我唱什么呢？"那陌生人说："就唱唱创造万物的开始吧。"

这就是讲故事人的任务。这就是儿童文学和成人文学所要说的——创造。

儿童文学与现实

1984　奥地利　克里斯蒂娜·诺斯特林格

克里斯蒂娜·诺斯特林格，1984 年安徒生奖得主，主要作品有《黄瓜国王》等。

16 年前我开始写作儿童文学时，我并不很了解儿童，但我热情很高。那时期对持我这种观点的人来说是个十分有利的时机——至少在中部欧洲如此。我们那时很乐观，因为那时变革似乎是可能的。只需一两年的工作、奉献和艰苦斗争，我们就可以进入一个秩序良好的世界。

如果你们像我当年那样有思想和信仰的话，只要你想写，你就有充分理由为儿童写作——他们被认为比成年人更少呆板、迟钝和僵硬，他们待人公平、直率，更为诚实，更有创造力。所以，他们更容易明白你对他们说的话。

我写书的"办法"很简单：既然他们生长于斯的环境不鼓励他们建立自己的乌托邦，那我们就挽起他们的手，向他们展示这个世界可以变得如何美好、快活、正义和人道。这样可以使儿童向往一个更美好的世界，这种向往会使他们思考应该摆脱什么、应该创造些什么以实现他们的向往。

回顾往事，往往很难说清幻想是怎样、在何时消失，人何以变得无奈。我知道的是，对我来说这是一个缓慢艰难的过程。可是我依然能痛苦地记起一些打击加剧了幻想的破灭——苏联侵略布拉格和智利发生的谋杀阿连德事件，这是众多令人痛苦的事件中的两件。如果有人问这与我为儿童写作有何关系，我会说：关系重大。

文学应该给人们许多东西，其中两样就是勇气和希望。但可疑的是一个渐渐丧失了勇气和希望的作家能否做到这一点？至少我是放弃了这种不平等的斗争了。用一个更适当些的词来解释是：我停止了治疗，干起糊药膏的营生了。当然糊药膏的手艺是不容小看的！关于安慰药膏的作用说起来就多了，比如给冷漠的人际关系糊点防冷药膏什么的就很有用。多做一点解释，因为你懂得多了，就可以活得更好；给点刺激，让你动一动，这比你总躲着任人宰割强；给点鼓励，让人们去相爱，帮助你去了解——这些都是糊药膏的内容。

许多年以来，我一直满足于这样做，我认为我的读者也会这样。可近些年来我开始质问这类做法。

即便你放弃了通过写作来改变社会的想法，只是把写作当成帮助、安慰、解释和娱乐的手段让孩子们活得好一点，你还是应该自问：什么最重要？什么地方最需要帮助？我们是否仍然考虑阶级标志、初恋、与父母争吵、游乐场地、零花钱、冒险、梦幻和吸毒这些问题？是否也要思考能源和第三世界？物种灭绝，人类如何生存下去？是否要思考第三次世界大战、酸雨和铅污染？儿童是因为没有多少零钱花比以往更沮丧，还是因为每天有44622名儿童死去？他们需要人们解释什么——是母亲为什么与父亲离婚还是军备竞赛、恐怖加剧？他们何时需要支持——是在与老师争吵的时候还是在举行反核电站的示威之时？

我从来说不清儿童们靠自己的力量能对付什么或需要什么样的帮助。现在更说不清了。比如在奥地利，有个地区的孩子们都患上了"格鲁布"喉头炎，终日咳嗽，他们还患有气管炎，他们不得不服用抗生素，不得不吸药液以抵抗大气污染。当然这些孩子也读书，书中的小孩儿肚子上装个小飞轮耍恶作剧或者有个孩子因为拉丁语考试不及格而伤心。但我必须承认，一想到如果有个孩子放下吸醚器来读我的书，我会不愉快的。"那孩子需要与之全然两样的书！"我会这样告诉自己。但是什么样的书呢？我又不知道。那些情况比我国还要糟的国家中的孩子应该读些什么书呢，比如智利、伊朗、伊拉克、南非、阿富汗或乍得或任何一个战争、贫困、剥削和压迫横行的国家——对此我甚至想都不敢想。我不够资格说我希望他们的孩子有书读。这并非说我认为挨饿的人们、受剥削压迫的人们和斗士们不需要书。而是因为，我觉得我这样的人不应该对这些国家的状况作出评断。我仍然说不清，我们为这些国家积攒的一点点钱是应该用来买食物、药品、服装、建校舍和住房呢，还是用来买武器。以前我是赞成买武器的！现在我反对买武器。这并非因为我是个和平主义者，而是因为——很明显，那些压迫人、剥削人的有权有势者手中有更多更优良的武器。所以，对于诸如《儿童图书是对发展援助的贡献》或《儿童图书是对解放斗争的贡献》这样的话题，我真是无话可说。

除了这些无法对付的大问题外，一个儿童图书作家还要被迫同电视和录像竞争。久而久之，你会想："竞争"是不是一个恰当的词汇，它能否说明这个问题，或者字词是否已被影像所替代？

以前儿童文学作家有读者，仅仅是因为孩子们常常在感到无聊时只能读读书。而现如今，尽管孩子们比以前更觉无聊——至少在我生活的地方如此，但他们通过看电视来解闷。与此同时，他们忘记了怎样读书或者压根儿就不想读，因为看图像比读文字要容易得多。人们当然乐于做容易的事了。一个自以为能够诱导孩子们离开屏幕去读他的故事的人，他必须重新发明一种语言才行。

由此我得出结论，很不情愿地说，儿童图书市场在几年内会缩小。爱读书的孩子所占的儿童人口比例不会大于爱读书的成年人所占成人人口的比例。家长和儿童都一样——只有那些"真读书"的人才读书。

如果我心地善良，我可以说："还行，事情没那么糟糕。"至少我们仍有机会创造出一种真正的"儿童文学"来，因为现如今喜欢"垃圾"的孩子都坐在电视机前了，作家们不必想方设法讲故事去吸引他们，而是可以为一群较高雅的、有着敏感灵魂的年轻思想家写作。

于是儿童文学就会像成人文学一样了——不为大多数人所接受，只是精英为精英儿童所提供的作品。毫无疑问，这些精英儿童是来自工业化国家的高层次人口。现在或将来能够把儿童从电视旁吸引过来并为他们提供一种优雅的存在方式的人，只能是生活在一个在地理位置、政治立场、经济条件和意识形态方面都是中立区的人，只有这种中立状态才能使他对所谓"他的文化导向"和"时代精神潮流"不屑一顾而仅仅注重保持"人类传统"。

因此，现在比以前更缺乏在阅读方面均等的机会。

我不知道这个过程是否像许多人相信的那样是不可改变的。

但我知道的是，这种状况只有在世间一切都变好以后才会有所改变。

很明显，占主导地位的经济和社会制度若不改变，这些状况就丝毫不会变好。只要人无法过上实现自身价值的生活，儿童图书就难得有机会获得成就。

那些决心不自惭形秽的人抱有一种原则："即便我们没有希望，我们也要像有希望那样工作。"

这个原则当然对创作儿童文学也适用。但我们至少应该知道希望从哪个方向将至，因为我们没有多少时间再三思考这个问题了。

当金苹果落下时

1986　澳大利亚　帕特里莎·拉伊森

帕特里莎·拉伊森，1986 年安徒生奖得主，该演说发表于日本东京，1986 年 8 月 23 日。主要作品有《小恐惧》和《我是跑马场的老板》等。标题为译者加。

毋庸置疑，这是我一生中最骄傲的一刻。获安徒生奖是我从未梦想过的事。可我不仅获了奖，而且是第一个获得这份荣誉的澳大利亚人。我们整个国家都在分享我的快乐、荣耀和激动之情，这真像一个大浪跃上了新的浪峰。

我感到自己很不同寻常，十分幸运。我必须说我是世上最幸运的作家了。在我的写作生涯中，我常常很幸运。

最初我只是一个蹒跚学步的作者，只敢为自己的孩子写故事。是一个偶然的机遇把我带入了这个最令我珍视的文学领域。是在儿童文学界充满生机的时候我姗姗而入，那时这个小小的圈子受到了大家的关注，充满了希冀，目标很明确。时机一成熟，一切就开始了。我实在是幸运，处女作就获得了澳大利亚10岁以下儿童图书奖。那次的奖品是一朵雪白的山茶花，我那个惊喜劲儿很有点像今天的样子。

开始的时间很妙，因为那时为儿童写作是某种任务，每个新作者都很有希望。我一直在想，在澳大利亚工作是我幸运的一部分，因为那里的儿童图书圈子虽小但充满着友爱。随后我知道了 IBBY 这个机构，才发现这个小小的友爱团体是个跨国的组织。安徒生奖像金苹果一样每隔一段时间会从树上落入某个人的怀中。这绝不是大自然的成熟落地，这金苹果属于某个看不见摸不着的品种。我之幸运，不是因为我在某个适当的位置上工作，而是在某个适当的季节，正好赶上了果子成熟落地的时节。

但是我仍旧认为在澳大利亚工作是一种幸运，因为在这里我们无前路可寻。大多数国家都有前人铺好的路，人们可以把一些新故事轻而易举地置入某些适当的框架中：民间故事或幻想故事，校园故事，家庭故事，清教徒故事，英国内战或美国独立争等。可是在 30 年前的澳大利亚，我们仍然处在探索阶段。

我明白，仅仅是探索并没有什么不寻常的，全世界的人都在探索。可是对澳大利亚作家来说这确实不容易，因为我们只有寥寥几部作品，这个国家的文学就像攥在手心中一样。因此，任何一个故事都是新的，根本不受别人想法的影响，几乎是"史无前例"的。

我们是幸运的作家，即使我失败了也感到幸运。在 20 世纪，一个作家还可以因为偶然的机会陷入一个国家的文学之洞，然后根据自己的需要去寻找没人写过的主题并因此受到热烈的欢迎。这样的好事还能在哪里找得到？

我很幸运，我们都很幸运。人们需要我们，鼓励我们，我们有充分发展的自由，我们的领域本身就是一种挑战。在这个领域内，我们为坦率、尖锐和明晰而奋斗。"简洁"的文风要求我们在遣词造句时使字句隽永意赅，让故事完美地展开并富有逻辑，这样作品才会让人看重。

这是一个诚实的领域，作者个人的放纵是令人无法容忍的。纯粹的责任感促使你去反复审度创作思路，力争达到公正与真理的目的。这些标准对任何写作领域都适用，可我觉得许多人并不如此守规矩。

或许别的作家也是这样跌跌撞撞闯进了文学领域并在这三四十年中有了长足发展。我经常这样猜测：是鸡生蛋还是蛋生鸡——是这个领域潜在的力量吸引了高水准的作家还是作家的高水平筑就了它的力量？

当然原因还有更多，是那些人——编辑，教师，图书馆员，爱和平的人们、爱孩子的人们和爱读书的人创造了这样良好的氛围，使我们这些幸运的作家们得以进行写作。这个跨越全球的小小的友爱集体今晚就聚在这里。对在场的各位，我谨表谢忱。

世上绝无所谓"最佳图书"。最好的书是你作为个人最喜欢的书。同理，世上绝无"最佳作家"。奖励不过是为我们喜欢的那一类图书增辉，而那个有幸获此奖的作家其实是代表这一类作家领奖。这种说法似乎有点理想主义的样子，并有含混之嫌。可事实上就是如此，铁定如此。我们都因为别人的获奖而感到有所收获，获奖的确是美妙的一刻。

可我却感到这美妙的时刻快结束了。可能在出版界处在流动状况时这种感觉是对的。你永远不会知道下一周由谁来出你的书或哪个陌生人坐在编辑的位子上。但你知道，出版的政策是推动尽可能大量的资金周转，它依靠的是某种特定的程式。

出版商需要资金周转及其流动程式，这并不新鲜。其新鲜之处在于，对金钱的需求变成了唯一的动机，人受钱的支配，只剩下了金钱的流动程式。在这种情况下，无怪乎作者不再寻找故事，而是寻找"程式"，或将故事与"程式"相加，寻求写作实验班的支持；无怪乎书迷们开始失去他们的鉴赏力，只要发现一个故事有点与众不同，无论它多么不成熟甚至庸俗，大家也趋之若鹜。

初学写作者寻找一个写作程式并不奇怪。甚至已发表了作品的人也常被要求提供写作程式，可他们能够做的只是写作而已，提不出什么有效的建议来。有的作家可以较为有效地使用他的写作程式并能令读者十分满意，如我青年时代的作家 L.M. 蒙特戈麦利，甚至我童年时的作家阿瑟·兰瑟姆。很可能，我们每个人都会在不同程度上发现自己的写作程式。令我感到新鲜的是：很多人相信，通过学习某种这样的程式，不是作家的人就可以成为作家，就像教人编织或游泳一样一学就会。

写作实验班对激励初学者来说是个好的场所——可能对电影或录像脚本的创作来说是这样，一群人合作编一个故事。故事是通过画面来进行叙述的，演员也投入"叙述"，更有导演和制片人把这一切都调理一致。当你以一个电视消费者的身份坐在电视机前时，你会发现故事编得很不错。

可是纸上讲述的故事对读者来说却是一种孤独而紧张的体验。把不协调的东西进行理性的梳理是使不得的，写故事需要孤独、紧张的单枪匹马的功夫。尽管如此，一个写作实验室还是可以经常帮助一个初学者独立并给他一根拐杖。但令我担忧的是，个个儿作者都想接过这根拐杖靠它行路。要是让我使用这根拐杖，我会派它一个最好的用场——谁若想染指我的故事，我就用拐杖敲他的脑袋。

我常常担忧，这一切是否意味着对古已有之的讲故事技能的革新？现在写故事就是用这种大规模的生产与消费手段吗？如果真是这样，那么，有着神秘洞察力的作家绝不会善罢甘休。他们一定要把他们的观察变成故事，这是他们的需要，一种孤独的需要。这样的作家不承认他的艺术有什么错，不承认他的艺术是教育的辅助，不承认他的艺术已陈旧、无话可说。即使这样的作家只能在精神病院中找到疯疯癫癫的听者，他也要坚持用他旧的办法讲他的故事，他甚至或许会发现一架落满灰尘的旧式蒸汽打字机，用它来写一两本小说。但他还是注定要失去更多的人分享他写作的快乐，写作的魔法会随风而去的。

　　但是，如果我们这个小小的友爱团体能够存活下来，不被折腾得精疲力竭，那树枝上就会落下一个巨大的金苹果，上面刻着汉斯·克里斯蒂安·安徒生的名字。这个大金苹果会从那些个靠机械方法攒起的小说身边飘然而过直落入你的怀中。小说的魔法又会复活，这样的幸运作家会像我一样珍惜那个金苹果。

"老天鹅"的话

1988　荷兰　安妮·施米特

安妮·施米特，1988年国际安徒生奖得主，该演说发表于1988年9月，挪威首都奥斯陆。主要作品有《吉卜和扬耐克丛书》《小阿贝尔》等。标题为译者所加。

亲爱的汉斯·安徒生：

我得到了您的奖励！真说不出我是多么高兴！

从我的孩提时代起，您的童话就一直是我生命的一部分。我九岁时就一边读着您的童话，一边又笑又哭，现在，这些作品依然能给我启迪。

当四月里我得知我将获奖时，我的确感到骄傲。可后来我又感到害怕了。我知道我要坐飞机到奥斯陆来领奖。您不知道吧，我们现在是坐飞机旅行，不再是乘着自己的翅膀飞了。大家告诉我挪威是个美丽而奇妙的国家，不过，这里很难弄到酒喝。

更令我害怕的是我得用英语讲演。我的荷兰口音很重，比您当年在伦敦给查理斯·狄更斯读《丑小鸭》时的外国口音还要重。我的书还没有译成英语，可我却要用英语演说，这可真有点奇怪和令人沮丧。国际评委会的评委们得向讲英语的人用德语、日语和西班牙语宣读我的作品，这可能会令人们扫兴的。

国际青少年图书委员会荷兰分会一直在说：安妮·施米特在荷兰很有名。评委会的人却回答说，足球在荷兰也很流行。不过，安妮·施米特的名字自 1960 年起一直列入安徒生奖的提名名单中，我们将冒一次险让她成为获奖人。他们果真冒了一次险。

亲爱的汉斯，我很久以来一直是一只丑小鸭。现在我成了一只又老又丑的天鹅。但老也罢，丑也罢，我毕竟是只天鹅。

永远尊重您的　安妮

独角兽的银色蹄印

1990 挪威 托莫德·豪根

托莫德·豪根（1945—），1990 年安徒生奖得主，该演说发表于美国威廉斯堡，1990 年。主要作品有《白城堡》《杰普林》和《丛林中的呐喊》等，被译成 15 种语言。标题为译者所加。

亲爱的各位：

你们曾经是儿童，而且现在你们的心扉至少还向着逝去的童年岁月敞开着。那些岁月或许显得久远，或许又仿佛是昨天。

现在，我站在你们面前，对多数人来说是个十足的陌生人。不过，再过十来分钟，我会给你们留下一个今年安徒生文学奖得主的印象。

20 年前我的处女作发表时，我不曾梦想到我会经历今天这般不平凡的场面。这项大奖离我之遥远恰如冰山之于热带的阳光——这或许是个不够恰当的比喻。

不过，17年后，当我出版了12本书以后，我仍然这样看。现在我感到我似乎是置身于一个童话之中。我站在这儿，显得很蠢，很有点手足无措。这是因为，我确实不清楚我口中吐出了什么魔咒，借此敲开了大奖之门，使得你们接受了我，并且高度评价我的文学作品。

我拧痛自己，借以清醒过来。看来，我不是在做梦。这是真的，我是真的，这一天是真的，这一刻是真的，即使我不明白我何以承受得起这项难以置信的殊荣。

我觉得，我所以感到这是一个童话，这是缘于一种对比：

一方面，今天是一个节日，我们在此庆贺优秀的文学作品，文学是不可没有的。今天我们在一起共同度过几个小时，对文学所传达的生命和精神给予一点特别的关注。

我们都有一个共同的梦，相信有一个更美好的世界。而通往那个世界的最重要的途径或许就是优秀的文学作品了。儿童文学图书就是这样一条路，它是一条未知或难以把握的路。

我赞赏你们诚实的工作和由衷的信念。尽管我不是一名披甲戴盔、扬鞭策马的骑士，但是，我必须时常秣马厉兵，一旦我觉得该作出贡献时，我会力争跃上高不可攀的城堡和布满荆棘的大墙，去拯救一位少妇或儿童。

并不是只有年轻女子才有教母；并不是只有年轻姑娘才对纺纱感兴趣——那令人生厌的纺锤或许藏在什么地方在等待我们任何人，天晓得它在何处。这个世界从来不那么容易被人认识。

千万不要忘记我们共有的梦。我自然想到了梦中的独角兽。我们心上都映着它的形象。你们是何时见到这些神奇的动物的？传说中它们那耀眼的白色躯体甚至使月亮相形黯淡。如果你们没有见过这东西，这并非说明它不存在，对吗？

我说过，今天是一个让人作出对比的日子。对比的另一面是，我写作并非是为了得奖或是通过作品的翻译扬名。我写作甚至不是为了出什么名。我写，仅仅是因为写作是我生命的需要。如果我不写作，恐怕我就不会感到我活得完整。

我的日子是在一间屋子里与我的终身伴侣一起度过的。我称之为我的办公室，里面满是书，读过的或未读过的，充满了期望和不可磨灭的记忆，甚至一丝笑靥或一道泪痕。

我的窗前花园里面百花绽放，提醒着我每个事物都瞬息万变，生活载着我飞奔如白驹过隙。

随着我将一页页的白纸填满了文字，园子中的花儿也完成了它们的使命，落红一片。神秘的小说从此随风而去，飘出了视野。它们去哪儿了？我常常猜测书的读者们是何人。

我写过 12 本书。写这些书占据了我大部分成年后的时间。我知道我在写作中一直是十分诚实的。但我绝不装作寻到了真理或生活的真谛。

我从小就写，一直写到今天。开始是阅读妈妈订阅的周刊上的连载故事并照这样式一周接一周地写自己的连载小说，那些书名是《威尼斯的伯爵夫人》《危险的爱》或《银灰轿车中的女孩》。这些小说是写在小黄皮笔记本上的。我想这些本子仍然留在母亲家我自己的那间房里，上面落满了灰尘——这也是使过去的岁月变得柔和的一种办法。

我说不清我为什么要写作。写作一直是我生命的一部分——就像我"怦怦"作响的心或呼吸着的肺脏。当我的想象力受到心智的指引，一个情节降临、一段文字即将从心灵深处的海洋中浮起而我的手却不与心脑协调合作时，我简直是痛不欲生。在那些时候，折磨着我心的痛苦几乎要比我的心还沉重。此时我会想：

"这辈子我不会再写一个字了。"我真想干枯我的心灵之海，让它永远消逝。但是，痛苦是艺术之母，没有痛苦，我们及整个人类都不会生存。

我从没想过当什么作家。我生长在茫茫挪威森林中的一个小村庄里，那个环境离作家之梦太遥远了。每次我手捧自己最新出版的作品时，我都禁不住要问自己：这真是我写的吗？

写作就是与一切不可能之事做斗争——让文字去传达、去表达某种意义。我何以知道我写下的文字是否对读者有意义？我不会知道的，因为交流是生命的魔术。

如果我的心不在字里行间跳动，如果我自己都不信我所写的东西，我就不能指望我的书对别人有用。

因此，我直至今日仍感到困惑。安徒生奖评委会的评委们认为我的书起到了交流的作用，可我却感到没有。不过，生活本身就是交流。我们都必须为自己的信仰奋斗，不管它是如何看似不可能。同样，我也相信交流，不管克服自身的孤独感有多么困难，也要克服，为的是达到交流。

写作意味着通过奋斗将自己的想象变成现实。可这从来不曾成真。

我只希望离真近一点，就如同我们试图接近传说中的独角兽一样。时常会有这样的神奇时刻出现：想象——生活——字词融为一体。这简直就如同抚摸独角兽一样——当然是无比轻柔地抚摸。

一个作家极少能早晨八点上班，下午四点回家与家人和朋友一起消闲。

某种东西一直在我头脑中写个不停。有时这真像过一种双重生活。即使当我和某个人聊得很开心，我想全身心与之交流时，我的脑子还是在写作着。无处可逃。这就意味着别人无法与我这号人一起生活，否则你就得付出巨大的耐心和理解，特别是当你理解不了这种双重生活时。

写作同样意味着为寻找合适的字词而进行的斗争，要努力找到能赋予一个故事以准确诗义的字词。我要努力寻觅到字词的节奏，为此一刻也不会忘记作品的结构和文体。仅仅会写一个普通的故事是远远不够的。这故事应该是营造出来的，它必须建立在准确的细节上。

一个作家至少懂得一条真理，那就是，他（她）永远也不会得到自己真正所想。我们或许会接近生活，但我们永远也不会完美。既然生活从不完美，一个作家为什么非得完美不可呢？

我不知道"真实"为何物，因为我不相信有这种东西存在。我们只能为它做点什么而已。另外，我也不知道这世界是怎么回事。我从来说不准我的某本书是为谁写的。我既然不那么了解你，我怎么能说准？我没有权利声称我是全知的上帝，能说清什么是最好。我只能写我相信的书，希望它能获得一个读者。

但是我真正知道的有两点：全世界的人都曾是儿童，我们都有一个属于自己的童年。

我并不是说全世界人的童年都一样。但我们都曾是成年人统治的世界里的小孩。

不少成年人认为童年是人生中的快乐岁月：仲夏的好天气日复一日，只有夜间才会下雨，天从来没有那时那样湛蓝。

可事实并非这样。

儿童应该长大，应该适应社会，应学会社会所能接受的行为举止，遵从其法规法则。成长是痛苦的，但是，我们在此之前已为保卫自己的正当权利付出了沉痛的代价，并为此进行过斗争——或许在我们出生之前，成长就已开始。对儿童来说最坏的事就是当他让家长失望时被家长赶出门外，这是最大的惩罚。孩子因此而站在冰冷黑暗的户外，不停地敲门恳求进屋。而成年人非得到自己认为惩罚时间已到才肯开门。

我想，大概我们都经历过类似这样的惩罚。只要我们一天弄不清我们对孩子的行为，只要我们不敢回归童年，我们仍会不断地伤害儿童同时也伤害我们成年人自己。

似乎我们成年人忘记了这样的事态：我们的生活是基于童年的。童年是我们借以相互交流和与年轻人交流的主要源泉，也是了解自己和全人类的基本源泉。

当我们鼓足勇气向童年迈进时，这就意味着我们必须感受心中的痛苦即灵魂中的渴求——对更好的生活的梦想。

我相信这个想象，尽管我无法通过我的书让它变成现实。不过，也许某个读者通过读我的某本书发现了他（她）的真正潜在力量，这说明我达到了我不可企及的目的。

我们是感情的巨人。但我们要靠一个个细小的步骤来改变自己的生活，这一点我们千万不能忘记。

亲爱的 IBBY（国际青少年读物理事会），安徒生奖评委会以及所有心脑仍年轻的人们，谢谢你们对作为作家的我及作为文学的我的书所给予的信任。

我会尽全力以不负众望。

哦，我几乎忘了说，我也没见过独角兽。不过我见过一个模糊的银色蹄印，那是在我儿时。

故事·童年记忆·种族

1992 美国 弗吉尼亚·汉密尔顿

弗吉尼亚·汉密尔顿（1936—2002），生于俄亥俄州，出版过 30 多部作品，亦是一位著名的演说家和教师。重要作品有《了不起的黑金斯》《美珍珠神秘历险记》和《甜蜜的呢喃》等。标题为译者所加。

我十分欣慰、万分骄傲地接受 1992 年的安徒生奖。我感谢国际安徒生奖评委会成员，他们为获得提名的人们花费了大量的时光和心血，最终把这个珍稀的礼物赐予我。

我感谢美国青少年读物理事会，感谢其主席朵萝茜·布里利，这个理事会的成员多年来一直青睐拙作，他们坚持不懈地热情推介我的作品给少年和成年学生，不仅在他们的课堂上和报纸杂志的评论文章中，还交口相传。我感谢大家，感谢 IBBY 对文学、儿童和文化多样性的关注和支持，感谢 IBBY 主席罗纳德·乔伯一直对我的友善。我感谢现场的很多朋友，谢谢你们的忠告。我感谢我的美国编辑伯妮·沃尔博格，她的想象力与我一致，既是一位能打拼的编辑也是一个有说服力的外交家。她陪我和我的丈夫来到了这里，我的丈夫阿诺德·阿多夫是一位诗人和散文作家，出版了 40 多本书。我们经常一起旅行，开朗诵会和做讲演。我还要谢谢他如此细心地照料我们繁忙的生活。

我感谢东道主国家对我的热情和慷慨。尽管我来过德国，但到柏林来还是第一次。我是以一个姐妹、母亲、非洲裔美国人和一个美国公民的身份来这里的。我开始品味你们的文化和厨艺。可惜我不是一个柏林人，更不是汉堡人。我欣赏你们的城市，你们的博物馆和你们的历史纪念碑。我祝贺你们推倒了那堵柏林墙，祝贺你们保留了民主理想。

我相信汉斯·克里斯蒂安·安徒生自己看到我得了这个奖也会特别高兴的。我这样说绝不是斗胆与安徒生并列。但我确实相信，他在他的时代，我在我的时代，对我们的生活有着某些共同的生活理念。这就是说，我的生活经历和他的生活经历对他和我的写作都具有其意义。安徒生生来贫穷，他要照顾家里的生计，但也有一个对他好的师长。总之，他聪颖的天资帮助他冲破了那时颇为死板的社会结构的束缚。

而美国的黑人也自然得努力冲破很多束缚去改善自己，在这方面我不是个例外。我有一个充满关爱的家庭，生活中总有良师益友，现在他们都在，他们观察着我、关注我，就像无私的天使。我特别想念的是美国教育家泽纳·萨瑟兰德，她希望来，但没能来看到我接受这样的荣誉。她曾经是芝加哥儿童图书中心通讯报的编辑，也是一位作家和批评家。从我的写作生涯开始之日，她就教导我。她注重细节，对我提出建设性的批评，教导我保持我认为是自己最优秀的水准。在我的整个写作生涯中，她都是一个智慧可信的顾问。

我还想到玛利·罗·怀特博士，她是刚当选的美国青少年读物理事会主席。我认识她很有些年头了，作为一位教授和学者，她一直关注拙作，推介拙作并把拙作施教于广大的读众。她总在帮助我，是一个友好可倚赖的人，是最好的教育家。有不少这样的良师，原谅我不在此一一列举。

或许，安徒生在他的年代里对那些被奴役和歧视的人颇有同情，我指的是那些被镣铐加身偷运到美洲的非洲人。1840年他写了话剧《混血人》，描写的就是奴役的罪恶。那个时候，我的曾祖父可能就在美国南方的田野里干着苦活儿。事实是，我的祖父一生下来就是弗吉尼亚的奴隶，我的名字就是这么来的。19世纪50年代后期，莱维·帕里爷爷逃脱了枷锁，最终在俄亥俄州成为自由人。

安徒生作品中的民间故事和童话影响了青少年时代的我，以其美、正直以及他描写不幸的人们时所流露出的尊敬。安徒生笔下的人物从天性上说不坏。在他的故事里，是人的懦弱、自私和冷漠这些小的弱点使人贬值。他作品的力量表现为道德现实主义。我尽了最大的努力去模仿他这一点。

安徒生年轻的时候有一段时间想唱歌剧。他的一篇题为《夜莺》的小说后来被改编成斯特拉文斯基的同名歌剧。我的女儿蕾现在是一位歌剧演员，她曾在纽约曼哈顿音乐学院的研究生院演出的这部歌剧中扮演夜莺的角色。所以，你看，我认为安徒生先生对我的个人生活和家庭生活都有影响。

我和多数青少年文学作家有一个共同点，那就是对童年的记忆之清晰接近照片。确实，大家经常说，作家特别为儿童写作，是因为我们的童年太有生命力、太刻骨铭心，我们无法忘却，决不。

我们写的不全是童年的自己，反正我不是。但我确实写儿童的思想，其来源是我儿时在乡村里丰富的经历。我真的喜欢当一个孩子，我仍然在内心深处保留着那个好奇的6岁孩子、那个喜欢恶作剧和玩笑的10岁孩子和那个爱挑衅的十三四岁的孩子。

我的创作与童年记忆有关，那是一个创作过程的催化剂。那个想象的过程从而编织进了一部虚构作品中。虚构是我解决经历和记忆问题的途径，通过虚构我得以保存我过去的本质，或许这样做对以后的几代人有益。我早期童年经历当然不具备普遍性了。它是孤立的，属于乡村，属于俄亥俄州一个小村庄里的美国人，而且从文化上讲，还是一个非洲裔的美国人。

我要把我所属的少数族裔描述为我的国家里与其他文化平行的文化族群。"平行的文化"而不是"少数文化"最贴切地描述了美国少数族群。我一直试图通过我的写作，既为读者提供印象深刻的故事和难忘的人物，又把非洲裔美国人的历史和传统描述为平行文化之人民的历史和传统，他们懂得怎样使生活接近完美。

富有想象的语言和理念可以说明人类的境况并能带来人类之间的相互理解。我想让读者，无论是儿童还是成年人都来关注这些黑人即这些我书中的人物都是谁。我想让这些书创造一个世界，这个世界里的人物与现实中的人乃至普遍的情感有直接关联。与此同时，我想让读者通过自己的洞察衡量这个创造出来的世界其价值和完善程度。

我的第一本书是《吉莉》，于1967年出版，几乎是在整整25年前。在这25年中，作为一个小说家、传记作家以及最近作为短篇小说的收集编辑，我的目的没有变。我的目的就是让自己和别人得到娱乐，写得好，帮助人们揭示和定义某个族群的人，讲好听的故事和引导读者享受文学语言的快乐，仅此而已。

讲故事是我向你们介绍并分享我的特定的美国群体的途径，这是我父母及他们的父母的途径。我出生在一个古老的传统中，这个传统就是用故事来保存我们的遗产，同时也保存其语言的用法，是在这种语言的使用中，我们的遗产通过故事而具有象征意义。我把故事当成魔术，当成力量，我把这种魔术和力量传导给我的读者，而我从这种传导中获得的是长久的甚至是持续的完整和满足感。

种植园时代来自非洲的第一代奴隶还能保留一些不同的历史和文化，其方法是在刚刚学会的美国英语中添加上他们的非洲语言，他们是被禁止说非洲话的。那个时期黑人的故事充满了非洲母亲的意象和渴望。非洲的字眼用在这些非洲裔美国人的故事中，给讲故事人以活力，也保存下了部分母语。

围坐在篝火边讲讲故事，种植园时期的非洲裔美国人从中感到了力量，因为他们通过故事获得了某种非洲人的自豪。他们的快乐之一就是讲些自己和别人的故事，说说动物，也给故事增添了从所谓的主人那里获得自由的色彩。故事的真理缘于其种族的被奴役经验，也缘于讲故事人洪亮有力的声音。

我今天所做的与非洲人的传统几乎如出一辙。不过我做的不是口头讲述，而是把我的故事写下来，从而使我今天的生活和渴望得以保存下来，我用的几乎都是美国和非洲裔美国人的方言口语，表述的是我的平行文化的族裔特性和道德习俗。

我一直在学习讲故事的新方式，以此来保存我的文化和遗产，保存那个遗产在故事中变成象征所依赖的语言。我有时在书中重构我自己的一些经验，靠的是记忆和想象构成的创造性写作过程。我的思绪和理念立即变成人物，人物重新定义艺术自我并重新创造之。创造出来的人物是我从内心自我向读者靠近的途径。我们就是这样相遇，我和他们，在理解和沟通中相遇。的确，我的故事在不断地向广阔的范围伸延，感动着国内外的年轻读者。

不幸的是，那些或许最需要读我写的那样的书的年轻人或许永远也读不到。那是些在贫穷中衰竭、在饥饿中虚弱下去的孩子们。我们这个世界并不美好，因为我们竟让孩子们挨饿，让他们经受战争的摧残。在美国，同样，我们许多棕皮肤、白皮肤和黑皮肤的孩子从来就没有得到足够的安稳，没有受到足够的关注，也没有安静的环境读书。在我的国家，每年都出版几千种儿童读物，可却有成千上万的孩子读不到书。读和写常常被看作是休闲和精英的活动，为的是寻求娱乐和放松，那不是每个孩子都能做的事。多么可惜，多么可悲。可我们还是要继续我们的工作，继续想办法吸引那些年轻人，给他们带来读书的乐趣。

我完全赞同安徒生奖评委会的美国成员杰夫·加利特的建议，将本年度参评的 250 本书提供给一家图书馆或别的什么机构。售出图书的钱或许可以供非洲国家用作为 1994 年安徒生奖进行提名的活动之用。他的想法是慷慨的。

我或许讲得太久了。从家里到这里来，路途遥远，中途转机又花了很长时间。我的书或许已经向你们宣讲过了，可我还没有呢。现在，我说完了，是一个作家对读者说的话。我们处在一个多中心、多元的"世界村"里，我们必须一同学习，相互理解。希望给更多的讲故事者提供空间，给更多的读者留有空间，给人们留出在篝火旁召唤和回应的空间。祝愿作为我们文学基础的我们人类的循环继续下去，不让它断在美国、断在这里或断在任何一个地方，为了世上的孩子，不要断。谢谢大家，晚安。

一头象，一粒豆

1994　日本　窗满雄

石田道雄（1909—），19 岁开始写作，1934 年发表儿童诗歌，1952 年发表最著名的诗《小象》，这之后 16 年才出版第一部诗集。1993 年出版其作品全集，共 1200 首诗歌。标题为译者所加。

成为 1994 年度的安徒生奖获奖作者，我深感荣幸。我要对很多人表示我衷心的谢意，是他们对拙作的支持和青睐使我拿到了这个奖。我还要感谢大会放映我的讲话录像，谢谢这个周到的安排。我无法亲临颁奖现场，对此表示歉意。

我必须说，快要 85 岁的时候，得了这个奖，从此我就没有什么更高的志向了。但这并不意味着我放弃我衰老的脑细胞的潜力。其实我很好奇，想知道凭着这些剩余的脑细胞，我还能做出什么成就来。我决心尽一切努力去开拓我那小小的地平线上哪怕再小的一点点疆界。

下面的一首诗正反映了我现在的思绪：

我在这里
就没有任何别的
能完全如同
这里的我

如果有一头象
就只有那头象。
如果有一颗豆子
就只有那颗豆子。

啊！我们在这个地球上，
我们的存在因此受到了保护。
任何东西都如此
无论何处，无论何时。

所以"活着"本身
最是美妙绝伦。

我永远对保护世间万物生存的大自然报以感激，它遵从万物各自的法则，不分高低贵贱。但事实上个体的生存，甚至国家的生存经常受到威胁；而人类生命以外的活生生的生命每天都被大规模地灭绝。你们知道，那大规模的毁灭是成年的人类所为。

最近我读了一本幼儿园老师编校的儿童自己写的故事书，其中一个故事讲的是一个小姑娘急着上卫生间，却吓得发抖哭泣，因为她忘了带手纸（可见公共场合是不提供手纸的）。是一个同班同学把自己的手纸给了这小姑娘。我在想象中看到了那个乐于助人的小朋友在递出自己的手纸时也因着同情而颤抖。我有时会想，在目前这个时代，是不是只有儿童才对别人的痛苦感同身受。

至于我自己，我希望我哪怕能再写出一首诗来都好，去宽慰儿童，启发他们的心灵，因为他们是未来的唯一希望。那就是我对获得这样崇高的奖项和生活在这个世界上的最好的感激之礼。

我希望国际青少年读物理事会继续发展壮大，并对你们大家致以良好的祝愿。再次衷心地感谢你们。

如履薄冰的孩子

1996　以色列　尤里·奥列夫

尤里·奥列夫（1931—），生于华沙的一个犹太人医生之家。他在勃根－白森集中营度过了第二次世界大战的最后几年，直到被美国军队解放。后移居以色列，先是写成年小说，至1976年转而写少年小说。其最重要的作品包括《鸟街上的安全岛》《黑暗兽》和《巴勒斯坦女王利蒂雅》。曾多次获各项国际大奖，其中包括1982年IBBY表彰榜和爱伦坡奖。标题为译者所加。

　　我从小就读了很多书。每次去图书馆，我想知道的有两件事：书有没有插图，插图吓不吓人。如果回答是肯定的，我就借那本书。书读得越多，我的嫉妒心就越强。凭什么那些激动人心的事都发生在书里的主人公身上，而发生在我身上的就只是被迫吃饭、睡午觉、天天去上学呢？我最恨的就是学校。后来爆发了战争，我父亲穿着军官服上了前线，我为此很是骄傲。

从此再也不用去上学了。家里的厨子和保姆消失了，只剩下了母亲来照顾我们吃饭、穿衣、洗澡，给我们读书，睡前给我们讲故事。

在德国飞机轰炸下生活了一个月后，我们家住的楼起火了，我们逃了出来。我们跑到大街上，母亲拉着弟弟和我的手在街上跑着。四周的窗户吐着火舌，屋顶上的木头被烧得嘎吱嘎吱响，墙壁呼啦啦倾倒，一个女人尖叫着从最高的楼上跳了下来。是在那一刻，我意识到我遇上危险了，成了冒险故事里的人物。

我的童年固然遭遇了很多痛苦可怕的事，但也有不少激动人心的奇妙的事，那是只有在战争期间才能经历到的，如我和我的朋友碰巧发现一颗丢失的炸弹，我们打开弹头上的盖子居然把炸弹引爆了，发现一只死马张开嘴冲我们笑着。但最让我们记忆尤深的，是我母亲。在最严峻的时刻她用爱保护着我们，耐心地照顾我们，当然有时也会打我们屁股。

我们的家人、朋友和邻居都消失了，但我开始告诉我自己，这一切——战争，集中营，德国人，犹太人，都不曾有过，不曾发生过。我是中国皇帝的儿子，我父亲命令人们将我的床摆在一个巨大的舞台上，四周围着 20 个睿智的中国橙子官儿（之所以这么叫他们，是因为他们每个人的帽子上都别着一只中国橙子）[①]我父亲命令他们哄我睡觉，还要让我实现我的梦想。如此一来，有一天我也当了皇帝，就会懂得战争是多么可怕，从而不再发动任何战争了。

或许，我可以借此机会回顾德国占领期间丹麦国王克里斯蒂

---

① 中国官员和中国话的英文都是 mandarin。而"中国橙子"（mandarin orange）则是橘子。

安十世如何见义勇为的。他正是安徒生奖的赞助人马格力特二世陛下的祖父。每个读历史的人都知道，国王和丹麦人民组织起来，在夜幕下把这个国家的犹太人运送到瑞典，丹麦的渔民和其他勇敢的人伸出了援助之手。

拯救我弟弟和我的生命的人不胜枚举。首先是我的母亲，索非亚·吉拉·罗森斯威格·奥洛斯卡，一个矮小柔弱的女人，她从小就相信欧洲的人道主义，可厄运却降落到了她的头上，但她决不屈服。

我记得有一回，我们说起我每天早晨去老师那里上课的路上看到华沙犹太人住宅区街上的尸体。我母亲像平时一样说："人的生命是神圣的，不管死的是谁，那都是悲剧。"

"甚至连疯狂的鲁宾斯坦死了也算悲剧吗？"我问。

"当然，"母亲说，"每个人都是一个完整的世界，甚至疯狂的鲁宾斯坦也是。"

"甚至希特勒也是？"

我母亲意味深长地看了看我，然后转身去洗碟子了。

我的姑妈斯蒂法许诺说："如果我母亲出了什么事，她一定会保护我们，她信守了诺言，有时甚至要为此冒生命危险。"

所有别的帮助我们生存下来的人中，我只提一个人，他是一位波兰秘密警察，祖可中士。在1943年的一个春天的晚上，他来逮捕我们两个犹太孩子，我和我的弟弟。是一个邻居密报说我们住在华沙一座公寓的顶楼小屋里。中士以为能从年龄偏小的弟弟那里获得更多的情况，就审问他。但弟弟一直沉默着拒绝回答问题。审问完毕，中士就要出门了，我弟弟才张口问：

"你不带走我们吗？为什么呢？你不也是那些坏人里的一个吗？"

那波兰警察站了一会儿，说：

"不，我不带走你们。不过我是那些坏人里的一个。"

一位记者曾问我，我是不是把自己看作是纳粹大屠杀期间少年小说题材的作家。问得我张口结舌。我写过 25 本书，写各个年龄段的都有，其中只有 4 本直接涉及纳粹大屠杀，而这 4 本书也不是为了教育年轻人了解大屠杀才写的。大屠杀就是我童年的一部分。就像童年经常是作家、画家、音乐家和电影制作人的灵感源泉，我的童年也是我的灵感源泉。一生中需要做的就是讲故事，故事越写越多，从而与各个年龄段和各种文化背景下的人有了联系。我收到了不少儿童写来的信，告诉我他们是带着各自的经验读我的书的。

我特别想提一下 1992 年 11 月收到的一封信，写信人叫拉蒙·史迪威，是美国俄亥俄州哥伦布的一位 12 岁的男孩。他读了我的《鸟街上的安全岛》，告诉我：

这样的事我们这里也发生。有人开着车射杀，把人杀死在家门口。有一天我去散步，听到了枪声。回过身来发现我哥哥被杀死在街角上。我母亲悲伤了很久，因为哥哥就要上大学了呀。我爸爸拼命工作挣钱准备给哥哥上大学用，他把很多钱都存进哥哥的户头里了。我特别想他。

苏黎世的一个男孩子问了我这样两个问题：第一个是我经常被问到的：你小时候怕黑吗？我说怕。我写的第一本儿童书讲的就是黑暗。我仍然记得我爸爸总是用毛毯把我裹紧，那样我就会以为我床下的东西就不能扯我的脚了。

读了那本书，耶路撒冷有一位 10 岁的小姑娘给我的信是这样写的：

有时我睡着了，就想象我床下藏着一头狮子，等着我往它口里钻，那样它就可以吃了我的脚。我希望我一直感到害怕，一直到老。我喜欢吓得要命的感觉。

一个叫艾朗的9岁孩子给我写信说：

我怕鬼。但鬼讨厌音乐。所以，每次房间里只剩我一个人时，我就拿起正学着的小提琴，使劲儿拉，直到把鬼吓跑。

不过估计那样的话连邻居都一起吓跑了。

苏黎世那个男孩的第二个问题是别的孩子不曾问过我的：写你的过去会帮你忘记过去吗？

我的回答是我说不上。我能说得上的是，我的情况是，我没有大人可以说说话儿、告诉他们或同他们一起琢磨一下发生的那些事儿。我还记得那些事儿，感觉我还是个孩子呢，仍然在冰冻的湖面上小心翼翼地走着，如果猛不丁跺下脚，说不定冰面就裂了，我就会掉进冰窟窿里去，说不定连爬都爬不出来呢。

在结束的时候，我要感谢安徒生奖评委会和评委会主席皮特·施内克，感谢执行主任琳娜·梅森，感谢以色列青少年读物理事会，特别是希尤娜·基普尼斯多次提名我获奖。目前，我的书越来越多地翻译成了其他国家的文字，她的决心得到了回报。

我还要感谢安徒生，不仅感谢他富有魔力的故事丰富了我的童年，他的故事充满神秘感，故事中的主人公是我特别想成为的人，他的故事为我打开了想象的世界；还要感谢这个以他的名字命名的奖。一年多前，我在哥本哈根时，我请出租车司机用我的照相机为我在安徒生塑像前拍张照。司机对焦时，我冲着铜帽子下的铜耳朵悄声提到这个奖。我是用希伯来语说的，因为我曾听说当安徒生走访罗马的犹太人居住区的一家人时，他看到桌上有一本希伯来语的《圣经》。他打开书，读道："始初，上帝开天辟地。"

我还要感谢我的译者们。特别感谢亲爱的西莱尔·哈尔金把我所有的书和这篇演说辞翻译成了英文；感谢德国的米丽安·普里斯特，荷兰的塔米·赫兹伯格，丹麦的斯蒂芬·拉辛，波兰的路德维克·杰尔吉·科恩，还有我的日本译者 Natsuu Motai-Koseki。还有一些译者我们从未谋面，对他们的语言我一无所知。我要感谢我在德语国家的翻译和东道主米丽安·莫拉德，她就在现场。当然我还要感谢我的文学代理人们，是他们首次把我的作品带出了以色列。

女士们，先生们，我要感谢你们今日的莅临，特别是我的弟弟斯蒂芬·奥洛斯基，他和妻子内塔越过大洋光临现场。我要感谢我的孩子们，他们的童年丰富了我的生活，大大启发了我的写作。最后要感谢的是亚阿拉，我们结婚 32 载，没有她的爱、支持和毫无保留的批评，我今天就不会在这里站在你们面前。

缺席的人们

1998　美国　凯瑟琳·佩特森

凯瑟琳·佩特森（1932—），生于中国。其父母是美国传教士，日本侵略中国后全家迁移回美国。主要作品有《通向特里比西亚的桥》和《了不起的吉利·霍普金斯》等。两次纽伯利奖得主和美国图书奖得主。1998年安徒生奖得主。

　　我希望你们和我一样今晚万分高兴地置身于此地。你们能想象得出我有多激动、多感慨吗？我来到了新德里，听你们这些懂文学并且深切关心儿童的人告诉我，我写的书对世界上孩子确实有用。对此，我的感激难以言表，这是我生命中至高无上的荣耀。我接到这个消息，就告诉琳娜·梅森和皮特·施内克说我喜泪横流。

　　可今夜，我的欢乐并不圆全，因为有些我希望来的人没有来。汤米·恩格若没来，我与他分享这个奇妙的奖。弗吉尼亚·巴克利，在过去近乎 28 年里一直是拙作的编辑，她计划要来，可她的健康状况让她未能成行。还有朵罗茜·布里利，她为 IBBY 和美国青少年读物理事会工作多年，最近成了我的出版人。是朵罗茜在四月份告诉我消息说，我获奖了。或许你们知道，朵罗茜在五月猝然去世。她的去世对美国的儿童图书出版和儿童图书界来说损失难以估量。不过，我愿意告诉你们，有一项讲座为纪念她而设立，这就是朵罗茜·布里利纪念讲座，每两年在美国青少年读物理事会大会召开期间举行，由一位外国作家或插图画家主持。这项讲座设立得恰如其分。

自从四月份接到朵罗茜的电话，我一直都在接受人们的祝贺，当然也有提问呢。最让人焦心的问题是："你的演说稿写好了吗？"

"哦，没有，"我回答说，"我在写一本书呢。一写完，就想怎么写答谢辞"。最终在八月底，我得面对两个事实：书还没写完，但是我得放下书开始写答谢辞。

我不认为自己是个拖拖拉拉的人。可为什么我在开始写这样重要的一篇演说辞之前非得重新整理一下书架呢？特别是那些图画书，已经塞满了书柜，一直摞到了柜顶，都掉到地板上了。

在佛蒙特，每年这个时候人们都在露天地向邻居出售旧物品和旧家具。第二周另一部分邻居也出售自己家的废旧物品。我去了街角的一处，带回来一个旧书柜存放那些图画书。书柜拿回家后，我发现里面的隔板不够高，装不下大多数图画书，所以我得决定把那些别的书从客厅里有高隔断的书柜里挪到新买的书柜里来，以便腾出地方放那些图画书。这番折腾简直如同把一头大象重新拆装一遍。

忙这些事的主要目的是为了消除为今晚演说辞做准备的焦虑。就在那个过程中，我摸到了一本破了相的书，封面已经破了，书脊也破了。估计那是我们的四个孩子小时候买的书。我打开书，才发现，那本破旧的书装订反了。在那些日子里，我们孩子多，但收入少，所以我想我肯定是花了很少的钱买了这本装订反了的书。但从几乎破烂不堪的样子看，它肯定是本特别受欢迎的书，尽管是装订反了。我把书调了个个儿，看书名是什么。映入我眼帘的是一只绿色的大章鱼，其八个爪子中的两只抱着自己的胸口，显得特别自满自足，另外六只则随意地拖在尾部。这本装订反了又磨破了的书这么招人喜爱，当然是汤米·恩格若的《爱米尔》了。

我立即坐在地板上把《爱米尔》从头读到尾。怪不得我的孩子们喜欢这本书呢。爱米尔是一个迷人的家伙：一个天才的音乐家，出色的游泳运动员，一个逗人的柔软体操运动家，还是个无私聪明的英雄，身上长着八只手臂。哎呀，我想，我怎么一样都不是呢。我的四个孩子在6岁之前，我经常渴望着长出八只手臂来，可我却一直普普通通，是个普通人。

或许就是因为这个我才写出了我所写的这类书。小时候，我胆小，不聪明，笨拙，反正就是当不成英雄的那种人。当了作家后，我想为那些和我一样经常垂头丧气、胆小害怕的孩子们写书，他们需要鼓励，要让他们有盼头。我出生在中国，兄妹五个。我的哥哥和姐姐是朋友，两个妹妹能玩到一起，也能吵成一团。可我这个中间的孩子却上下两不沾。第二次世界大战时，我8岁，我们家沦为难民，两次逃难，最后回到了美国，我父母管那地方叫家乡，可我在那里却是个陌生人，穿着破旧的衣服，说着怪声怪调的语言。初到美国的那几年，欺负我的人很多，就是没有朋友，我只在书里才找得到朋友。

最终我在同学眼里不那么陌生了，也能在书外找到朋友了，可惜的是我又得搬家了（我18岁之前搬了15次家）。从此，我明白，你的生活是受到时空局限的，过于狭隘，无法给你那么多的朋友，而书却可以。

大约在我 11 岁时，我读了一本名为《战斗是我们的兄弟》的书，讲的是纳粹要毁灭他们的城市斯大林格勒时，一群当地俄国孩子的故事。我参加了这些俄国孩子的战斗，在战斗中成了他们的姐妹。几年后，我被告知，我必须仇恨、惧怕苏联。可我做不到，因为《战斗是我们的兄弟》这本书让我结交了苏联的朋友，我关心他们，不忍心让他们受到伤害。

成了作家后，我开始写日本年轻人的故事。在中国的童年，让我把日本看作是我的敌人。可我长大了，在日本住了 4 年，交了一些朋友，我会到死都爱他们。我想给美国儿童介绍日本朋友，那是另一个时空里的朋友，关心他们，以此来防范宣传的谎言和文化及种族偏见。我现在的希望是，我可以给你们的孩子介绍美国的朋友，这样的美国朋友会让你们的孩子怀疑由好莱坞代表的或民族主义偏见歪曲的美国形象。

我查看美国图书馆的书架时，我痛切地感到，美国出版了那么多的儿童图书，可我们却很少出版其他国家的书，我们需要这样的书：我们必须给我们的孩子介绍伊朗、朝鲜、南非、塞尔维亚、哥伦比亚、智利、伊拉克等国的朋友，其实我们需要各个国家的朋友。一旦你在另一个国家有了朋友，你就不会希望那个国家受害。

泰戈尔是印度诗人，1913 年获诺贝尔奖。他在《吉檀迦利》中写道：

心灵无畏
头颅高昂；
知识自由，
世界不被窄墙
割裂成国家；

语言发自真理深处

奋争的手臂不倦地伸向完美

到自由的天国去，我父，

让我的国家甦醒啊！

让我们所有的国家都甦醒吧！

我今晚的演说一开始就说到这间房子里缺席的人。这里最不该缺席的，也是最重要的人是儿童，你们和我为他们奉献了我们自己的一切。多少年前，当我被问到为什么为儿童写作时，我随口答道："我不是为儿童写作，我是为自己写作，然后到出版社的书单中去查看我有多大年龄。"

我并非是为自己写作，我是为儿童写作的。我决不该轻率地那么回答。我对儿童缺少尊重。但我也不能对儿童感情用事。那些对儿童感情用事的人其实并不懂得儿童。我们这些家长、教师或图书管理员天天从早到晚都和儿童厮守，我们懂得儿童既可以恼怒也可以快活，可以恶毒也可以纯真，可以懦弱也可以骁勇，可以压抑也可以欢乐。简言之，他们具备人性中荣耀和痛苦这两个词所包含的一切。但他们却比我们缺少经验，没我们有眼光。所以说他们更容易受伤害，但令人鼓舞的是，他们比我们成年人更有可塑性，更可教。不过，为他们写作则是一种重大的责任，儿童文学作家绝不能忘记这一点。

几周之前，我收到一封信，那个写信的男人基姆·史密斯多年来一直在一家医院里负责照管情感紊乱的孩子。基姆·史密斯告诉我说，他曾向他的一个病人朗读我的书《通向特里比西亚的桥》。读到莱斯利·伯基死去的那一章，那男孩儿开始哭泣。这让史密斯先生吃了一惊。在那之前，这个男孩子埃迪要么拒绝表达自己的感情，要么假借别人来表达。史密斯先生停止了朗读，不想继续让这个小病人沮丧下去。可埃迪却坚持让他读下去。"那天晚上，"史密斯先生写道，"我们一起读完了这本书，我们两个人都背靠墙坐在他的床上，脚乘拉在褥垫边上，热泪盈眶。"史密斯不知道的是，那之前埃迪的一个好朋友刚刚死于一场事故，正不知道失去朋友怎么办。

他们谈论着我书里的故事，埃迪得出结论说，当个作家把自己的感情弄进书里去肯定是个美妙无比的差事儿。他自己还写不好，于是开始给史密斯先生口述故事，由史密斯记下来，埃迪给每个故事配上插图，起个名字，并签上自己的大名。然后，史密斯先生会给每本书都编一个假的国际书号，埃迪则坚持把出版社的名字写成托玛斯·Y.克罗威尔，也就是《通向特里比西亚的桥》的出版社社名。埃迪在医院住了一年，但从那时起，他的治疗医师和父母读了他的书，从中了解到了他以前无法表述的内心波澜。

世界上的埃迪们，我们当中那些需要帮助的精神崩溃的孩子们，可能今天晚上在这间屋子里是缺席的。但我写作时，绝不把他们关在门外。不管我如何迷失在我讲的故事里，在我写完之前，我必须想到，我是为这些孩子们写作的，所以我必定怀着诚实、尊重和同情的心进行写作。在这次会议上，我们要寻求理解，理解儿童图书怎样为国与国之间的和平服务，同时理解图书还能帮助那些内心不安的孩子达到心灵的平静。我们必须要勇敢，给儿童提供能够愈合创伤的书。

把安徒生奖颁发给我，你们是给了我一个巨大的荣耀，同时你们也是给了我巨大的信任。我想对选择我的评委会和代表了儿童图书界的你们许诺，在我今后的日子里，我会尽力以不辜负今晚你们给予我的信任。

有一位中国古代哲人，当被问到什么是生活中最大的快乐时，他回答说："童子六七人，浴乎沂，风乎舞雩，咏而归。"

关注那隐匿的

2000　巴西　安娜·玛俐亚·马查多

安娜·玛俐亚·马查多（1941—），生于里约热内卢，当过画家、记者、大学讲师，开过书店。1969年出版第一部作品、此后出版了100多部成年和儿童作品。曾名列 IBBY 表彰榜，获得过拉美和欧洲一些国家的文学奖。

　　这样的场景我经历了许多：人们等着听我说话。在不同的大陆，听众和观众有多有少。我教过课，开过讲座，召集过会议。在巴西的专制时代，我甚至被军方抓起来审问过，我得对付他们的威胁。但我还没有经历过现在这样的时刻，对我来说，这一刻是神奇的。或许这是因为这一刻要弄清的是我的实质和我的文化背景意味着什么。正像一位法国诗人写的那样，本质的东西是肉眼看不到的隐匿物。所以我们要解决的是隐匿的问题。那我就用我有限的词语，让一些隐匿的东西浮现，从而我们可以分享这个奇妙的时刻。

首先，我要试图让我的话语有一种新的作用，于是这些话可以成为童话那看不见的外衣相反的东西，而不是波修斯打美杜萨时戴的面具。我的话不是要让谁隐匿，而是相反，要让一般来说看不见的东西露出其面目来。换言之，如果我现在在这里，在你们大家面前，让每个人都看得见，那是因为很多人共同努力才让我来到这里的，而他们长期的努力却是人们看不到的。我知道我获奖的消息宣布后，在过去的几个月里一直在感谢他们。可我还是要在开始我的话之前照例说声谢谢，这样才算公平。

我感谢蒙太罗·洛巴托，他是巴西儿童图书之父，我读的第一本书，作者就是他，是这本书让我成了一个永远的读者。

我感谢自我读那本书前后所有给我讲过故事的人，感谢我读过的书的所有作者。

我感谢给我推荐过书的我的老师和朋友，还有用书把我包围起来的我的家人——父母、祖父母、叔辈，他们给我讲过故事，兄弟姐妹、儿女和侄子侄女辈，他们和我一起讨论过阅读和我的书稿。

我感谢我的读者们，是他们打开了合上的书卷，热情忠诚地读我读了30多年。

我感谢我的出版商，是他们把我的故事变成了具体的纸制品，从而让我有可能与我不相知的很多人接触。

我感谢插图画家们，是他们的插图让我的文字更吸引小读者们。

我感谢批评家们，是他们写书评和文章、写学术论文、给我颁奖，从而使拙作从众多的书中脱颖而出。

我感谢文学奖的评委们，他们给了我许多奖项，特别感谢安徒生奖的评委们，他们主动做这件没有酬薪的工作，既辛苦又费时……我的感谢名单里还包括评委们咨询过的葡萄牙语专家们，是他们帮助我最终得到了这个大奖。

最后把同样热情和衷心的感谢献给其他为儿童写作的作家们，特别是我的巴西同行们。他们把这个领域里的写作水准提高到了相当的优秀程度，大家的作品都弥足珍贵并富有挑战性，促使每个人写得越来越好……

在这一时刻，我呼唤所有这些人，希望你们的想象力和我的话能让他们在这间屋里显现出来。没有他们，我现在就不会在这里接受安徒生奖奖章。

在感激、骄傲和幸福之余，我得冷静下来。于是我也开始开动脑筋内省，检查自己的作品，看看到底是哪些品质打动了评委，将这样一个触动了那么多人的奖给了我——我收到了无数的来信来电，来自我国各个地方，来自其他拉美国家，甚至还来自葡萄牙，人们把这奖称作"我们的奖"。我意识到，这远不止是对一个人的表彰，它意味着对一种集体性的讲故事和为儿童写书的方式的承认。这种讲故事的方法基于魔幻与现实的混合，两者不可分割。书强调作者的身份。书源自作者内心，源自其心灵，而不是源自市场调研或出版商的要求。书是作品，而非产品，这个界限是罗伯 – 葛里耶划分出来的。书是真正的作者写出来的，澳大利亚作家帕特里莎·拉伊森这样强调说。她是除了利吉亚·纽尼斯和我之外，南半球的另一位安徒生奖得主。

1986 年在东京，拉伊森获得安徒生奖后，她称赞"有着神秘洞察力的作家……把他们的观察变成故事，这是他们的需要，一种孤独的需要"。他们身陷大众消费和批量生产的普遍模式的包围中，其"出版的政策是推动尽可能大量的资金周转，它依靠的是某种特定的程式"。令我高兴的是，我被算作濒危的那类作者。

我经常说，我写作是出自两种不同的需要。第一种是，固定一种稍纵即逝的经验，从而让生活更有张力，抓住我还没有把握住的某些方面，在这个过程中进一步接近对其意义的理解。第二种就是与别人分享这种见解，从而有什么东西能留下来，从而我在这个世界上短暂的过程不会毫无用处。为此，我依赖书写的文字，依赖我的语言所给予我的资源。

一切就来自这里——我与我的语言之间的恋爱关系。以这种爱和敬重的态度诉诸语言，才能讲述故事并建立起自己的风格，为此我要依赖记忆和想象。所谓记忆就是我童年时代的多次经历和见闻。但想象力在我童年时代则没有十分发达。童年和魔幻的视觉之间有很多共同之处，这正如玛利亚·蒙特索利十分精当地指出的那样：

"聚精会神、细致入微地观察我们周围任何事物的能力（对我们没了生气的成年人来说毫无意义的东西）当然是一种爱的方式。儿童的智力是通过爱的方式来观察世界的，而不是漠然，恰恰是这一点让他们能看到那隐匿的东西。" 蒙特索利还引用了但丁的一个美丽词汇即"爱的智力"来定义儿童的态度，这当然近似雷切尔·卡尔逊和凯瑟琳·佩特森在不同的语境下提出的好奇感。

我在我的写作中发现了某些这种世界观的痕迹，它们与我对字词和语言的爱是并行不悖的。而且我相信，无论促使我写作的是什么，它都与所有这一切有关，而非与市场研究、出版商的需要、时髦的系列书或人物、时尚问题和情绪等有关。在这类人里我并非孤单。

找到我属于的作家类别后，我一直在思考安徒生奖的意义。最早的庆祝活动和媒体采访结束后，我努力将自己从人群中抽身而出，开始深度思考起来。然后我意识到，我得了奖，其意义超出了对巴西儿童图书或我们讲故事的方式的认知。它甚至超出了IBBY 这一卓越的行为的界限，它所支持的是被难以置信的市场需求的扩大所损害的儿童图书的艺术创作。它还有更进一步的意义，那就是直面新时代的挑战。

在这个意义上说，给我这个奖并非是为了怀旧，把我摆在画廊里，与创造了优秀儿童图书伟大传统的大作家们比肩而立。相反，它要冒险，以未来时代的眼光和梦想冒险，因此，它是一个跳板，借此跳入未来。

正是在未来时代的意义上说，我才坚持这个奖所具有的集体意义的一面。这个奖不是个人意义上的奖，它奖给所有我提到的隐匿的人们和那些我依然要请来参加庆贺的人们。对我们来说，它是个象征，象征的是希望。凭借这样一个奖项的威望，我们希望能打破把我们锁在牢狱中的枷锁，冲破用葡萄牙文写作和表现被忽视的边缘文化的障碍。

把我自己说成是巴西文化的代表，一般来说，最多就是被猎奇或被人居高临下、降尊纡贵地怜悯呵护。而现在这样一个奖项或许能帮我们逃出人们的偏见，通过我作品的价值来看待我，让我能与世界上其他作家比肩。

在这个意义上说，这个奖章和获奖证书就不只是一种认可和赞誉，不是终点，而应该是一个起点。从一公布我获奖，这个奖就成了一个连接不同国家的人民和文化的桥梁，意味着我的书将被翻译成各国文字。真正的安徒生奖将在以后颁发 ——当一个处在完全不同的国家的孩子读了我写的书，懂了我的文字，认识了我塑造的人物，明白了我所使用的象征，理解了我的感情和理念时。只有到那时，这个时刻才变得真正奇妙——当获奖作品披上了显身的外衣。获得翻译后，它就会在另一种文化下被看到。只有到那时，新的读者才会获得机会接触他们甚至怀疑是否存在的另一个世界。只有到那时，安徒生奖才算完成了其真正的使命，它不仅是每两年一次颁发给一个作家，还被世界上的孩子们痛快地分享，这个奖把世界各地的优秀作家介绍给了他们。

汉斯·克里斯蒂安·安徒生自己是用丹麦文写作的，说那种语言的人比说葡萄牙语的人数量要少得多。可整个世界都能读他的故事，因为他的书得到了翻译，其原因是，在他写作的时代，人们最关心强调民族特征，欧洲的文化相互交流而没有任何一种语言像今天这样凌驾于其他语言之上占据霸权。即使一种语言享有较大的外交用途的声誉或政治权利而更广泛地使用，但这并不受到一种大众机制的支持去把别的语言降低到沉默的地位。还有，丹麦是一个北欧国家（靠近那些西方帝国的大都市），居民是碧眼金发的白人（与其强大的邻居们很相似），所以安徒生的作品在传播上没有遇到什么大的阻力。他们都属于同一个家庭……我们可以设想如果汉斯·克里斯蒂安·安徒生是一个巴西人，操一口混合的方言，生于一个遥远的乡村，像蒙特洛·洛巴托之类，那会怎样。在那种境况下，无论他的作品多么美妙，如何富有高度的艺术品质，我今天获得的这个奖都不会用他的名字来命名。换言之，那个假设的安徒生仍将是个隐匿的人，最多是个丑小鸭，而且永远是。

幸亏不是这样。安徒生的作品得到了翻译，在任何地方都受到赞誉，而这位丹麦作家也被认可是一只美丽的天鹅。甚至刻有他名字的奖章都奖给了先后两位巴西女作家，从而我们可以受到邀请，在美丽的湖上与他一道戏水。可如果我们的书没有得到翻译，就会与其他丑小鸭（出生在南半球的艺术家们）的作品的结果一样，我们会在某一天意识到，一切都是幻想，而我们则只能停留在自己窄小的天地里，在泥潭里凫水，痴呆地相信仅仅因为飞来一只天鹅并在我们附近游了一会儿世界就变了样。

在这样的场合提出这样的问题看似粗鄙无礼。似乎应该到处是笑脸、干杯和祝贺才对。但这恰恰是我儿时从安徒生那里学到的第一课。那时我还不认字，是坐在父亲的膝盖上看着图画听故事。有时我们一定要喊出来，对整个世界说，那皇帝的新衣并非每个人都佯装看不出。每个庄严的节庆场合都可能是最好的机会如此做作。可矛盾的是，只有给这新装除去隐匿，才能最终揭示真理：皇帝的新装之所以完全看不到，是因为压根儿就没这种衣服。为此，我才要展开那件外衣，显示出仍旧不为人所知的一切。

那是一大群人，我真想把他们都带到这里来，但这里的地方太小，盛不下他们。或者我可以试着带你们走一遭去看他们，可我们又没有时间这样做。即使是曼尼佗大神（巴西印第安人崇拜的超自然神）让我们知道了在欧洲人来到这个大陆前已经存在的不同民族的秘密；即使奥里萨斯神（非洲的神）通过当年的运奴船把所有的智慧都传给了我们；即使那瓶子中的小精灵把我们带回中东向我们展示我们的一些宝藏其实是来自犹太和阿拉伯民族，它们或者通过我们的葡萄牙人先祖或者在近代通过深入国内的移民们贩卖小商品而来；即使格林童话里渔夫和他老婆发现的笨鱼给我们许了愿并把我们带上移民们的三等船舱让我们听那些来自葡萄牙、西班牙、意大利、德国、波兰、瑞士、乌克兰、叙利亚、黎巴嫩和日本的移民讲故事和唱歌；即使使用了所有已知的魔术，即使我们寻遍了历史和所有的大陆，在这个几分钟的讲演中还是难以把当代最显赫的人物都带到这里来。我指的是我提到的那些人混合出来的人物。热带讲葡萄牙语的人以欢乐和忧伤的语调讲着巴西的故事。我无法不提他们，因为没有他们，就没有我，也没有我的作品。

既然我不能把所有的巴西人都带到这个庆贺的现场来，我只带来一个人做代表。是一个农妇，她长大成人后还不识字，她就是我的外祖母里丁哈。她是我所知道的最会讲故事的人了。所以她自然影响了我很多，让我迷上了故事和书籍。知道了我得奖的消息后，我不知怎么觉得，所有这些的起点都是她。

得奖消息宣布后的那段兴奋时刻过去后，我需要清净了。我离开了里约，住到一个叫马金霍斯的小渔村里去，我在那里有一座小屋，屋子很简朴，盖在我父母的房产所属的地界，我的外祖父母曾在那附近居住，周围是我的姐妹、小弟和表亲的房子。我的房子建在树荫下，树木都是他们种的。那里面对大海，海滩上乌龟出没孵卵，渔民们每天早上都从那里启程出海。在那样的地方，我可以像弗吉尼亚·伍尔夫说的那样"再次造访那沉寂的王国"。

一天早晨，我在海边漫步时想到我该为某些灌木剪枝了，于是想到了我的外祖母。她从 1922 年开始就住在海滩边的房子里，一直想在那里培养一座花园，与她在维多利亚城里的园子相似。她费了很大力气，但没有成功。海边的咸风刮得太猛，土壤里沙子过多，水源又短缺（要靠用泥瓦罐顶在头上搬运，后来则靠手工轧水机从井下打上来）。不过她总算种了一些在艰苦的环境中能存活下来的凤梨树和仙人掌之类的植物。她决不放弃努力，总是一遍又一遍地试验，把它们种在罐子里的优质黑土里，单独照管着。可一座真正的花园，她从来没有开发成功。

到了第二代，村里通了电，我母亲继续她母亲的花园梦。她比外祖母做得有过之而无不及。她可以更方便地给植物浇水了，可以试验栽种更多的品种，于是有了一个草坪，上面种了不同的木槿和一些灌木。可是土地里依然沙土过多，还有那强烈的咸海风还是难以抵御。因此她还是难以有大的作为。

在马金霍斯建一座真正的花园还要等我辈来实现。我姐姐和我是实现者。我们从别处订了几卡车肥沃的黑土，从附近的农场买来有机肥料，给花园修起了木栅栏挡风……从此我们有了一年四季都鲜花盛开的花园，多品种的鲜花正是我母亲和外祖母梦寐以求的。如果不是为了那个梦想，我们是不会历尽艰辛修花园的。五彩缤纷的热带花园，招来了各种鸟儿和蝴蝶。当然，这个花园与安徒生那个迷人故事里的袖珍花园不一样，在那个故事里，托米利斯睡在花朵里。可我们的花园则是与周边环境和谐相处的美丽园地，是我们劳作与耐心的结晶。

所以，我在海边散步时，一想起下午要剪枝，就想到了花与书，想到了花园与葡萄牙语，想到了我的外祖母和蒙特洛·洛巴托。培养不同品种的花，有耐力和存活力的美丽的花绝非一代人的事。在一个被忽视的边缘文化地带发展有原创性的文学（为儿童和成人）并使之成长壮大直到开花结果，也不是任何个人的事。它意味着持续性，要前赴后继。它需要仔细地选种，聪明地使用技巧，平衡施肥和修剪，耐心地使之适应环境，重新发现地域文化。

换言之，在工作和信息之外，它要求一种特殊的才能、坚强的毅力和更多的爱心。要求巨大的激情和严格的训练。

这一切都值得。这项持续的工作可以是长期的快乐，那正是诗人所赞美的。这并不是因为在花园里我们可以收获月桂枝来编制桂冠，从古希腊时代起这就意味着最高的荣誉，而是因为在花园里我们可以播下种子，总有一天它会带来花的美丽，果的营养，树荫供大家乘凉，氧气供人们呼吸。

在这种意义上说，我感到我获得的这个安徒生奖的意义不在过去，不在庆贺成就，而在未来，在于实现梦想。梦想一个和平的明天，一个更美好的世界，在彼时彼地，人们会欢迎陌生人而不是仅仅因为语言、宗教、经济资源、文化背景或皮肤颜色的不同而攻击他们。一个借助书写的文字建立起的世界，大家来分享，

安徒生奖获奖作家受奖演说辞（1960—2020）

275

在书中活生生地存在。这是因为，优秀的图书就像花园，是时间和生命携带者的孩子。这样的书的花园建起来很缓慢，靠的是集体的努力，花园里埋着愿望。但书的花园有力量使那些愿望保持生命力，因为它吸取的是人类的记忆和想象。或许书的花园还可以让梦想成真呢。所以让我们怀着对未来的希冀与书为伴吧。

对生命富有想象的理解

2002　英国　艾顿·钱伯斯

艾顿·钱伯斯（1934—），生于德拉姆乡下，曾在英国许多学校当过英语和戏剧教师，1978年开始专业作家生涯。主要作品有《在我坟墓上跳舞》《课间》和《无人地带来的明信片》。他还是一位著名的儿童文学理论家，出版过创作论集《书谈》。曾多次获国内外大奖。标题为译者所加。

　　不知道你们是否像我一样对偶然着迷？我的意思是生活中发生的一些显然无关的事情，你觉得匪夷所思，但不仅仅是偶然。在英语中对此类现象的描述有一个短语叫"偶然的长臂"。我开始准备这篇演说时，我想查一下是谁造出了这个短语。有趣的是，我发现这个短语的第一个使用者是一位19世纪的作家，我从来没听说过他的名字，他叫查尔斯·海登·钱伯斯（与作者同姓——

译者注）。

今天就有几个偶然让我感兴趣。首先，1956 年，第一个安徒生奖是颁发给英国作家埃琳诺·法吉昂的。而我碰巧是那以后第一个获此殊荣的英国人。

还有一个偶然是，今天获得插图奖的也是个英国人。第三个偶然是，我们两个英国人的获奖竟是在 IBBY 五十周年庆典的时候，这似乎给我们获得的殊荣增添了别样的光彩。

不过，那奇怪的偶然规律并非只在埃琳诺·法吉昂和我身上起作用。在 1955 年，在她获得安徒生奖前一年，埃琳诺获得了卡内基奖章，那是英国奖励儿童作家的历史最为悠久，也是最高的奖项。我在 1999 年获得过卡内基奖，与她一样，几乎是刚刚获了那个奖就获得了这个让人望眼欲穿的安徒生奖。

偶然远不止于此，因为在整整 20 年之前的 1982 年，我和我的妻子南茜一同获得了一项英国为儿童图书工作颁发的奖项，该奖凑巧是用埃琳诺·法吉昂的名字命名的。由此我开始好奇，还会有什么样的偶然会让我以后与我杰出的前辈联系在一起。今天幸福的偶然还不止于此。我最近出版的少年小说《无人地带来的明信片》获得了卡内基奖，它的背景是荷兰。书中主人公 17 岁的雅格·托德最喜欢的书是《安妮·弗兰克日记》。并非偶然的是，《安妮·弗兰克日记》也是我最喜爱的书之一。这本书我读了多次，为此写过一篇评论，研究它我乐此不疲。

今天偶然的是，《安妮·弗兰克日记》这本全世界最广为翻译和销售的书，其版权的拥有者是安妮·弗兰克基金会，而这个基金会由安妮唯一在世的亲戚、她最为亲近的表哥巴迪·艾里阿斯负责。安妮写那些日记时，巴迪正住在布鲁塞尔，安妮给他往那里寄过明信片。碰巧的是，巴塞尔正是基金会所在地，巴迪还住在那里呢。偶然的奇妙在于，有时它能为你长时间无法解决的问题提供答案，我曾经一直苦于不知道今天对你们说些什么。其实我是写了一份演说辞的，可我毫不喜欢那份东西，干脆将它一撕了之。那之后，我注意到了那些奇怪的偶然之长臂，觉得那或许会让你们感到妙趣横生，把那些巧事都记下的过程中，我立即发现它们碰巧都指向同一个方向，那就是安妮那本书的实质，还有，我们今天在这里的大会上讨论的儿童文学的地位和目的，安妮对我们说的话正与我们这些话题有关。

或者，说得直率、个人化些，当我以儿童的代言人身份写作小说时，我到底以为自己在干什么？你们今天把这个宝贵的奖颁发给我，你们是在奖励什么？

《安妮·弗兰克日记》是一部伟大的文学作品。它还是少有的几部伟大作品之一——在我看来，它是少年儿童写出的最伟大的作品。它以纯真的清晰笔调准确地表现出少年早期的孩子们的所想、所感、所能理解和所能写出的是什么。这就是说，作品本身大大超越了大多数成年人对它的评价。对任何以儿童代言人身份写作的成年作家来说，《安妮·弗兰克日记》都是一个估价我们作品的标准。

安妮是一个出色的讲故事人。她用不着发明什么奇怪的幻想来娱乐自己。她不让感伤破坏她对生活的看法。相反，安妮是个了不起的现实主义者。她发现世界是什么样就是什么样——发霉的豆子在吃之前必须搓一搓，她宝贝的钢笔丢了，父母不许她看小说，因为他们认为那是过于成熟的成年读物，于是她就同父母争论。她可以选取几个看上去烦人的日常事件来表现这些事有多么迷人。她做这些时，思路清晰，语言精确，表现出天生的讲故事冲动。

她还是一位少年哲学家。她以自己为标本研究生命，在她自己身上发现了普遍的真理。在她写的一段话中，我觉得我们触到

安徒生奖获奖作家受奖演说辞（1960—2020）

了事情的实质，也就是为青少年写作长篇小说的实质，其实也是为任何人（不论年龄）写作小说的根本，我今天就想提到这一段话。她是在 1944 年 7 月 15 日，星期六，她整整 15 岁零一个月时写的这段话，她写道：

"我的性格里有一个特点，谁认识我一段时间后都会感到震惊，那就是我明白我自个儿。我简直就像一个外人那样监督我自己和我的行为。我可以完全没有偏见地看待日常生活里的安妮，不给她找借口，看她哪儿好哪儿不好。这种'自我意识'纠缠着我。每次我开口说话，不管是说'那应该不同'或'那是对的，事实如此'，我都知道这一点。我身上有很多地方让我自责，我简直无法把它们一一指出来。我越来越感到爸爸的话有多么对，他说：'所有的孩子必须对自己的成长负责。父母只能给他们提好的建议，把他们摆放在正确的道路上，可他们性格的形成全靠他们自己。'"

《安妮·弗兰克日记》是人通向自我意识旅程的记录。它讲的其实是每个人自我认识的发现，其目的是自己明白自己。安妮那类自我意识并非自大，不是自恋。相反，她对别人和整个世界充满了好奇心，而且她想把自己置身于所有事情之中。她想知道她是谁，别人都是谁，生命意味着什么。她不倦地追寻这种知识，即使她要研究的只是发霉的豆子。

她性格中还有一个特点令所有认识她的人惊讶，那就是，她是个敬业的作家。她唯一的志向就是当一个著名的作家。"写起来我就什么都忘了，"她在日记中写道，"我的忧伤没了，我的勇气又来了"。每个别无选择只能当作家的人懂得这话的真实。每个非写不可的作家知道，只有通过写作他们才能略微明白自己和别人是怎么回事。任何想不写都得写的人会懂得只有通过写故事、诗歌、日记或戏剧或任何自然形式的作品，他们才能发现他们是谁，并发现他们在这个世界上的位置。

简言之，在于我，写作和阅读文学书籍是一个精神和宗教行为。但那是一个大的话题，需要另一个场合来谈论了。

今天授予我安徒生奖，让我感到你们肯定的就是上面这些价值。你们给我的荣誉并不是给我一个人的，我个人也不值得这样的奖励。你们，我认为，也希望，所赞誉的是那个奇特、神秘、难以言表的过程，那种艺术我们称之为文学，通过它，我们或许能最大限度地达到无私的自我意识，无畏地、清醒地认识生命，最终富有想象地理解生命。

我感谢国际评委会对我的肯定，同时要感谢我国的评委会对我的提名。仅有提名足以令我荣幸。对你们大家，亦表示我的谢忱。

海滩上孤独的孕育

2004　爱尔兰　马丁·瓦多尔

马丁·瓦多尔（1941—），生于贝尔法斯特。他出版过 90 多部著作，其中包括著名的图画书《小熊睡吧》和《猫头鹰仔》等。多次获国际大奖。标题为译者所加。

谢谢，十分感谢。

获奖真好，深切地感谢 IBBY 把这项荣誉授予我。

我是第一个受到如此国际认可的爱尔兰儿童文学作家，因此我不能不感谢 IBBY 爱尔兰分会的人们，是他们提名，我才获奖的。他们，还有很多人一直不倦地工作，以求在我们自己的爱尔兰儿童文学和普遍的儿童文学领域创造一个巨大的文化变革。

现在爱尔兰的儿童图书在国际上得到了翻译出版。这在 20 世纪 70 年代我开始写作的时候是不可能的。我走过了漫长的道路，它把我带到了开普敦，来到这个颁奖仪式上。

IBBY 第一次在非洲大陆召开会议，从 20 世纪 50 年代 IBBY 成立时确立的理想的角度看，这也是一个意义重大的"首次"。儿童图书世界是，也应该是一个不承认任何边界的世界，在这个世界里，儿童的需要和满足这些需要的故事是至高无上的。而今天我要谈的也正是故事。

对于为什么要写故事和故事怎么写，我没有很多现成的理论，我有的只是我的故事该是怎样的想法。我不敢说别的作家怎么写、写成什么样，我只说我自己。

我怎么也不相信对作家来说有什么普遍的规律。我们每个人，无论你喜欢还是讨厌我们，都是我们自己。但故事的基本作用一直是弄懂人类的境况。

这是我们既定的工作框架，但写起来则是十分个性化的事，最终，如何使用那个框架必须留给个人去决定。严肃的写作绝非顺从，而是争论，是对差别的赞扬，赞扬不同的文化、不同的声音、对这个世界的不同观念——它现状怎样和本来应该怎样。

所以，到底什么是"怎样"、"为什么"和"在何处"？"在何处"对我来说很重要，是我的故事今天把我带到了这里。

我生活和工作在爱尔兰海边一个叫纽卡斯尔的城市里，那个地方属于唐宁郡。我写的故事几乎都取材于俯瞰海滩的石崖边、我家附近方圆几百码里发生的事情。

我生长在石崖边，爱尔兰还就在我家门口，黑花岗岩山一直伸延到我家的后花园里。

那就好似我的地界，我的生活和我的故事的出处。

我自己的故事是从石崖开始的，那个特别的故事或许也会在那里结束，某一天，但不会很快，在那之前总还会写出更多的书来。尽管获得这个终身奖意味着别的相反的什么，但我还没完。我还有一些书要写，它们敲击着我的头脑，想逃跑，想让我写出来。这样的敲击比以前要轻了，但还是会有更多的故事写出来的。

我小时候在石崖前的海滩上玩耍。

我有了孩子后，和三个孩子在同一个海滩上玩耍。

我曾是个幸福的孩子，多少年后，我成了三个小儿子的父亲，虽然压力大，但仍然很幸福。这两段经验几乎在我作为作家的所有作品里都占据了中心地位。

我的故事靠的是那些经验。在我家门前四英里的海滩上散步，对各式各样的狗说着话，有时是和来自伦敦的沃克图书公司的编辑大卫·里奥德一起，他是一位非凡但古怪的编辑，这些经验就这样变成了我的那些故事。

狗儿们仅仅是倾听我的故事大概。而大卫则在同我在宽阔的海滩上散步时给了我灵感。好，很好……编辑们为数不多，而且经常在这样的场合下被忘记。在我的写作需要编辑时我有幸有一个这样的编辑，因此我应该赞扬他。

我还应该提到一个尽心尽职的女人，她对我的工作有非凡的影响，在一切都要失去的时候，是她给我的事业带来了转机。她就是吉纳·波林格，我以前的代理人和长期的朋友，我的早期作品的"助产士"，是个喜欢争论、富有进攻性的"助产士"。

与吉纳和大卫一起工作就是我的故事得以写出的"怎样"——怎样在那个孤独的海滩上孕育，然后怎样走遍了全世界。

但还有一个人，或许他对我的影响大过所有别人。他是个奇怪的人，一个不幸没什么名的爱尔兰演员，叫特林斯·皮姆，是个难得的出色讲故事的人。

我出身于一个演员和作家之家，特林斯是我家的朋友，常来造访。他是许多给我讲故事的人之一，但他讲得最好，因为他身上似乎有什么魔法。他生就一对漂亮的眉毛，天生的舞台嗓音，还有红头发。

我为什么要强调他头发的颜色呢？

因为红头发的男人在爱尔兰神话和故事里是这个世界和另一个世界即童话世界和想象世界的衔接点，而特林斯正好符合那个标准。

特林斯给我讲故事，把故事放入我的情境中来讲，用的全是我能听懂的语言，那是传统的口语，而富有普遍意义的故事则在这样的语言中变着花样，从而这些故事能让听众听懂。就是在这样的情况下，一个爱尔兰小孩第一次与北欧神话和凯尔特故事相遇了。特林斯还自己编一些有意思或没意思的故事。我特别记得他讲的《三根快乐香肠》的长篇传奇。我很喜欢吃香肠，所以故事里就出现了很活跃的香肠人物。

关键是特林斯给我讲的故事很有趣。关于有趣的话题我还会讲，那对儿童来说是非常重要的一个因素，但这个因素被忽略了或者说被低估了。

今天在这个场合下，在我67岁的时候，我带来了那个怪癖的红头发男人留给我的唯一纪念品。就是这本破旧的书。

这是一本《安徒生故事集》，上面贴着特林斯自己设计并签名的图书标签：赠给马蒂，特林斯赠。

请想象一下，安徒生的故事是怎么用爱尔兰口音对一个爱尔兰男孩讲述的，在他的家乡前面一个狂风呼啸的荒凉海滩上，好像那些故事就发生在那片海滩上，发生在那座城市里。

翻译或者说是口头改编，无论它是什么，但那些故事加强了我的地域感。他们是我信念的根基，那就是儿童需要在故事中有他们自己的民族身份和他们自己的地域，这些故事是用他们日常语言的节奏和习语来讲述的。

现在，那个听故事的小孩成了一个讲故事的人了。

我与特林斯不同，因为我不讲那些只给一两个孩子编的故事，或者只是给爱尔兰儿童编的故事，或者只是给喜欢香肠的孩子编的故事。我当然试图把故事写得有爱尔兰味，有我的故事发生地的地域感。

但我试图让任何地方的孩子都接受我写的故事。

另外一个"怎样"就是怎样做到这一点。

你经常听孩子说话，特别是听很小的孩子说话。

我有三个孩子要对付，三个小男孩，我的儿子们。我倾听他们的对话，同时在海滩上倾听仍然在我内里的那个小男孩说话。

我仍然在听。

我开始为儿童写的是图画书的文字部分。我觉得这类文字最富有挑战性，也最得心应手。

因为倾听孩子的话，我相信，他们的恐惧和需求就是他们最感兴趣的事，而且这些恐惧和需求是全世界的孩子普遍都有的。

害怕黑暗，害怕失去母亲。所有这些害怕都表现在游戏时的一个问题："我能跟你玩吗？"

幼儿的恐惧和需求对他们来说是真切的，而我从来不用传统上快乐的结束方式来解决这些问题，除非那种大团圆的结局在故事里是水到渠成的事。甚至一本图画书的文字也应该是清新、有趣、感人和诚实的。

这种做法的本质体现在我的图画书《小熊睡吧》里。

小熊怕的是"四下里一片漆黑"，谁不怕这个呢？

大熊的反应则是把小熊带出去看黑暗，看月亮和闪亮的星星。于是小熊在大熊的臂弯里睡着了，大熊便这样把小熊抱回了家。

大熊并没有掩饰黑暗，也没有否定小熊应有的恐惧。他只是向小熊展示他所惧怕的东西的美妙之处。

大熊总是，总是当保护人，可夜依然是黑的。

掩饰黑暗，假装它不存在，那是不诚实的。谈论太阳也不对，因为那不是夜晚的事，而是白天的话题。

说句离题的话，有一位翻译家翻译这本书时颇感困惑，把大熊说成了很有教育意义的一个星座，改变了我原先简朴而直接的句子"我给你带来了月亮，小熊。亮晶晶的黄月亮，和眨着眼睛的星星"。

对我故事的歪曲说明，优秀的翻译应该是诗，而不是说教，并且应该搞清楚重要的一点：为儿童的写作应该直接唤起儿童的兴趣而非为他们写作的成年人的兴趣。每次开始写故事时我都会犯这样的错误，而在写作过程中我会改正，因为写着写着那个海滩上的小孩子就占据了我的身心。

我内在的那个小男孩知道星星眨眼很重要，他对了解星座的名字没什么兴趣，那是很久以后才要学的东西。

小熊的世界安全并充满爱，通过那本书展示的世界适合讲给很小的孩子们听，那个年龄的孩子听得懂。那个大团圆的结局是那个安全并充满爱的世界的必然结果。在那个世界之外有冰冷的世界，没有大熊你就得到那里去了。

孩子渐渐长大，他们会随之意识到世界上存在的仇恨，意识到这个世界经常缺少爱。身为作家，我觉得我需要探索那些冷酷的世界，这是我为少年写故事时所做的，是我的第二批作品。是第二批，但不是二等作品。我看重我所有的作品。

为年龄大些的孩子写作，这是些正在发现自己和自己在成人世界中位置的孩子。为他们写，什么最重要呢？

重要的是肯定他们个人的和民族的身份。

但同样重要的是儿童应该了解不同的东西，不同的文化、不同国家的人、不同的声音和那些未知的东西。

我的很多故事写的是在自己的群体里居之不适的人，很多孩子就是这样，因为他们发现无法接受周围人们固有的观念和价值标准。

对陌生人的惧怕和妖魔化会让人们去攻击同族里想法不同的人，孩子所属的群体正是某种宗教派别。在多数情况下是没有是非的，但当我们特定的民族或社会层面之鼓敲响的时候，其含义就很清楚了：要么为伍，要么为敌，这是浸入骨血的简单道理。

身为作家，我觉得我的责任就是肯定人们理性的异议权利，鼓励儿童靠自己想清楚，然后再决定站在哪一边。

在爱尔兰生活中，这种"要么为伍，要么为敌"的问题主要体现在新教与天主教的冲突和自古以来的爱尔兰与英国的关系上。但实质上，这种冲突反映的是世界上所有的冲突。在北爱尔兰，这种冲突尤烈，因为陌生人恰恰是我们的邻居，隔壁的住户。

我把我的政治写作置于当代爱尔兰的背景下，因为那是我所了解的世界。但我相信，我所关注的境况与别处的青少年有关，如同爱尔兰的儿童。爱尔兰也是一个世界，我知道我对它的了解太少了，这反而避免了小说作家最大的危险：人们往往因为一知半解而片面下结论，而我明白自己知之甚少才没有随便下结论。

我想鼓励年龄大点的孩子们独立思考，倾听不同的声音，即陌生人的声音，并不是一定要接受他们所说的话，但要试图估价之，比较不同的声音，再下自己的结论。

可这又给我出了新的难题。

这个问题是，我得在我自己的国家里倾听不同的声音，还要在别的国家里倾听不同的声音。我听到的经常几乎令我失望，而我又没有权利给儿童带来失望，让他们缺少希望。

为成年人写作，他们有自己的经历做依托，所有完全可以对他们写出痛苦和失望，只要那是你对世界的看法就行。可我相信，给青少年写作这样就不行。青少年较之成年人不同。给他们写的故事是他们将要对付的成年人世界的模型。

如果像很多人一样他们发现这个世界带给他们的是彻底的失望和痛苦，那得让他们自己去发现。所以，在我的书里是不会出现自杀的。这不单单是个情节的事，而是因为自杀是对希望的否定。

对我来说，在一种境况下发现希望是既定的原则。问题是如何在显然是无望的境况中发现希望而又不歪曲我所相信的真理。

我写过三本关于北爱尔兰冲突的书，是公然政治性的书。《星夜》《弗兰克的故事》和《鼓点》三本书中回响着两种全然矛盾的民族意愿的鼓声，其背景是冲突双方新教和天主教的参与者们无聊的生活。

他们双方本质上是一样的，就像豆荚中的豌豆。我想通过人物塑造来表现这种同质，他们身陷一场并非他们自己造成的争斗中，自己的生活因此受到损害。

《星夜》里的女主人公凯瑟琳最终开始质疑她所信仰和赞赏的一切。《弗兰克的故事》和《鼓点》，主人公弗兰克和布里昂已经吸取了令凯瑟琳苦恼的教训，得面对拒绝归属的后果，他们都拒绝了本群体的传统态度。他们因为自己的勇敢而受苦，但他们活了下来，那就意味着希望。布里昂在《鼓点》的结尾处说："如果我一走了之，和我有一样思想的人都一走了之的话，那剩下的人怎么办？"

布里昂留了下来，而弗兰克则被迫离开了。但他们都关心同一群体里的其他人，同时又拒绝那些人捍卫的很多价值。

或许这种群体内的希望理念在《唐戈之子》这部并不彰显政

治理念的长篇小说里得到了最好的表现。关于这个故事，至少有一位批评家表示它不该写出来，因为它展示给儿童的是一个荒凉的世界。

唐戈是个高个子、慢性子的 17 岁孩子，在学校里没出息，找不到工作，无所事事，不走运但又有那么点不诚实，他一门心思要做的事就是求爱。他爱克里丝塔尔，跟她生了个孩子，他深深地爱着那孩子。

可是，克里丝塔尔爱上唐戈后发现他无法养活她和孩子，而且永远也不会，于是就离开了他。最终，她把唐戈的孩子也带走了。

我为什么要选择讲那么一个故事呢？为什么不写更简单、更让人读着舒服的故事呢？

因为我内心里的讲故事人就想讲这么个故事，就是这样。

我就认识一个少年父亲，他每天晚上从建筑工地回家，洗过澡，剃去脸上不多的胡子，换上干净的衬衣去看望他的女朋友、抱抱自己的孩子。那时这两个人尚不准结婚，我怀疑他们从此就没结婚。

我觉得那就值得我写，这种事对半大孩子们挺重要，就如同儿童怕黑一样。我感到，一个男孩子对自己孩子的爱在被抛弃的少女妈妈和孩子的故事中是被忽视的。还从来没有写这类男孩子的故事呢，他们在小说里从来没有发现与自己经历类似的人。

唐戈的故事是不可能有一个幸福结局的，如果那么写就假了，是不诚实的。少年读者们一定要懂得他自己造成的两难境地是多么无望。

可我得想法子为唐戈的境域找到点希望。最后，我让故事里一个配角来做些积极的事，以抵消总体上的消极。那些配角毫无例外都是与社会格格不入的人。书里讲了不少他们的境况，他们一个接一个地试图修复唐戈的行为造成的可怕伤口。

在我写给年纪更大一些孩子的故事中，我试图表现爱总在什么地方存在，总有人听到呼救声前来救援，无论他们的反应有多么不足、多么无声无息，无论阻碍他们的困境有多艰难。

我要讲的是人类的共同之处，让人们共同生活，相互倾听，试图去理解陌生人的陌生世界，从而相互依存。儿童们是否接受这个世界的模式，那要靠他们自己去决定了。

这些听上去很是严肃。在这方面我是很严肃的。但我同时对第三种写作也持严肃的态度，那就是写作快乐、疯癫、好玩的儿童书。

最大的想法，就是要好玩。

我写了不少欢娱的书：侦探的，足球的，吸血鬼的，其中一些傻气十足，很多是给小孩子们或有阅读困难的人们看的。

这是些欢娱的书，对儿童来说，欢娱十分重要。如果我们忘记我们会失去儿童，阅读就成了恐怖的事。一个喜欢读欢娱图书的孩子仍然想再读，他们着了迷，就像我被《三根快乐的香肠》中的傻气所迷住一样。如果我们想让儿童读故事，就应该珍惜和鼓励欢娱。

欢娱感应该跳跃在所有的童书中，无论在内容本身，还是叙述的声音里。用词应该鲜活、有趣、生动，理念应该在书页之外。

如果这样说像是给初学语言的人讲词汇，我还是要说，因为欢娱是一种容易被成年人忽视的素质，成年人认为生了无情趣，自以为知道什么对儿童有好处。

我感到骄傲的是，我写的故事促使青少年去独立思考，我还感到骄傲的是，我创作的熊啦、鸭子啦、猫头鹰啦，都摆在世界各地的书架上。在我的书里，猪决定要游泳，因为天很热。

刺猬组织了一支热闹的乐队。儿童读者能在这些小说角色中发现自己。

我也为我的那些不引人注目的书感到骄傲，有些是教育类的课本，但不少都提倡荒诞、奇幻或干脆是傻气。这些小书对我很重要，我希望对那些阅读它们的儿童也一样重要。

我要像开始讲话那样结束我的话。

谢谢你们，谢谢 IBBY 爱尔兰分会的提名，谢谢你们为儿童文学所做的一切。

谢谢你，大卫·里奥德，代我的猫头鹰、大熊、鸭子和游泳的猪谢谢你。

谢谢你，吉纳·波林格，是你规劝我做了我想做的，而且是按照我的意愿做的。

谢谢你，特林斯·皮姆。

谢谢你，我的妻子罗萨琳，谢谢我的孩子们。

谢谢 IBBY 的人们，谢谢你们帮助世界各地的孩子们，是你们把故事从世界各地带给他们，让他们在故事中探索并让他们自己倾听和判断陌生人的声音。

最后，但绝不是不重要的特别感谢，是感谢安徒生，感谢这本书，感谢它留给我的特殊个人记忆。

今天获得安徒生奖是我写作生涯中最美好的一件事。

非常谢谢你们。

幸运总是绕路走

2008　瑞士　荣格·叔比格

荣格·叔比格（1936—），2008 年安徒生奖得主。该演说于 2008 年 9 月 7 日发表于丹麦哥本哈根。叔比格的主要作品包括《父亲、母亲、我和她》《威廉·退尔的故事》和《白熊与黑熊》等。曾获苏黎世大学心理学与哲学博士学位，现在与妻子在苏黎世开心理治疗诊所。标题为译者所加。

　　陛下，IBBY 尊敬的女士和先生们，尊敬的评委会、与会者，尊敬的瑞士儿童与少年传媒学院的代表，亲爱的朋友们：

　　评委会选上我来接受 2008 年的安徒生奖，这个消息是辗转传给我的。我刚刚离开家去格拉兹做一场朗读会，就在那个时候评委会在波伦亚做出了这个决定。我妻子在我家的录音电话里听到了这个消息，但她不知道该怎么跟我联系上，因为我走前忘记告诉她我住的是哪家旅馆了，而以往我都会告诉她的。另外，我又没有手机。随后，她接到了我的朋友，也是不定期的合作作家弗兰茨·霍勒的电话，问她知道消息了没有。弗兰茨经常造访格拉兹的文学之家，想起来他去文学之家时住的是城堡旅馆。于是我妻子给那旅馆打了电话，正赶上我还没从朗诵会上回旅馆。值夜班的服务生不知道该怎么办，就说他可以写张字条从我房间的门下塞进屋。待我终于回到旅馆的房间，我发现了门下这张抖动着的纸条，上面用涂彩笔写着几个大字，看上去像是一封参加孩子生日晚会的邀请信。"祝贺！你得了安徒生奖！"这种古怪的通知与我当时的心情很匹配。有什么事真发生了，只是我不知道而已。

我讲述了这个十分偶然的故事，因为我相信，幸运的事都是绕道而来。从生命计划到生命目的直通大道（亨利希·冯·克莱斯特年轻时就狂热地信奉有这样的路）或从希望到实现的直通路（我们都时而相信有这样的路）往往以失落或放弃而结束。安徒生在他的故事《幸运套鞋》里十分清楚地揭示了这一点。

两个仙女，一个爱操心，另一个是个侍女，她们讲述一天里要做的事。那吉祥的幸运仙女说她要拿一双特制的套鞋试验一下，谁穿上，谁就能直接到达他想去的地方。她指望着出现一个非凡的结果：人类能在地球上找到幸福。而爱操心的仙女想法则相反。不同职业的男人相继穿上了这双套鞋，结果是人们走上了一系列各式各样的、时常是噩梦般的冒险之路，上演了一出社会生活讽刺剧。

第一个故事讲的是大法官克纳普。他一直沉迷在读汉斯国王时代的故事里。他满脑子都是他读过的那些东西，他稀里糊涂穿上了幸运仙女的套鞋。穿上这鞋他立即就踩上了路上的泥水和污物，因为那个时代马路上还没有铺鹅卵石呢。"人行便道全没了！"他是身处中世纪的深夜里，雾霭沉沉，月亮还没升起来，他想叫辆马车。

一通儿冒险之后，他到了一家声名狼藉的酒馆儿。放荡的女人给他喝蜂蜜酒和布里门啤酒。最终他发现了逃跑的路，他藏在桌子下面，爬到门边想跑，但别人抓住了他的腿，一下子把套鞋给揪了下来，随之咒符消失了。两分钟后，大法官克纳普坐进马车里，高高兴兴地回到了他自己的时光中。现实的这个地方虽然毛病很多，但终归是比刚才去过的地方要好。"还好，"作者总结说，"这大法官还算明白"。

操心仙女赌赢了：每个试穿幸运套鞋的人最终都愿意摆脱那双可怕的鞋子。故事就是这样，但这只是愿望和套鞋的事，并没有涉及幸运仙女的力量和她的手段。安徒生从一开始就对此有暗示。随着故事峰回路转，精彩连连，我们几乎忘记了他的暗示。我们一开始就知道操心仙女掌控着她自己的一切事务，在套鞋的实验中，没人能与她匹敌。另一个仙女自身并非幸运仙女，她只是"侍奉某个太太的侍女"。如果幸运仙女自己亲自插手这个赌局，那会怎样？安徒生并没有直接提出关键的问题，但他迫使读者自己去提出，但这个关键问题一直可待商榷。

在这种情况下，我想拿自己30多年前出版的小童书中的一个故事来献丑：

女孩儿的运气

一个女孩离家出走去寻找运气。可她事事都做错。离开村子，她本该朝左走，可她却朝右拐了。她本该爬上山，却下到了谷底。本该从篱笆下钻过去，她却翻越篱笆。本该喂鸡并拔一根鸡毛，她却逗猪玩儿。本该顺着河边走，她却蹚过了河。一路上这女孩儿东一句西一句地唱来唱去，可就是没对自己说："保佑我，保佑我，我会在一棵树后头找到我的好运。"

走着走着路就到头了，尽头是一个矿坑。就在这里，她靠在一棵柳树上时，居然发现了一辆崭新的红自行车。于是她骑上自行车回家了。

如果她一开始向左转了而不是向右，那会怎样？如果她上了山而不是待在谷底，如果她从篱笆下爬过去而不是翻越篱笆，如果她喂了鸡还拔了鸡毛而不是逗猪玩儿，如果她顺着河走而不是蹚河而过，如果她一直唱"保佑我，保佑我，我会在一棵树后头找到我的好运"而不是没心没肺地乱唱一气，那又会怎样？

我在猜，如果安徒生被授予了安徒生奖，那会怎样呢？他在现在这样一批国际听众面前，他会怎样致谢？安徒生讲丹麦语和德语，他那样一个狂热的旅行家，却怎么也讲不好其他语言。他在语言上的缺陷据说曾让他说起话来语无伦次，于是他代之以深深的鞠躬并用力挥动他长长的手臂。

谨向大家表示我由衷的感激之情！

［该演说辞的英文译者是伊娃·格里斯特拉普（Eva Glistrup）］

今天的读者，明天的作家

2010　英国　戴维·奥尔蒙德

戴维·奥尔蒙德（1951—），出生于英格兰东北部，毕业于东英格兰大学英美文学专业。1998年前一直从事成人文学创作，后转向儿童文学写作，至今已经出版了11部儿童文学作品，其中大部分被改编为话剧、电视剧和电影。该受奖演说发表于2010年9月11日的颁奖仪式上。标题为译者所加。

接受这个用最伟大的作家名字命名的文学奖令我倍感荣幸，感激万分。我永远对让我获奖的人们心存感激。

感谢IBBY，感谢那些让我成为英国候选人的人们。感谢勤奋并无私工作的评奖委员会。感谢我的出版商——首先是那些小杂志和小出版社，如英格兰东北地区的爱恩出版社，它多年前出版了我的第一批小说。现在出版我书的是霍德儿童图书社和沃克出版公司。作家需要出版家，这自不待言，但他们特别需要那些激励他们成为优秀和勇敢的作家的出版社。还要感谢许多外国的出版社，是他们出版了我的书，让全世界的读者读到了我的书，从而给了我的书以生命——要知道，我的大部分书，其背景是英格兰东北遥远的一个角落，叙述语言带着那个地方明显的腔调。

感谢我的代理人凯瑟琳·克拉克，她代理我的出版事宜，干得十分出色，十分投入；还要感谢凯瑟琳之后的代理人玛姬·诺奇，她信任我并一直不离不弃，尽管我的书一连几年都没给她挣到一文钱。感谢我的伴侣萨拉·简和我们的女儿弗里雅，她们能包容一个满脑子新奇故事的人，这个人每天一大早就溜进树林里的小棚子里去，一整天都流连在幻想的地域里，倾听幻想的声音。

当然，我最感谢的，还是我那些小读者们。

我以前从来没有打算当个儿童文学作家。我以为我是个理智的成年人，所以我要写理智的成人书给理智的成人读。可是，有一天我走在街上时我脑子里有个故事开始自己讲述起来，这个故事就是《斯凯林》。当我开始记下这个故事时，我马上就明白这是我做过的最特殊的事情之一，而它是我先前所有写作活动的集大成者，我意识到这是一本写给青少年的书。这让我心中一直积郁的块垒终得化解。最近我曾在一个剧院里做了一场演讲，演讲结束后有人问我："作家们都是起先写儿童作品，等自己长大了再写成人作品吗？"我的回答是，对我来说这个过程正好相反。只是写起儿童文学来我才开始成长得像模像样。

我们经常听到大家说：孩子们不再阅读什么了。他们是接在电插头上的一代人，脑子全让苹果播放器和电脑屏幕给弄迟钝了。这是事实吗？不是的。我想拉着这些末日预言家们去见我认识的全世界年轻的读者们，这些孩子热爱图书，喜欢故事、诗歌和戏剧。孩子们问的都是最感性的问题，关于人物，关于叙述，关于字词怎么成句，关于写作的过程，这些孩子热衷探索，想象灵动。

我常到学校去，请孩子们举出他们最喜欢的作家的名字来。他们争先恐后地举手，一报就是一大串作家的名字。我还问他们谁喜欢写作，这回他们不那么当众直截了当地举手回答了。但经常会有个把孩子静悄悄地来告诉我他们写的故事和诗歌，还有他们写的整本书呢。我见过这样的孩子，我们都见过——今天的读者就是明天的作家，这些人让我们的文化保持活力。

接着说，如果我们在街上找到三十几个成年人，让他们坐下，问他们同样的问题，我们肯定得不到同样多和同样有深度的回答，他们不会有同样的冲动。这是真的。同样真实的是，很多大人抱怨孩子们不读书，其实他们自己就不读。自然，疲惫和失望的成年人抱怨年轻人的缺点并不鲜见。这些人有的是位高权重者，如教育家、学校督导和政客，他们机械地谈论阅读、写作、学习和人的头脑之潜力，其理论令人窒息。所幸的是，还有很多富有灵感的教师、图书馆员、家长，对，甚至也有这样的政客，对那些悲观论者进行反击。悲观论者，我们到处都能见到。前些日子我看到有人采访一个英国名作家，这位作家如是评论说："每个作家都认为这个世界已经坏透了"。他还说每个作家都相信："这个世界正无限地走向不纯"。真是胡说。或许那些不信这一派胡言的作家都受儿童文学的吸引为儿童写作了。他们写下的每个字，每句话，每个故事，无论故事本身看似多么黑暗，都是乐观和希望之举，都是在与毁灭力量做斗争。为儿童写出的字词更是如此。故事就像儿童一样，可以使纯真再生，可以重塑这个世界。

年轻人并不认可我们试图对故事做的人为的分类。对年轻人讲《白雪女王》，他们立即就能表演出来：摸眼中的冰碴儿，从好人变成坏人，感觉脸颊上有冰冷的吻，坐上雪橇从大雪封住的起居室滑到大厅里的冰宫。我的小说《斯凯林》出版后我对此有很多体验。我受邀到纽卡斯尔的一所学校去讲这本书。他们把我带进一间教室，里面坐满了 5 岁的儿童。哈！几十个孩子坐在地板上，眼睛瞪得溜圆看着我，等我开口呢。可他们也太小了点儿！我对教师耳语道，他们不会理解我的书啊！可是没办法，我只好开口讲了。我讲了《斯凯林》的开头，教室里一片寂静。我读了一段，麦克走进东倒西歪的车库里去找那条吃臭虫的狗斯凯林，那可怜的东西正趴在黑暗的地方。读到这里我停了一下，教室里还是一片寂静，那些眼睛在盯着我。突然，他们开始鼓掌。好，我想。这就够了。随后我退出教室到教员休息间去喝茶。这时我看到两个男孩子站起来快步走到我跟前。有问题吗，我问。"戴维，太棒了！我们这就去院子里演。他演麦克，我演斯凯林！"说着他们就出去了，后面紧跟着一帮合演的孩子。就这样，在一所纽卡斯尔的学校里，这些孩子改编并首演了我写的故事，他们的改编和演出大大早于这个小说被正式搬上舞台的时间，正式成为话剧需要"改编得当的"剧本，需要"合适的"演员，还需要"懂戏的"观众，那要等很久才行。

对孩子们来说，页码上的文字并非是一行行静止排列的，这些字词触动他们的身体和感官。字词流畅地走进戏剧，走进动作，走进舞蹈和歌声。他们阅读的书，他们喜欢的书也同样是多面的。儿童文学作家比成人有更大程度的自由，他受到孩子的鼓励去探索孩子们喜爱的表现形式，但这对成年来说则要求过高，过于强人所难，简直是过于怪异。儿童图书的世界是一个丰富、放弃、实验和游戏的地方：长的、短的，诗歌、戏剧，精彩的图画与文字并茂的书，看上去一页又一页印刷得很"正规"的书，根本无字的书，布满窟窿眼儿的书，用狗、猫、兔子和老鼠的语言写的书，纸做的书，塑料做的书，布做的书，可以吃的书，闪光的书和会吱吱叫的书。有时我对我的"成人作家"朋友建议说儿童图书的世界是真正的文学试验温床。我拿不太准他们是不是相信我的话，不过他们或许应该信。

儿童的图书世界还是个充满野性的世界。或许这是因为儿童自己仍然野性未泯，他们仍然没有完全被驯化，仍然有冲动去探索世界野性的边缘，也探索他们自己精神边缘的野性地带。儿童是处于流变中的，身处变化中和发现与探索中。与犬儒的成人不同，他们知道他们尚不知道一切。

我小时候住在一个小镇子上，镇子从泰恩河畔顺坡而建，上方是狂风呼啸的高地，高地东边是黑暗的北海，西边隐约可见达勒姆荒原。要去高地，我得离开起居室、花园、家，穿过菜地里的鸡群、宝贵的韭菜和其他生长中的蔬菜，菜地里还有微亮的火苗，再穿过小镇上方宽阔的活动场地，这就是说要一路离开安全、舒适和有序的地方，继续往小山上爬，到开阔的、荒蛮的地方去。在更高的地方，我记得，百灵鸟儿从隐秘的地方腾飞而起，飞到高处歌唱，那里野狗和野猫在奔跑，那里有臭气熏天的养猪场，还住着流浪乞丐，一直上去就到了布满野石楠丛的山冈，那是一片乱糟糟的荒地，上面有池塘和丢弃的矿石，我们在那里挖坑，点火玩儿，玩古代的打仗游戏，跑来跑去，又喊又叫又笑，在那广阔的天空下过得非常痛快。有时能玩到夕阳西下，星星都出来。天黑了，山下镇子上传来叫声，那叫声穿过屋顶和田野，是爸爸妈妈在叫我们回家呢。到现在我都能听到他们的叫声：特利！凯——文！阿里森——！戴——维！于是我们十分不情愿地散了，沿着来时的路往家走。我们又回到田野，穿过菜地，回到住宅区，进到花园里，进到起居室，进到温暖安全文明的家中，那里有饭吃，有床睡。那么，作为一个小孩，从荒野和黑暗中刚刚回到家里，那是什么感觉？回家的安全感，不错。收音机在响着广播声，电视里在播着节目，家里飘着饭菜的香味。一切都安安静静。但我们的皮肤上还留着外面的寒气，脑子里还翻腾着刚才打仗的那些事，还能听到、感到、想象到刚才的一切。家里的房子是个有序和安全的地方，但孩子们把外面的荒蛮和黑暗带进家来了。

那一本好书是不是就像一个孩子？它舒舒服服地放在我们家的书架上，待在我们舒服的家中，但那是时机未到。你读起来，你就会意识到它是从某个野蛮的地方回来的。在它里面有荒野的回声。

为儿童写作让我们想起，故事是有古老的根的。是的，故事可以是文学。故事可以印出来，整齐地按页码装订起来，码放在书架上。但最好的书超越了印刷，成为人的声音、成为赞美诗和魔咒、成为人的行动，触动人的身体和感官。儿童最早听到的故事都是在黄昏时大人叨叨给他们的，从前啊，听着，我告诉你啊……你听说过吗……故事唤起久远的过去，把我们与最初在古代的山洞里篝火边听到的故事拉近。这些故事与黑暗和光明做游戏，给人们安慰也给人们娱乐，吓唬人也抚慰人，帮助孩子们成长，让他们与惊人的世界更加接近，从而滋养了我们的未来。

现在是西班牙的晚上了。阴影像每个晚上一样在旋转的世界上游荡，既平常又非凡。如果我们也和阴影一样游动，我们会听到什么呢？会听到丑陋的声音，听到滔滔不绝的声音，还有无限的沉寂。这之下，我们会听到大人们在不停地对孩子们讲着乐观的故事。从前啊，很久很久以前，听着，我告诉你……每天结束时的阴影也是一个开始，而不是结束，因为这个时候故事开始了，而且无论这些故事有多么陈旧，它们被重复着，被重新编造着，常讲常新呢。

语言的艺术与变革

2012　阿根廷　玛丽亚·特蕾萨·安德鲁埃托

玛丽亚·特蕾萨·安德鲁埃托（1954—），阿根廷著名小说家、散文家和诗人。在成人文学和儿童文学领域均有建树。标题为译者所加。

首先我要感谢：

IBBY 各位理事。

IBBY 创始人叶拉·莱普曼对这个组织做出的杰出贡献。

今天在座的各个代表团代表。

IBBY 在阿根廷的代表机构 ALIJA。

尊贵的评委会。

与我同时获奖的画家彼得·希斯。

全世界所有传播高质量儿童文学的机构，特别是我的领导机构 CEDILIJ。

拉丁美洲的所有作家、画家和儿童图书专家。

感谢这些机构和个人对自己工作的信仰，感谢他们分享的快乐和他们热情的陪伴。

我成长于一个外省的村庄里，我的国家及其所在的大陆几乎都讲一种语言。尽管这个大陆十分广大——我指的是这里四亿五千万人的声音，但这片大陆的文学在翻译成其他语言方面却处于边缘地位。不过，我所讲的西班牙语曾经产生了巴洛克风格和警句派，但它并不是一种单一语言，而是在西班牙和拉丁美洲大陆上出现的一系列变种的语言。这些不同的言语和书写方式是一种杂交，由原本的居民和非洲、欧洲与亚洲人共同完成。无论说这些语言的人是被奴役的，被征服的，无论是否被接受和欢迎，都渗透了我们的话语和思维方式。

我们家里最重要的一句话是：这个慷慨的国家接纳了你父亲。我是移民的后代，换句话说是穷人和流放者的后代。在我的记忆中，毫无疑问就是很早以前，我听说过很多年前来到拉丁美洲的人们的故事，那些男人和女人的可怜故事渐渐有了新的意义。我的母亲喜欢讲故事，我父亲离开了意大利的家，他讲的是怎么旅行到阿根廷遇上了我母亲的故事，讲了无数遍了。我生长在阿根廷平原上，在忧郁的务实人家长大，我们家的人都渴望知识，屋里总是有各种书籍，人们总在讲述很久以前来此地的人们的详细的故事。或许就是出于这个原因，我热衷于发现我们当中每个人生活中的非凡之处，发现生活本身的非凡之处。

我就是这样在故事和书籍的陪伴中长大，从小就认为我们为了生存在这个世界上，就应该对什么都该了解一点。我还确切地记得某一时刻，我在厨房的一本书里发现那些小图画叫字母，它们可以连起来形成字词，而那些字词是一些事物的名字，那本书有着那个特殊年代的特色。这不是个文学问题，它是生活本身在每个人和每个家庭里出现了，或者说那个时候我就是这么想的。多年后，我意识到并不是所有的孩子都有书读，于是我就选定了一个生活方向，那就是帮助建立读者群。

从经验中我体会到：生活的美就在于意识到这种需要。活得明白，就是要保护我们作为个人和群体的特性。图书的主题和语言的使用需要标准化，这样一切都变得相对中立一些，但文学总是要寻找到特性，那就是推动语言的真正的动力和不断滑动的瞬间。别的国家或语种的编辑经常对我说我的作品"过于阿根廷化"。但是，恰恰是这一点——在我们所处的社会的语言环境中——才有对一个作家的挑战，那是他或她的战场。不过，我们对个性和非标准性涉猎愈深，我们的作品越是难以出口。对我的写作来说尤其如此，因为我是从我们国家不同地区的阿根廷西班牙语的角度来写作的，这倒不是说我要创造我们国家各种言语方式的全景，而是我选择的叙述者要求我这样做。我总是想象出一个叙述者，试图倾听他或她怎么言语，然后他们就打开了门，告诉我正确的路径是什么样的。我总感到写作就是保护最深刻的我：我试图捕捉一头字词做成的动物，从而我能找到给予别人的某种东西。我跋涉着，就是要寻找到正确的主题和正确的言说方式，因为每个作家最大的追求就是用大家都讲的语言去铸造一种以前没有听说过的语言。

一个欧洲人的后代，在一个拉丁美洲国家的村庄里长大，作为一个作家她该融入什么样的文学传统呢？她母亲从来没有梦想过自己的孩子们会上大学，她能继续学习是因为她的国家公立大学里提供免费教育。在我们国家儿童文学作家汲取什么样的源泉呢？世界的与地方的，拉美的与欧洲的，中心的与边缘的，古典的与当代的，为儿童写的与为成人写的：这些冲突令我们不安，

安徒生奖获奖作家受奖演说辞（1960—2020）

像紧张的网包围我们，最大的价值在挑战、不适和不断的质疑中，这一切都激发了创造性。所以，重要的是将儿童文学从羁绊与束缚中解救出来，使其中心点聚集在语言的使用上。我就在我的一本书里对此做了尝试，书名是《向往没有形容词的文学》。随着民主在我们国家得到恢复，我们这代人开始把一个用语和一个信念带进课堂，那就是"儿童文学也是文学。"但是，为了让这句话成真，我们需要战胜旧的套路，摒弃过度的动作情节，放弃充斥着儿童书籍的那些修辞即新式的哄孩子词句。

我写作是为了理解，或者说或许是希望被理解。写作是为我自己寻找通向知识之路，或许也是为读我的书的人寻找，因为我的某篇小说里的字词可以唤醒睡美人似的我们。我的作品是我的时代的果实，是我的社会和我的经历的果实——并非因为我描写的那些冒险故事，而是因为我使用的语言，因为每个作家的语言反映了他们的信念和矛盾，他们的知识和他们的困惑。字词是开展斗争的战场，可以创造缝隙，透过缝隙我们可以在苍茫的社会语言的大海上找到一种私人的语言，这个缝隙令官方语言产生语迟，这是某种对抗权力的斗争，与无耻和霸权进行的斗争。

在过去这些年中，我在各种类别的写作中寻找，但遍寻不得。我还在各种读者的大海中抛掷了漂流瓶，我一直相信在儿童与青年感兴趣的东西与成年人感兴趣的东西之间没有封闭的地带。对我来说，为某个人写和给另外一个人写没什么区别。其实，我写之前，我从来没有考虑是不是写给儿童。更重要的是"通过某个人的眼睛"看特定的意象，那个意象需要我做出解释，它抵抗遗忘。最重要的是，我写作时，我与自己的所有偏见做斗争。我质问我自己，因此我也想要我的读者也质问他们自己，无论是儿童还是成人，让他们觉得自己被迫采取一种立场。写作诞生于紧张的观察和倾听。情绪是我的指南针，我依赖它，但我试图保持警觉，因为经常有什么东西分散我的注意力或迷惑我的判断力，那会让我迷失方向。

艺术史也是人类主观史，或者说人需要与他人分享痛苦、幸福或惊奇，无论现在或将来，就是试图给世界的伟大故事增添些词句。至于我，我想感动读者的心，无论是谁读我的书，引导他或她去感受和思考，因为文学为我们自己和社会提供最大可能的洗礼——帮助人们战胜思想的麻木。文学由语言铸就，语言是属于所有人的社会财富，反过来哺育这个社会里产生的故事。时常要牢记的是，我们这些作家应该使用好这份共有遗产，它也反过来提醒我们要注意到别人。它要求我们认真地观察和倾听，要坚持这样做，毫不犹豫地这样做，不是要给出答案，而是要提出问题。在作家与语言和社会之间有一种神圣的关系。一个人的文化处境与美学的表达形式之间的关系是理解个人和社会的痛苦的标志，这种关系在写作的炼金过程中转化成了深度、和谐或美，正如我们敬爱的安徒生在他的作品《卖火柴的小女孩》或《丑小鸭》中将贫穷和讽刺进行了如此这般的转化一样。

换言之，写作是一条路，一个女人走上这条路，向着自己和她所处的社会的本质旅行。发现我们自己的本质也意味着发现我们自己未知的部分，那就是一个声音，它受到别人的声音哺育。我通过写一个跨越大洋的男孩，或捡垃圾的贫民窟孩子，或一个渴望与母亲一起生活的女孩，或一个迷途的姑娘，通过写这些沉默、正直或需要爱的人们的故事来发现我自己的身份，同时我也在以某种神秘的方式发现我自己的同胞的身份。我是在最近这些年才意识到这一点的。但这条路把我从那个边缘地方带到了这个组织和这次大会上，来接受这个奖项，其后果我尚难以预料，这件事令我震惊，也令我感动，直到现在我还难以明白这一切呢。

[本文的英文译者是凯特·曼斯菲尔德（Cat Mansfield）]

共生共存的故事

2014　日本　上桥菜穗子

上桥菜穗子（1962—），日本女作家，出版多部有影响力的幻想作品，如《灵树》《灵魂守护人》《梦的守护人》和《黑夜守护人》等。她还是一位从事少数民族研究的教授，专门研究澳大利亚土著族裔。

获得这个奖，我感到荣幸，十分感激。要感谢的人很多。

首先要感谢国际青少年读物理事会的理事们，感谢这个理事会的创始人叶拉·莱普曼女士，还要感谢安徒生奖评委会以儿童文学为媒介为推动和平与国际的了解所付出的不懈努力。

感谢 IBBY 日本分会挑选我作为这个奖项的候选人，感谢凯茜·希拉诺将我的作品，包括这篇受奖辞，翻译成英文，感谢她在各个方面对我的支持。

感谢朝日社、讲谈社、理论社和新潮社的优秀编辑和员工，是他们出版了我的作品。

感谢我的家人和伙伴帮助我成长，支持我的事业。

感谢很多作家，他们的作品丰富了我的人生，滋养了我。感谢我的读者，他们欣赏我写的小说。

对你们，我报以深深的谢忱。

还请让我对同时获奖的罗杰·麦洛道声"祝贺！"

宣布我得奖后，我的编辑从意大利给我打来了电话。那时已经是日本的晚上11点半，但我能听到现场高声的欢呼，令我感到自己从黑夜飞到了意大利的阳光中。我突然想到，在电话的那一边，肯定是"现在时"，与我在日本的感觉是一样的。那一刻既是中午，也是夜晚和早上，全世界的人都在过着自己不同时区的生活。

后来我知道评委会选择把这个奖颁发给我，是因为我的作品描写的是有着不同价值体系和环境的复杂世界里的复杂的人，他们对自然和人类报以爱心和尊重，很多情节都来自我自己的生活。

有一个想法深深地根植于我心中，它如同海浪冲刷着海岸一样冲刷着我的心灵，那就是，如果这些情节中的任何一个没有实际发生过，如果我没有遇到那个特定的人，遇上某本特定的书，做了某件特定的事，我今天就不会感到欣慰。

我生长在东京市中心，是个老城区，仍然保留着旧的传统和节日，充满了旧日的感觉，尽管是处在一个极其现代的都市的中心。小时候我身体很弱，经常发烧卧床。但那其实是一个伪装的福气。因为我经常卧床不起，我的祖母就给我讲了很多故事，我的父母给我朗读了很多书，他们这样帮助我度过病中的时光。结果是，我五六岁时就彻底沉溺在故事之中了。

　　我祖母不是东京人，她来自日本的南方。她是个民间故事的宝库，出色的讲故事的人。我整个童年的时光里，都把头靠在她膝盖上，聆听她讲述丰富多彩的日本故事。她讲的故事并不是专门给孩子们听的，而是真实事件的口头传说，那些事都发生在她生长的那个地区。

　　其中一个故事说的是，一只猫从一个农夫的妻子那里绑架了她的婴儿，猫把这个婴儿叼上了树，在树上把孩子养大。我祖母对我说，猫经常消失，那是因为它们要去学知识。一只流浪猫会和一个变身大师一起跳舞、玩耍，从而学到一些魔法。千万别瞧不起回家来的猫，因为或许它已经学会了怎么变成人呢。

　　我祖母讲的故事，里面的动物多是猫和狐狸，它们都有智慧和感情，和我们人是一样的，这些故事令我着迷。可能就是因此我总感到昆虫啦，植物啦，甚至石头，都有他们自己的生活。小时候，我抬脚去踢鹅卵石时，有时我会突然发现我就在石头里面向上看我自己呢。我会想："如果她踢我，我会疼。"

　　尽管我现在是成年人了，可那种感情还深藏在我心中。如果我对自然报以爱和尊重，那不是因为自然是身外之物，而是因为我感到我是整个天地万物的一部分。

　　除了我祖母的故事，丰富的阅读传统也滋养了我的心灵，造就了我的世界观。几百年来，日本人民都享受着阅读的快乐。从19世纪中叶起，很多外语书都被翻译成了日语，得到了广泛传播。这就意味着，小时候我不仅能读到日本作家的作品，还能读到很多外国作家的作品。因此，在我少年时代就能读到那些书，它们注定要改变我的生活。

　　我如饥似渴地读了亚瑟·蓝塞姆（Arthur Ransome）所著的"燕子与亚马逊人"系列丛书，菲利帕·皮尔斯（Philippa Pearce）的《汤姆的午夜花园》，爱里森·阿特利（Alison Uttley）

的《最后的旅行家》，阿斯特丽德·林格伦(Astrid Lindgren) 的
"比尔·伯格森侦探"系列，芭芭拉·巴特斯－霍普纳（Barbara
Bartos-Höppner）的《哥萨克》和《拯救可汗》，瑞金纳尔德·奥
特利（Reginald Ottley）的《孤独的男孩》和厄秀拉·勒·君恩
（Ursula Le Guin）的《地海》系列。我 17 岁时读了《格林·诺
维的孩子》，因为对这个美丽的故事那么着迷，我甚至去剑桥拜
访书的作者露茜·M. 波士顿。

我热爱阅读，而且读了很多翻译过来的书。但对我的生活产
生最大影响的那些书是罗丝玛丽·苏特克里夫（Rosemary Sutclif）
的历史小说，如《失落的第九军团》《打灯笼的人》和《骑士采
邑》，还有 J.R. 托尔金（J.R. Tolkien）的《指环王》。

苏特克里夫的故事时常描述不同文化和历史背景的人们之间
的友谊。

《失落的第九军团》表现一个叫马库斯的年轻罗马军官和一
个被罗马人征服的土著年轻人之间的故事，生动地表现了他们之
间的文化分歧、社会地位的隔阂和个人成长史的不同。

这两个年轻人之间的隔阂是巨大的，但我觉得苏特克里夫写
这个故事是有见地的，意在表明他们可以超越分歧，从而建立深
厚的长久友谊。这个故事给了我极大的启发。我们的世界上，人
们的文化、历史和社会背景如此不同，有冲突就很自然。但是苏
特克里夫的作品让我产生了希望，感到这些分歧是可以超越的，
从而人们可以和平共处。

我后来去大学学习文化人类学并在澳大利亚做实地考察，与
澳洲的土著人一起生活了很多年。我选择了探索多元文化的存在
作为我的人生之路，而苏特克里夫的书在我的选择上起到了决定
性的作用。

像苏特克里夫的历史小说一样，托尔金的高度幻想小说《指

环王》也强有力地宣告不同的人群宽容共处的必要，要"丢弃"那个用单一绝对价值体系来束缚哈比人、侏儒、精灵和人类的戒指。

这两位作家从他们作品的第一页开始就将我吸引进了他们的世界，我分享了流浪的佛鲁多的痛苦，与马库斯一起在不列颠的边疆旅行，作为一个少年我被这些故事所感动，也渴望自己也能写出这样的故事来。

故事让我们有能力成为别人。

我们打开一本书的时候，它打开了一扇门，通往完全不同的文化和环境，它给了我们机会去成为那个故事的主人公，去过另一种生活，通过他们的眼睛看世界，通过他们的感官体验世界。

这与我童年时的经验很像，那时我藏在鹅卵石里抬头看我自己时就是这种感觉。想象力就可以令人有这样的感觉。我们都有这样的能力，这个地球上每个人都有，所以我们能找到一条路，所有不同的人都能一起在这条路上行走。

那些拿起就放不下的书，那些令你心跳的故事，还有那些让你与每个人物都感同身受的小说，这些能让你与他们结伴走到终点，发现自己身处不同的地方，从那里你又开始起步，这就是我想讲的故事。心怀那样的渴望，我将继续我的写作生涯。

谢谢大家。

我会继续写下去

2018　日本　角野荣子

角野荣子（1935—），生于东京，毕业于早稻田大学英语专业。35岁才开始出版自己的第一部作品。迄今为止出版有《裤子船长的故事》《大盗布拉布拉》《魔女宅急便》等近200部童话小说、散文和绘本作品，多次获奖。

晚上好。我是角野荣子。你们把安徒生奖颁发给我，这让我感到无上光荣，万分感激。

第二次世界大战甫一结束，IBBY创始人叶拉·莱普曼就着力以儿童文学为器为实现世界和平而努力，对她的决断我深感敬佩。

第二次世界大战时，我还是一个十岁的日本小姑娘。在那令人绝望的岁月里，图书给了我巨大安慰，给了我活下去的勇气。

那段日子依然历历在目。因此，IBBY 设立的安徒生奖对我来说具有特殊的意义。

我要对 IBBY 的所有成员，对为评奖而工作的每个人，对我亲爱的编辑，更对那些读过拙作的很多读者，表示我发自内心的感激。万分感谢。

现在我想借此机会与大家分享我过去年代里所亲身体验的一些拟声。

Donbura kok-ko-oh Suk, kok-ko-oh

Donburakok-ko-oh Suk, kok-ko-oh

各位，这些声音唤起你心中怎样的情感风景呢？

我真想听到你们每个人的反馈。不过那要用很长时间才行。那我就说说我自己的感受吧。这段声音是一段日本民谣的开始几句。我五岁上死了娘，老是爱哭，我爸爸就把我抱上他的膝盖，颠着我给我讲故事，故事的开头就是这么说的。

意思是："河上漂来一只桃儿，Donburia kok-ko-oh suk, kok-ko-oh 漂呀漂走了。河边浣衣老妇捞到桃子带回了家，刚要吃，桃子里跳出个小男娃，新生的娃娃哭啊哭，ogya-ah, ogya-ah!"

这就是日本家喻户晓的故事，名叫《桃太郎的故事》。桃子在河上漂的声音因为讲述人的不同而各不相同。我父亲总是念叨着 donbura kok-ko-oh suk, kok-ko-oh，就跟哼歌儿一样。直至今天，我耳畔还回响着他的声音呢，别的什么都不能像父亲的声音那样能把我带回到童年。

日本人的住宅里，大门、窗户等冲外敞开的地方都很大，门窗都是侧拉，每天早晨醒来把门窗都打开，屋里屋外就成为一体了。在屋里，把门和分割房间的屏风拉开，房间与房间，还有通道就都通了。最近这些年，有些房子变了样，不过……

正因此，在我国，鸟鸣、风声、雨声与人的生活总是相伴相随，人们倾听这些声音，发挥他们的想象力从中获得启迪。于是拟声的词句就出现了。

拟声并无一定之规，只是能让我们准确表达自己的感受就好。因此拟声是自由自在的。一点小小的拟声，带着特殊的感受、节奏和共鸣声，能告诉我们很多很多。我相信，在希腊这个西方文明的源泉之地，还有在座的各位的国家里，都有快乐的拟声方法。

髫龄之年，我父亲讲故事时自编了一些他自己的拟声表达方法，令故事很招人爱听。在他的语言引导下，我走进了故事里，成为故事里健康的孩子，跟故事里的主人公一起解决问题。我把我的想象运用到不同的事情上去。这就是我与故事相遇的开始。

每当我工作不顺或写作的手停了下来，我发现我会无意识中嘴里叨念起 donbura kok-ko-oh, suk kok-ko-oh。每次这样叨念一番，我童年的快乐就回来了，我就又能继续写下去了。这样的情况经常发生呢。字词对我来说富有魔力，每当它们拯救了我，我都会想起我的父亲和丰富的日语，于是我就想说：感谢。

你们明白了吧，是我父亲让我变成一个热爱故事的孩子，再之后是个热爱阅读的孩子。三十多年后，我依然是个富有激情的"读书人"，不过我却从来没有真的想过会成为一个"写作人"。

可三十四岁那年，我大学时期的一位挚爱的教授给我打来电话说："你在巴西生活过两年，能不能写点非虚构作品讲讲巴西的儿童呢？"

我十分惊讶，觉得这是不可能的事。我立即回答道："不行啊！"

可是我的恩师坚持说："写吧。"那一刻我整好想起我认识的一位巴西男孩，叫鲁尔金良。我就想我或许可以写他。

没有别的选择了，我就开始写起来。我确实没有别的选择，因为，不管过了多少年，我们都得听从恩师的话。

我在巴西生活的那两年中，我同楼的邻居里有个 12 岁的小男孩教我学葡萄牙语。他叫鲁尔金良。一个 12 岁的老师教一个 24 岁的学生。跟他学习语言时，我们常在附近散步，这个过程中发现了很多东西。

鲁尔金良的母亲是位桑巴歌手，他等于从一出生就开始听着桑巴长大。他教我葡萄牙语时，念字词的方式就像唱歌和跳舞。我并不确切理解那些字词，可一旦以舒服的节奏说出来，那意思就自然让我明白了，这真是奇怪。

他像巴西的年轻人一样，也能歌善舞，还邀请我跟他一起跳。我在日本长大，害羞，也不会跳。他会这样说："荣子，你也有一颗心是不是？心也是 tokutokutokutoku 地跳动，对不对？你就听那个心跳，你就能跳舞。人都天生是那样啊！"

听一个 12 岁的孩子这么说，我感到惊讶。这让我想起我小时候父亲给我讲故事时就爱用那些能跳动的词汇。听父亲讲故事时，我的心绝对是在胸膛里 tokutokutokutoku 地跳。

这就是语言——即使你词汇量不大，但正确的节奏和声音能让听者懂得而且难以忘怀，这是很神奇的事。

在认识鲁尔金良之前，我只是注意语言的意思，但是他帮助我认识了语言的神秘和深度。

这种记忆促使我开始写"一个叫鲁尔金良的少年"。我在巴西的日子过得很愉快，写着写着就写了 300 多页！在日本，一页纸的字数是 400 字。可我把稿子交给出版社编辑时，我才知道这本书最多只需要 70 页。

这我可做不到！我想。我写得那么开心，我不信我能改。那善良的编辑对我说："你为什么不能重写一下，让读者读得更明白？"

这还是我第一次问自己："什么，读者？"在这之前我还从来每想过我写的东西会有读者！我感到震惊。这事会很难。尽管我一直是个读书的人——从三岁起一个读者，可我从来没想到过我也会有读者。

我真是个三十四岁的没心眼没出息的人！我害怕地说："天啊，我该怎么办？这事很严重！"

我便对我的编辑说："抱歉了。我说什么也没办法把三百页删成七十页。请让别人来写吧。"

不过耐心的编辑说："这部稿子里有些部分可是相当不错的。您能不能试着重写一遍？"

我问："有不错的地方？真有不错的地方吗？"

我马上觉得，如果是这样，我不妨试着重写。我这人经不住别人夸。不管什么年龄上，夸上几句总没错，对吧？

于是我就开始重写起来。一共写了十遍，每次都是从头重写。我就这么一天又一天地写着，最终我能用 70 页纸讲这个故事啦。我觉得重写故事花去了我好几个月时间。因为是很久以前的事了，我记不得确切的天数了。

不过在重写的过程中我有了惊讶的发现。在这之前，我试着干什么事时会感到厌倦，可现在每天重写这个故事，我并不感到厌倦。这对我来说意味着什么呢？

在日本，我们称这种发现为"突如其来"，我想就是想不到的震惊的意思吧。于是我就在那时决定我要一辈子干写作了，我明白这时我想做的。即使没人赞扬我，即使永远不能出版，我还会坚持写下去，写快乐的故事，就像我父亲那样哼着歌子一样讲的那些故事。

如果我能做到的话，我就能每天都充满力量。我心中这样决定了，我的生活开始变得比以往更加充满乐趣！

我的第二本书不是非虚构作品，而是一本小说。

日复一日，我一直在写。那巴西小男孩热情的语言和舞蹈的节奏，还有我父亲讲故事时每句话里饱含的热情都浸入我的生命中了，这些在帮助我努力去写作。

我的第二本书在 7 年后出版了。我从一个读者变成了一个作者，这时我 42 岁了。

如今，我的来日可能不多了，但我仍然计划着每天写故事。正如我开头时说过的，我五岁失怙，随后是深陷那次恐怖的战争，故事给了我很大的安慰，故事就是我的安慰。是故事给了我力量，让我熬过了那段糟糕的时光。

我是这样想的：故事，尽管是我所写，可一旦遇上读者来读，就属于读者了，有读者读，这些故事就一直活着。故事的美妙就在于此。

还有，当文字感动了一个读者时，这种感动里还有读者的感情和情绪，有读者的想象，这一切都在读者的内心里积累起来成为读者内在的词典。从那本词典里流淌出的力量赋予人类——那是想象力和创造力。这些力量扩大了人的世界，甚至在艰难时期让他们挺下来。

正如鲁尔金良说的那样，所有人都有心跳。如今的时代也是个艰难时代，不过我相信，故事具有巨大的力量能把人们凝聚在一起。因为相信这一点，我才能继续写下去。

请各位期待我之后写的故事吧，再次感谢你们，我就说这些了。

谢谢。

角野荣子

2018 年 8 月 31 日

于雅典。

感恩与诚实

2020　美国　杰奎琳·伍德森

杰奎琳·伍德森（1963—），美国著名作家，多次获得各种国内外奖项，主要作品有《棕色女孩的梦想》《羽毛》等。

我记得我的老师第一次给我读《卖火柴的小女孩》，大概是在我八九岁上，那是我第一次听到的结尾不幸的故事。尽管这个结局令我崩溃，但我明白这是我一直想要得到的——故事里的诚实、真实和同感。那是个星期五，我们三年级的时候，只要我们"乖"，老师就会奖励我们，给我们读画书，那位老师是莫斯克维茨女士。我不记得哪个星期五我们不乖过，所以一直都有这种周末的仪式，几十年后我猜想，这种朗读，不光我们喜欢，老师也觉得享受。

我们的课桌排成排，钉在地板上，座椅与课桌连在一起。唯一允许的动静就是我们离开座椅时椅子面翻起来再落下。桌椅是深棕色的木头做成的，桌子腿和椅子腿则是黑亮的金属。那座教室里和学校里的一切都让我喜欢，那是一座古老的建筑，据说曾经是一座城堡。教室里铺着一块块宽大的木板，通向我们三层教室的台阶则是大理石的。过了些年，这座跨越两个街区的建筑涂上了粉颜色，在我看来这颜色很美。几十年后，纽约城成了这个国家里种族隔离学校最多的地方了，但我小时候我们的教室还是融合得不错的。在我们学校里，在我们教室里，我并不知道我们的邻里被人看作是"受到剥夺的"，我们学校被看作是"不行"的学校。我头枕着课桌听莫斯科维茨女士的声音在教室中回荡时（我没在意插图，只注意那些字词了），我沉浸在了卖火柴的小女孩的传奇故事里，我是安全地置身于灯光明亮的教室里，置身于一座随时准备接纳我这样的学生的学校，沉溺在周五下午老师朗读的故事的字里行间。

我明白，我用不着告诉在座的各位，在书的结尾，那卖火柴的女孩儿死了。她死于贫困，死于无人理睬，她死了，是因为过去和现在我们的世界里年轻人的需求无人倾听。莫斯科维茨女士读完故事，我感到我需要安慰。虽然她带我们排成两队走出那座建筑时想安慰我，可是她做不到。从屋里走进明亮的午后，我最明白的一件事就是我想写，我想有一个不同的世界。

每天放学后，我的弟妹们和我像邻里的其他孩子一样穿过五个街区到附近的公共图书馆去，就是华盛顿欧文分馆。在那里我们老老实实地写作业，然后找些书看，直到上了一天班的父母晚上六点下班来接我们。但那个下午，我没做作业，而是直接到书架前找到《卖火柴的小女孩》，心想或许这次我能发现一个好的结尾。没准儿这一本与我们老师读的那一本不一样呢。当然了，结尾是一样的。不过呢，安徒生先生写得那么诚实，充满了希望，我读了一遍又一遍。我想让世界变好，在我不明白它是怎么变糟之前，我是无力改变它的。说到底，我不过是布鲁克林的一个孩子。很多时候我都以为我什么都不懂，可是读了安徒生的《卖火柴的小女孩》，奥斯卡·王尔德的《自私的巨人》，约翰·斯特普托[1]的《斯蒂维》和爱洛伊斯·格林菲尔德[2]的《她带来了那个小女娃》，多少年后我明白了，没有什么"不过是布鲁克林的一个孩子"这一说儿。其实我们过去和现在都远远大于我们所来自的地方、我们所爱的人、我们所崇拜的力量和我们所说的语言。我们精神中的那些成份让我们成为了不起的人。尽管如此，我还是逐渐意识到，即便是我们长大了，我们其实总是在起点上。

现在是一个新的起点——疫情彻底颠覆了我们的生活，新的孩子出生了，亲人失去了，在生死之间发生了很多事请，此时我站在这里，对挑选我获安徒生奖的评委会深表感激。这的确是梦想成真，我的手很快会接过那枚奖牌，它来自那位以诚实的写作开启了这个征程的人，因为有他，我才敢于诚实地写作。

从 1990 年出版我的小说处女作至今，我一直努力真实地描写这个世界并且怀着真情呼唤希望，至关紧要的是我们要怀有希望。

每天晚饭时分，我们全家人围坐在饭桌旁表达我们的感恩之情。有时就是对一些简单的东西感恩——狗啦、花园啦、艳阳天儿什么的。有时则是对深刻的东西感恩。今年，我一个最亲密的朋友在他退休的第一天突然死了，才 58 岁。半夜的电话传来一个意外，随之而来的是震惊和朋友的失去。随后是一天天、几个月的失眠，怀念星球中黑洞里的他。我们都知道星球上的那些黑

---

① John Steptoe（1950-)，美国作家，著名作品是《跳跳鼠的故事》。

② Eloise Greenfield（1929-2021)，美国著名小说家和诗人。

洞，让我们眼睛周围新添了皱纹，两鬓上长出白发，悲伤吞噬了我们的笑容。

但是，我们也知道什么是美。我们当中一些人接种了疫苗，他们坐在椅子里打了第一针。之后或许就有希望的未来了。我们可能再次开始旅行，去拥抱久未见面的朋友，见到那些读过我们的书的小读者。即使在疫情最为黑暗的时候，还是对好日子抱有希望的。

我一直在努力写作去让希望成真。我的作品让我从布鲁克林到了柏林，从宾夕法尼亚到了巴勒斯坦。尽管孩提时代我站在浴室的镜子前，手拿头梳当麦克风朗诵我的普利策奖获奖感言，但我确实不知道有那么一天我脑海里形成的文字会来到这个世界上，并受到喜爱。从此，会有各种奖项纷至沓来，而且有一天我要写这篇演讲稿，接受世界上最伟大的荣誉。在你们面前的是一个来自布鲁克林的孩子，内心充满感恩。

我想到了这一路上我遇到的人——我交的朋友，想到那些铁瓷的朋友，我可以半夜打电话的人，仅仅是要听他们的声音，仅仅是听谁跟我说：你行，杰奎琳，你能成。我想到我是怎样与我的写作伙伴一起成长走到现在的——我们相互照看对方的孩子，我们在疫情期间通过互联网会议室和脸书进行交流——我们小时候的用词和世界可不是这样的，甚至我长大成人后也不是这样的！我想到了我带到这个世界上的挚爱的孩子们——我怀老大时纽约的双塔在911时陷落了。想到我的儿子不得不眼看着很多长得跟他很像的人被那些雇来保护他们的人杀害了。他们眼看着学校关闭了，音乐节取消了，笑容被口罩遮住了。我在想他们如何经历了这一切，开始学会用眼睛微笑，在寒冷的天气里在室外跳舞、玩桌游，做这些时戴着臂章一样的口罩和手套。对我们成年人来说特别可怕和令人伤心的是，我们的孩子门要学会从大石头上越过去，轻轻地在对面着陆。他们在一个作家、教师、思想家和实干家的社群里成长得很快，懂得了什么是社群健康和社会正义，还有懂得了感恩。

在这个不断变幻的世界和时代，我总是携带着先祖的作品——那些作家已经去了另一个世界，但他们像写了《卖火柴的小女孩》的安徒生一样还在指引着我的方向。我一直对文字的馈赠感恩，对一直支持我的人感恩。你们很多人一次次对我说："我们在看着你。我们理解你。写下去。"是的，我会的。

谢谢！

杰奎琳·伍德森

莫斯科巴什可夫大厦

2021 年 9 月 11 日

安徒生奖获奖作家受奖演说辞（1960—2020）

（说明：2020 年第三十七届 IBBY 大会改在 2021 年 9 月召开，所以此次受奖演说辞的时间为 2021 年 9 月。）

附录

历届 IBBY 大会主题
Themes of the IBBY Congresses

预备会于 1951 年和 1952 年分别在［德国］慕尼黑和［瑞士］苏黎世举行
主题：通过儿童图书达到国际的理解
Preliminary meetings took place 16-18 November 1951 in Munich
and 3-4 October 1952 in Zurich
Theme: International Understanding through Children's Books

1953 年 IBBY 成立暨第二届大会，［瑞士］苏黎世
主题：当代问题与儿童文学
The Foundation Congress of IBBY, Zurich, Switzerland, 1-4 October
Theme: Contemporary Problems and Children's Literature

1955 年第三届大会，［奥地利］维也纳
主题：图书与插图
Vienna, Austria, September
Theme: Books and Illustrations

1956 年第四届大会，［瑞典］斯德哥尔摩
无主题
Stockholm, Sweden, 13-15 September
Theme was not specified

🌿 1958 年第五届大会，［意大利］佛罗伦萨
主题：少年文学与公众舆论
Florence, Italy, May
Theme: Juvenile Literature and Public Opinion

🌿 1960 年第六届大会，［卢森堡］
主题：儿童图书与学校——特别关注欧洲的人道主义思想
Luxemburg, September
Theme: Children's Books and the School - with Special Consideration
of European Humanitarian Thinking

🌿 1962 年第七届大会，［德国］汉堡
主题：儿童文学与发展中国家
Hamburg, Germany, September
Theme: Children's Literature and the Developing Countries

🌿 1963 年第八届大会，［奥地利］维也纳
主题：儿童文学与国际的了解
Vienna, Austria, October
Theme: Children's Literature and International Understanding

🌿 1964 年第九届大会，［西班牙］马德里
主题：第二次世界大战以来的儿童文学
Madrid, Spain, 14-18 October
Theme: Literature for Children Since the Second World War

🌿 1966 年第十届大会，［南斯拉夫］卢布尔雅那
主题：儿童图书的诞生
Ljubljana, Yugoslavia, 28 September - 1 October
Theme: The Birth of Children's Book

1968 年第十一届大会，[瑞士] 阿姆里斯威尔
主题：大众传媒与青少年
Amriswil, Switzerland, 25-29 October
Theme: Mass Media and Youth

1970 年第十二届大会，[意大利] 波伦亚
主题：变化世界中的青少年
Bologna, Italy, 3-5 April
Theme: Young People in a Changing World

1972 年第十三届大会，[法国] 尼斯
主题：阅读对变化社会里儿童与少年成长的作用
Nice, France, 19-21 May
Theme: The Role of Reading in the Development of Children and
Adolescents in our Changing Societies

1974 年第十四届大会，[巴西] 里约热内卢
主题：图书是教育和儿童与青年发展的工具
Rio de Janeiro, Brasil, 20-25 October
Theme: The Book as an Instrument for Education and for the Human
Development of Children and Young People

1976 年第十五届大会，[希腊] 雅典
主题：儿童文学如何满足现代儿童的需求：今日童话与诗歌
Athens, Greece, 28 September - 2 October
Theme: How Can Children's Literature Meet the Needs of Modern
Children: Fairy Tales and Poetry Today

1978 年第十六届大会，[德国] 沃尔茨堡
主题：现代儿童与青少年现实主义文学

Würzburg, Germany, 23-28 October

Theme: Modern Realistic Stories for Children and Young People

🌿 1980 年第十七届大会，[捷克斯洛伐克] 布拉格

主题：图书与儿童：传统、现状与未来前景

Prague, Czechoslovakia, 28 September - 3 October

Theme: Books and the Young Child - Tradition, Present Situation, and Future Prospects

🌿 1982 年第十八届大会，[英国] 剑桥

主题：变幻的儿童世界中的故事

Cambridge, UK, 6-10 September

Theme: Story in the Child's Changing World

🌿 1984 年第十九届大会，[塞浦路斯] 尼科西亚

主题：发展中国家儿童图书的生产与发行

Nicosia, Cyprus, 9-14 October

Theme: Children's Book Production and Distribution in Developing Countries

🌿 1986 年第二十届大会，[日本] 东京

主题：您为何为儿童写作？孩子，你为何读书？

Tokyo, Japan, 18-23 August

Theme: Why do you write for children? Children, why do you read?

🌿 1988 年第二十一届大会，[挪威] 奥斯陆

主题：新媒体中的儿童图书

Oslo, Norway, 26-30 September

Theme: Children's Books in the New Media

🌿 1990 年第二十二届大会，[美国] 威廉斯堡

主题：以文学促读写：儿童图书促成变化

Williamsburg, USA, 2-7 September

Theme: Literacy through Literature: Children's Books Make a Difference

🌿 1992 年第二十三届大会，[德国] 柏林

主题：儿童图书里的儿童世界 - 儿童世界里的儿童图书

Berlin, Germany, 7-12 September

Theme: The World of Children in Children's Books – Children's Books in the World of Children

🌿 1994 年第二十四届大会，[西班牙] 塞维拉

主题：儿童图书：自由地带

Seville, Spain, 11-15 October

Theme: Children's Books, a Place of Freedom

🌿 1996 年第二十五届大会，[荷兰] 格罗宁根

主题：讲故事

Groningen, Netherlands, 12-16 August

Theme: Telling the Tale

🌿 1998 年第二十六届大会，[印度] 新德里

主题：儿童图书促进和平

New Delhi, India, 20-24 September

Theme: Peace through Children's Books

🌿 2000 年第二十七届大会，[哥伦比亚] 印第安卡塔赫纳

主题：新世界的新世界　新千年的儿童图书

Cartagena de Indias, Colombia, 18-22 September

Theme: The New World for a New World. Children's Books for the New Millennium

🌾 2002 年第二十八届大会，［瑞士］巴塞尔
主题：儿童与图书 - 全球性的挑战 -IBBY50 年
Basel, Switzerland, 29 September-3 October
Theme: Children and Books - a Worldwide Challenge. 50 Years of IBBY

🌾 2004 年第二十九届大会，［南非］开普敦
主题：非洲的图书
Cape Town, South Africa, 5-9 September
Theme: Books for Africa

🌾 2006 年第三十届大会，［中国］澳门
主题：儿童文学与社会发展
Macau, China, 20-24 September
Theme: Children's Literature and Social Development

🌾 2008 年第三十一届大会，［丹麦］哥本哈根
主题：历史中的故事　故事中的历史
Copenhagen, Denmark, 7-10 September
Theme: Stories in History. History in Stories

🌾 2010 年第三十二届大会，［西班牙］孔波斯特拉圣地亚哥
主题：少数的力量
Santiago de Compostela, Spain: 8-12 September
Theme: The Strength of Minorities

🌾 2012 年第三十三届大会，［英国］伦敦
主题：跨越边界：翻译与移民

London, United Kingdom: 28-31 August
Theme: Crossing Boundaries: Translations and Migrations

2014 年第三十四届大会，[墨西哥] 墨西哥城
主题：阅读是一种包容
Mexico City，Mexico 10-13 September
Theme： Reading as an Inclusive Experience

2016 年第三十五届大会，[新西兰] 奥克兰
主题： 多元文化世界中的文学
Auckland, New Zealand 18-21 August 2016
Theme： Literature in a Multi-Literate World

2018 年第三十六届大会，[希腊] 雅典
主题：围绕儿童图书和童话东西方相遇
Athens, Greece30 August-1 September 2018
Theme： East meets West around Children's Books and Fairy Tales

2020 年第三十七届大会，[俄罗斯] 莫斯科
（此次大会改在 2021 年 9 月召开）
主题：儿童图书里的大世界
Moscow, Russia 5-7 September 2020
Theme： Great Big World through Children's Books

2022 年第三十八届大会，[马来西亚] 布城
主题：故事的力量
Putrajaya, Malaysla 5-8 September 2022
Theme： The Power of Stories

历届安徒生奖获奖
作家、画家名录

Hans Christian Andersen Award for Writing 1956—2022
Hans Christian Andersen Award for Illustration 1966—2022

1956 年：埃琳诺·法杰昂 Eleanor Farjeon［英国］

1958 年：阿斯特利特·林格伦 Astrid Lindgren［瑞典］

1960 年：艾利契·卡斯特奈 ErichKästner［德国］

1962 年：门德特·戴扬 MeindertDeJong［美国］

1964 年：雷内·居洛特 René Guillot［法国］

1966 年：多维·扬森 Tove Jansson［芬兰］作家奖

阿洛伊斯·卡里杰特 Alois Carigiet［瑞士］插图奖

1968 年：约瑟·玛利亚·桑切兹·席尔瓦 José Maria Sanchez-Silva［西班牙］

詹姆斯·克鲁斯 James Krüss［德国］作家奖

吉利·特林卡 Jirí Trnka［捷克斯洛伐克］插图奖

1970 年：吉安尼·罗达利 Gianni Rodari［意大利］作家奖

莫利斯·桑达克 Maurice Sendak［美国］插图奖

1972 年：斯哥特·奥代尔 Scott O'Dell［美国］作家奖

易卜·斯庞·奥尔森 Ib Spang Olsen［丹麦］插图奖

1974 年：玛丽亚·格丽佩 Maria Gripe［瑞典］作家奖

法西德·麦斯戈哈利 Farshid Mesghali［伊朗］插图奖

1976 年：西塞尔·波德克 Cecil Bødker［丹麦］作家奖

塔吉亚娜·马乌利娜 Tatjana Mawrina［苏联］插图奖

1978 年：波拉·福克斯 Paula Fox［美国］作家奖

斯温德·奥托·S. Svend Otto S.［丹麦］插图奖

1980 年：波乎米尔·日哈 Bohumil Riha［捷克斯洛伐克］作家奖

赤羽末吉 Suekichi Akaba［日本］插图奖

1982 年：利吉亚·波隆加·纽尼斯 Lygia Bojunga Nunes［巴西］作家奖

吉格涅夫·鲁日利斯基 Zbigniew Rychlicki［波兰］插图奖

1984 年：克里斯蒂娜·诺斯特林格 Christine Nöstlinger［奥地利］作家奖

安野光雅 Mitsumasa Anno［日本］插图奖

1986 年：帕特里莎·拉伊森 Patricia Wrightson［澳大利亚］作家奖

罗伯特·英格平 Robert Ingpen［澳大利亚］插图奖

1988 年：安妮·施米特 Annie M. G. Schmidt［荷兰］作家奖

杜桑·凯雷 Dusan Kállay［捷克斯洛伐克］插图奖

1990 年：托莫特·豪根 Tormod Haugen［挪威］作家奖

丽兹白斯·斯瓦尔格 Lisbeth Zwerger［奥地利］插图奖

1992 年：弗吉尼亚·汉弥尔顿 Virginia Hamilton［美国］作家奖

柯维塔·帕索夫斯卡 Kveta Pacovská［捷克斯洛伐克］插图奖

1994 年：窗满雄 Michio Mado［日本］作家奖

约格·穆勒 Jörg Müller［瑞士］插图奖

1996 年：尤里·奥列夫 Uri Orlev［以色列］作家奖

克劳斯·恩希卡特 Klaus Ensikat［德国］插图奖

1998 年：凯瑟琳·佩特森 Katherine Paterson［美国］作家奖

汤米·尤恩格若 Tomi Ungerer［法国］插图奖

2000 年：安娜·玛俐亚·马查多 Ana Maria Machado［巴西］作家奖

安东尼·布朗 Anthony Browne［英国］插图奖

2002 年：艾顿·钱伯斯 Aidan Chambers［英国］作家奖

昆丁·布莱克 Quentin Blake［英国］插图奖

2004 年：马丁·瓦多尔 Martin Waddell［爱尔兰］作家奖

马克斯·威尔休斯 Max Velthuijs［荷兰］插图奖

2006 年：玛格丽特·马黑 MargaretMahy［新西兰］作家奖

沃尔夫·埃尔布鲁克 Wolf Erlbruch［德国］插图奖

2008 年：荣格·叔比格 JürgSchubiger［瑞士］作家奖

罗伯特·伊诺桑蒂 Roberto Innocenti［意大利］插图奖

2010 年：戴维·奥尔蒙德 David Almond［英国］作家奖

朱塔·波尔 Jutta Bauer［德国］插图奖

2012 年：玛丽亚·特蕾萨·安德鲁埃托 Maria Teresa Andruetto［阿根廷］
作家奖

皮特·希斯 Peter Sís［捷克］插图奖

2014 年：上桥菜穗子 Naoko Uehashi［日本］作家奖

罗格·麦罗 Roger Mello［巴西］插图奖

2016 年：曹文轩［中国］作家奖

罗特罗特·苏珊妮·博纳 Rotraut Susanne Berner［德国］插图奖

2018 年：角野荣子 Eiko Kadono［日本］作家奖
伊戈尔·奥列乌尼科夫 Lgor Oleynikov［俄罗斯］插图奖

2020 年：杰奎琳·伍德森 Jacqueline Woodson［美国］作家奖
奥尔伯丁 Albertine［瑞士］插图奖

2022 年：玛丽亚·奥德·穆雷尔 Marie-Aude Murail［法国］作家奖
苏西·李 Suzy Lee［韩国］插图奖

国际儿童图书节历届主办国名录
Sponsoring Countries ofInternational
Children's Book Day 1967—2022

1967 瑞士

1968 南斯拉夫

1969 瑞典

1970 南斯拉夫

1971 奥地利／捷克斯洛伐克

1972 美国

1973 捷克斯洛伐克

1974 英国

1975 丹麦

1976 伊朗

1977 法国

1978 澳大利亚

1979 保加利亚

1980 波兰

1981 德国

1982 塞浦路斯

1983 委内瑞拉

1984 巴西

1985 奥地利

1986 捷克斯洛伐克

1987 苏联

1988 澳大利亚

1989 加纳

1990 加拿大

1991 希腊

1992 哥伦比亚

1993 伊朗

1994 美国

1995 日本

1996 丹麦

1997 斯洛文尼亚

1998 比利时

1999 西班牙

2000 芬兰

2001 匈牙利

2002 奥地利

2003 巴西

2004 希腊

2005 印度

2006 斯洛伐克

2007 新西兰

2008 泰国

2009 埃及

2010 西班牙

2011 爱沙尼亚

2012 墨西哥

2013 美国

2014 爱尔兰

2015 阿拉伯联合酋长国

2016 巴西

2017 俄罗斯

2018 拉脱维亚

2019 立陶宛

2020 斯洛文尼亚

2021 美国

2022 加拿大

儿童的节日，书迷的狂欢日

——关于国际儿童图书节、IBBY 和这本书的来历

黑马

　　国际儿童图书节！世界上果真有这样的节日吗？有。每年的 4 月 2 日，童话大师安徒生的生日那天就是。全世界爱读书的孩子们不仅有一个"六一"，还有一个"四二"，这个节日也是属于他们的。

　　可我们这样大一个国家有多少人知道这个节日呢？翻翻我们的台历，每年 4 月 2 日都是一个空白，不仅没标明这一天是国际儿童图书节，甚至连安徒生的生日都没有标明。这真是太不应该了。

　　我们知道世界上有个国际青少年读物理事会和国际儿童图书节是在 20 世纪 80 年代中期，但那是一次阴差阳错的机遇。话说 1985 年，我刚刚研究生毕业进入中国青年出版社做翻译和编辑，突然听说要派我去澳大利亚开会，那个时候刚毕业就能坐飞机出国，这消息简直如同天上掉金子。领导对我说明缘由：文化部图书馆局委托中国青年出版社派员参加将要在西澳大利亚佩斯召开的"国际青年图书局"的一次会议，用英语做一场题为《中国的青年文学》演讲。这对改革开放时期向世界介绍中国青年作家和作品无疑意义重大。本来是要派一位负责文学的领导前往，由我当翻译。但会议主办方只同意付一个人的旅费，翻译的费用须自理。1985 年，我们都没有那种叫"外汇"的钱，越洋去澳大利亚的盘缠实在很贵，向国家申请要层层报批，公文旅行在时间上来

不及。而且据说那时出国要提前一年报计划做预算，这种基层小单位临时出国的"用汇"全无可能。可敬的单位领导毅然决定放弃那个宝贵的出国机会，让我单独出国发表英文演讲并答疑。我拿到了会议通知，看到上面的那个"国际青年图书局"的英文名称是 IBBY（International Board on Books for Young People），猜想这个"局"定是联合国哪个"部"下属的机关。那个时代没有因特网，无从查起，时间紧迫，连忙大量阅读当时的文学评论和时下走红的文学作品，据此总结出 20 世纪 80 年代中国青年文学创作的几大特色，写出中文稿获得通过，然后骑着自行车去团中央联络部驮来一架沉重的打字机打出英文稿，由单位领导请著名文化老人冯亦代先生定夺，然后又请新华社的英文专家润色。我还记得那时冯亦代先生对我这趟美差赞不绝口，说我赶上了好时代，25 岁小小年纪就能代表国家出去讲文学。我更觉得任重道远，拿着英文稿在集体宿舍同屋的人不在时一再高声诵读，直到几乎能背诵下来为止。

待我到达佩斯与主办人交流之后，我才明白那个"国际青年读书局"里的"青年"即 young people 的含义其实指的是少年与儿童，甚至更偏向儿童。大多数发言人的讲稿里都直接谈论的是"儿童文学"，名单里出现的全是世界著名的儿童文学作家和出版商。却原来我们的"青年文学"沿袭的是苏联传统，把"青年"定义为特殊的成年群体，青年文学其实属于成年文学，只不过是"青年写，写青年"的那部分成年文学，按照我们的标准，四十岁以下的作家都叫"青年作家"。而西方的"young people"绝非我们的"年轻人"这类社会主流，也没有"青年作家"这个专门的称呼，作家就是作家，只有"功成名就的作家"（established writer）和普通的"出过书的作者"（published author）之分，如果你很年轻，可以说你是个年轻的作家（young writer），但无论如何到四十岁是不能叫青年作家的；如果细分，还能分出一类"为儿童写作的作家"（writer for children），即我们的所谓儿童文学作家。

这意味着我精心准备的演讲文不对题！我那场演讲的主持人是莫多克大学的华裔教授梁先生，他对我的焦虑倍加同情，主动向大会主席提出探讨了联合国宪章中关于"青年"的定义，那个定义确认25岁以下的人都归入青年行列。于是我的讲演中提到的那些"年轻的作家"写的青年题材小说特别是"知青文学"还是符合联合国宪章中对"青年"这个名词界定的，因此我的讲演题目"Literature for Youth in China"即"中国的青年文学"还是符合这次大会的宗旨的。事实证明，我的讲演结束后，与会者都自然地认可了"知青文学"与国际上的所谓"半成年人文学"（literature for young adults）大致可以"接轨"。但我心里明白，人们期待的还是《中国的儿童文学》这样的演讲。那个"国际青年读书局"更确切的翻译应该是"国际儿童读物理事会"，成立于20世纪50年代初期，它与中国接轨的组织应该是儿童出版社和"少儿读物委员会"之类。即使把半成年人纳入视野，也应该翻译成"国际青少年儿童读物理事会"才贴切（后来被官方翻译为"国际青少年图书联盟"）。

因为这次阴差阳错的接轨，我们与IBBY有了切实的联系，随之IBBY给当时中国的总理写信（其中一份抄件寄给了我，我上交给了国家出版局）向中国发出了加盟的邀请。1986年，严文井和陈伯吹两位儿童文学名家同时赴日本东京出席第20届IBBY大会（严文井是受组委会邀请的基调发言人，陈伯吹是中国代表团团长），出版局派我以翻译身份随团，亦负责照顾两位老先生的起居。在那次会议上，中国正式加入这个组织。我们置身于那个热烈、友好、人人返老还童的人海之中，感受到了IBBY这个儿童图书大家庭的和睦气氛。也就是为参加这次会议做准备时，我们才知道还有个国际儿童图书节。整整比别人晚了20年。

面对国际青少年读物理事会秘书长琳娜·梅森（Leena Maissen）热情提供的厚厚的一叠材料。翻开，读下去，我的心竟颤抖起来。国际青少年读物理事会决定每年的4月2日为国际儿童图书节，是在1966年，难怪我们多数人不知道这个节日啊。1966年，正是那场疯狂的"文化大革命"开始的时候。那年我6岁，被那一幕幕野蛮愚昧的场景惊呆了，经常钻到床下躲避"武斗"时的流弹子儿，那光景很像是打内战。日后我在我的小说《孽缘千里》中把那个曾经是枪林弹雨的故乡小城称作《圣经》中的所德姆城，它终因居民作恶多端而遭上帝毁灭。但儿时的我没听说过上帝和所德姆，只是祈祷"大救星"毛泽东了解那里的残暴，张开他的大手抓走那些恶人。从此以后的10年，中国的孩子不再能得到他们应该得到的琳琅满目的书，大学不再招生，中小学一片混乱……多可怕的噩梦年月！我们怎么可能知道外部世界上有多少个孩子正是从这个书的节日得到重要的启蒙呢。

1966年做出决定后，从1967年开始，每年4月2日，也是在意大利的博洛尼亚市举行的一年一度的国际儿童书展开幕的日子。参加书展的各国作家和书商、教师、图书馆工作人员欢聚一堂，一边进行图书交易，一边庆祝国际儿童图书节。每两年一次的安徒生奖评选结果也在这一天正式向新闻界宣布。一位幸运的作家和画家成为大奖得主，他们的名字和作品就在这一天传遍全世界。可见4月2日这一天有多么重要。

为庆祝这个图书节，每年由一个IBBY会员国作发起和主办国印刷精美的宣传品（一般是一张大幅的宣传画和一册由两种以上文字印成的图书节献辞），通过IBBY向全世界发行，广为张贴和宣传。主办国还可以举行庆祝活动。每一年图书节有一个主题，由主办国决定，并以这个主题为题目，由主办国的一位著名作家写一篇献辞。往往这篇献辞本身就是一篇优美的寓言和童话故事，有永久的保存价值。如1969年瑞典女作家林格伦的献辞题目是《披西班牙式黑斗篷的人》，意在启发儿童的想象力。1990年，加拿大女作家休斯的献辞题目为《路》。从题目可以见其独特亲切之处。

哪一年的4月2日，我们也隆重地庆祝国际儿童图书节？中国加入IBBY有很多年了，还有许多许多的人并不知道这一切。

哪一年我们中国也主办一次这个节日的庆祝活动？

哪一年的节日献辞中也会有一页中文版？为什么至今还没有？

让我们期待，让我们行动，让我们呼吁。我们有那么多的儿童文学作家，有那么多的少年儿童出版社，有那么多处在为儿童工作的岗位的工作者，他们总会给我们回声的吧。

后来我做了一段时间《书鸟》杂志的中国撰稿编辑，因此有机会不断地读到IBBY寄给我的资料，包括世界著名作家为每年的国际儿童图书节写的节日献辞。这些献辞一般都是用英、法、德、俄、西班牙和意大利文同时出版。没有中文。为此我感到心里不快。我唯一能做的事就是不断地译几篇在儿童文学杂志上发表，让我们的小朋友和老师家长们知道世界上有那么多人在庆祝这个节日。

1990年我投稿给南京的《未来》丛刊，获得该刊主编邵平先生的首肯。为宣传这一节日和引导孩子走向书的世界，他慷慨地辟出版面来发表介绍这一节日的文章和12篇献辞，这是中国儿童文学界首次集中发表世界著名作家致国际儿童图书节的献辞，是与国际青少年读物理事会（International Board on Books for

Young People，简称 IBBY）的一次重要交流活动。实在是为我国广大青少年和儿童文学工作者做的一件大好事。

《未来》杂志刊登了我的一部分译文后，江苏人民广播电台立即制作了特别节目广播了其中几篇，还特邀我录制了一段译者谈话。随后的 1993 年，湖南一家出版社决定把历年的图书节献辞和国际安徒生奖得主受奖演说辞合集出版，并邀请了能干的画家做漂亮的插图和装帧。中国在迎接世界，中国在走向世界。而这本书，则走在了世界的前头，成为历史上第一本这样的文集，而且是用中文出版（直到 2002 年为庆祝 IBBY 成立五十周年，才出版了一本儿童图书节献辞的英文文集，但不包括安徒生奖获奖作家受奖演说辞）。那本书以后又在武汉有过两次增补版。作为一个仍然童心未泯的成年人，作为一个女儿的父亲，能为这本书做翻译，是我的光荣和责任。这本书带着"芙蓉国"的花香和汉江的渔歌，走遍了中国，走进很多的家庭，成为小朋友和家长的好伙伴。

别忘了，这本书的作者来自几十个不同的国家，他们锦心绣口，用的是自己民族的语言。是一些不知名的人把它们译成了英语，我才能看懂并译成中国话。在此我要向那些英译者致以崇高的敬意！

重新整理这些旧译和增加新的译文时，我突然意识到，有些作者在我多年前翻译他们的作品时他们还健在，而现在他们已经离开了这个世界。但我并没觉得他们离开了我们，读这些文字时，仍感觉是在和他们进行活生生的对话。我要感谢他们，他们的文字给了当时在文学的路上蹒跚学步的我多少灵感！

还要感谢 IBBY 上一届秘书长 Leena Maissen 女士和新的一届 IBBY 负责人 Elizabeth Page 女士为我们提供的具体而实际的帮助，是她们为我们整理出了完整的英文稿件，不远万里寄来招贴画原件，不厌其烦地回答我的电子邮件。我在翻译书的过程中，时常想起瑞士巴塞尔莱茵河畔设在一套普通民房里的 IBBY 总部，朴素而杂乱，堆满了资料和书，我称之为"莱茵河畔小书屋"，那里每天只有一个秘书长和一个兼职秘书在辛勤地工作，可她们的劳动却造福着全世界的儿童。我是在 1994 年去欧洲出差时顺访那里的，如今一切还照旧吗？巴塞尔那些古老如童话的石子路小街还是那么神秘幽暗吗？那里你或许能遇上坐着飞毯、披着西班牙式黑斗篷、拎着阿拉丁神灯照亮的哈利·波特呢。

莱茵河畔小书屋

——IBBY 之行

黑马

　　听说巴塞尔这个古城的名字似乎是在 20 世纪 70 年代，那时我正在北方的一座古城读初中。那是"文革"后期，全国提倡"以学为主，兼学别样"，但学校里则是以兼学别样为主，三天两头进工厂下农村上军营去"学工学农学军"，还有就是课余时间的各种政治活动开展得热火朝天。作为积极要求进步的学生干部，懵懵懂懂地跟着高中的师兄师姐和老师学习马列原著（六本），学国际共产主义运动史。正经的没学明白，倒是记住了那些共产主义运动领袖们在欧洲活动的地名，如饥似渴地看那少得可怜的几幅描述工人运动的绘画，那上面有大教堂，有高大的洋楼和石子马路。我知道了马克思是在伦敦的大英博物馆里写《共产党宣言》，列宁是在芬兰流亡。别人在认真地热烈地讨论，我坐在角落里开小差胡乱想象，很羡慕第几第几国际大会在那些世界名城里召开，羡慕那些共产主义运动领袖们满欧洲活动，心想这些欧洲的革命怎么都在那么好的地方闹呀，怎么不像我们的革命是在穷山沟里闹呢？其中有个地方就叫巴塞尔，我查过地图，在莱茵河畔。

　　长大后读阿拉贡的小说《巴塞尔的钟声》，其中一章写第二国际在那里开大会，倍倍尔、蔡特金和考茨基等共产主义运动名人齐聚那里，一时间这座古城钟声高亢，红旗如海。

　　但真正与巴塞尔有神交却是在 1986 年。那次在东京参加国际青少年读物理事会（IBBY）大会，认识了该会的秘书长琳娜·梅森夫人，知道了这个组织的总部设在巴塞尔。那之后，经常收到来自 IBBY 的印刷品和信件，也与梅森夫人多次书信往来。巴塞尔似乎因了 IBBY 而更教我向往。

直到多年后的一个夏天，我有了个机会去欧洲拍电视片，其中一部分在巴塞尔拍摄。我立即想到的不是怎么干那个活儿，而是有机会去看看那座古城，去那条我在信封上写过许多遍的Nonnenweg 街 12 号，就是 IBBY 的总部。

终于在六月的最后一个午后，同伴们都去著名的瑞士北部冰川旅行，我则选择留在巴塞尔，独自一人沿着一条中世纪风格的石子小路去那个儿童文学的麦加。

出乎意料的是，我按图索骥找到那里，发现这个总部竟然是设在一条普通街道的普通民宅里，门上刻着 IBBY 字样的小铜牌也不过像个私人诊所的牌子。

开门的正是梅森夫人。进得屋中，发现这个文学的麦加只是一套两居室加客厅的住房而已。满屋都是书报杂志和文件，墙上和门上贴满了色彩浓艳、风格各异的历年国际儿童图书节招贴画。

"太挤了，是吧。"梅森夫人说。她告诉我这两层小楼的临街房子是一处私人住宅，主人是她的好朋友，就把首层租给IBBY 做办公室，主人一家则住二层。梅森夫人说，房东以较低的租金出租，是赔本的。巴塞尔的房租太贵，IBBY 根本租不起写字楼，也租不起高档的房子，这样已经很不错了。

环顾四周，再也没有别人。是否还没到上班时间？梅森夫人笑道：她这个秘书长其实是光杆司令，只雇一个半天工帮帮忙，大部分时间里就她一人在办公。

这里的一切看似杂乱实则井井有条。梅森夫人就像在自家大书房中工作一样，你提到哪一国，她就会迅速地翻找出有关的文件和书报。这里不是人们想象中的"文学殿堂"，没有皇帝和女王，没有局级和处级科级，只有一个公仆，梅森夫人在那两房一厅加储藏室里蜜蜂般地忙来忙去，让人觉得那就是个家，梅森夫人就是这个家的女主人。

是的，她是IBBY的女主人。那个常务理事会每两年换届，成员们散居在世界各地，都有自己的职业且多是声名显赫的大学教授、出版商、图书馆员和文学研究者，人家只是业余理点事。另外安徒生奖评委会也是两年一换届。真正铁打的营盘是她这个秘书长坐着，担负日常工作：每年的国际儿童图书节、书展、每两年一次的大会、安徒生奖和每季一期的会刊《书鸟》杂志中的IBBY专版……

IBBY面临的最大问题是经费不足。梅森夫人忧虑地谈到这个"生计"问题。看到总部办公室环境就可窥其一斑。日常开支全靠70个会员国交的会费，那点会费恐怕连房租、水电、通讯和出版印刷费都难以应付，更遑论写字楼之类的奢侈物。这些和我们司空见惯的文学机关的奢华和干部的等级森严形成了鲜明的对比，因此初来乍到时我感到很是不适应了一阵子。

辉煌的安徒生奖等几乎全是"化缘"而来。记得每到颁奖之前，IBBY的通讯上就宣布：本届奖金有了着落，某某赞助某某奖，不外乎哪国大公司、大出版社和报社（如《朝日新闻》）。梅森面露倦色道：总在换赞助人，总也不固定，挺叫人头疼。不过还好，每次都有着落。说完我们面面相觑而笑：管这个家不容易啊。

我把带去的几本中国儿童图书送给她，梅森夫人很高兴地把它们放进书架上中国那一格里。那里的中国书不多，还有一本英文的《中国文学》，我说那不是儿童文学，但梅森夫人说那里面有几首儿童诗。IBBY经费有限，买不起书全靠捐赠。中国捐赠不多，大多没有英文目录，只有方块字，捐赠了也难得到了解。还有，中国很少提名中国作家竞争安徒生奖，参与太少（这是1994年的情况，后来中国加大了申报力度，曹文轩于2016年获奖。作者注）。有的国家会一连多年一次次提名同一个作家，有的坚持不懈终获成功，有的多年被提名最多只进入决胜局名单，但他们为自己国家的儿童文学在国际上创立了声誉，虽败犹荣。同是东方国家的日本，坚持不懈，在创作奖和插图奖上都有斩获，他们的经验值得注意。

回国以后，想起瑞士，巴塞尔几乎和其他几个雅致的瑞士小城在我头脑里混作一团。但只有IBBY那座小屋和里面的女主人在印象中凸现。一个芬兰人，在那两间屋里忙了许多年。我现在耳畔还回响着她的声音："你是几十年中第一个来IBBY的中国客人！"于是，我为没去看瑞士冰川感到值得。同事们回来说不看冰川多么可惜，我一静如水地看着他们，那时我的瞳孔里一定反射出了IBBY那两间堆满书的小屋子。从那里向西再走几步，过了街，就是法国；再往另一个方向走不远，就是德国。

（特别说明：琳娜·梅森夫人已经于2003年从秘书长的职位上退休。）

书城堡里的叶拉"女王"

——莱普曼夫人与"青少年文学的联合国"

黑马

在慕尼黑郊外的一条清澈湍急的小溪旁，矗立着这样一座名为布鲁顿堡的小小古堡：红顶，白墙，哥特式的塔尖，远看像一个积木搭成的童话世界。城堡外的护城河上架着几座玩具似的小木桥。就是这几座小桥连着世界。

在以城堡著名的德国，这座小城堡很是显得普通朴素，它之所以特殊，是因为这座古堡早就成了一座国际化的书的城堡——国际青少年图书馆。它是世界上唯一一座专门收集各国各种语文的青少年图书馆，集图书借阅、文学研究和国际儿童文学交流于一身的文化机构。这座特殊的图书馆是联合国教科文组织的一个文化项目，但为什么设在德国？

布鲁顿堡的真正"女王"是一位彪炳史册的德国犹太女性叶拉·莱普曼。

一位逃离了纳粹德国的犹太中年女人，在大战后重返那个从物质到精神均是一片废墟的、曾是犹太人地狱的故乡德国，凭着宽容和爱心，以巨大的毅力为重振德国的文化而奔走。

但她的身份却是一个美国占领军的文化官员。可想而知她的身份给她的工作带来了巨大的障碍和困难。当她用一颗母性的爱心拥抱这个曾经给了她无限痛苦的祖国时，她的周围布满了误解和敌意的目光，不，更可怕的是敌意的心。而她偏偏又是一个锋芒毕露、刚愎倔强的女强人，是一个雍容华贵、仪态万方的上流

348

贵妇，是一个才华横溢、口若悬河的外交家。当然，在人们眼里她首先是一个躲过了普遍的反犹主义枪口的犹太女人，不管她怎样同化为德国人，把德国当成自己的祖国。

她以废墟上的德国为大舞台，演出了一场轰轰烈烈的人类和解和沟通的大戏。这场戏的道具就是儿童和青年文学。

1946 年战败后的德国，文化上几乎与世隔绝，甚至德国自身的文化都百废待兴。看到战后的儿童没有书读，叶拉十分焦急，她大声呼吁："德国的儿童与全世界的儿童一样纯洁，也是那些魔鬼似的事件的无辜受害者。如果没人帮助他们，他们就会走上歧途。"为此她力主在慕尼黑组织一次国际青少年书展，展出的是她从世界各国募集到的 4000 册图书（包括战时与德国敌对国家的图书）。书展期间，德国沸腾了，暮气沉沉的德国人像在长夜中看到了曙光一样一批批来参观。这象征着德国文化的复苏。书展从南到北，展遍了几大城市，人们像过节一样为此欢呼，我想，任何一个经历过精神浩劫的民族都能理解德国人那一刻的兴奋。

叶拉因此被称为一个不拿《圣经》的传教士，但她的《圣经》是儿童文学。书展的成功激发了叶拉一个新的理想火花——以这些书为基础，成立一个国际青少年图书馆！

又是在叶拉的奔走呼吁下，赢得了洛克菲勒财团和美国总统夫人的支持，这个图书馆终于在慕尼黑成立了。图书馆落成的仪式上叶拉发表演说道："只有世界上的孩子学会了相互理解，我们才敢于希望有一个和平完整的世界。"

图书馆建立后获得了联合国的承认。从此全世界各国的儿童出版社纷纷向该馆捐赠图书。如今的国际青少年图书馆，已有 50 多万册 100 多种语言的藏书和近 300 种儿童文学杂志。这里设有儿童图书借阅馆和研究馆，定期举办图书研讨会、音乐会等活动，还出版书目和杂志。该馆每年邀请几位外国儿童文学工作者来馆进行访问，不定期举办国际儿童图书研讨会和国际书展。馆员们每人都懂2—3国语言，有图书馆学学位，至少要对一国的儿童文学有深入研究。任何一个外国人，无论大人小孩，来到这里都不会感到陌生，因为这里有你熟悉的语言和图书。馆员们很为自己的图书馆自豪，自称这城堡是个"小小的联合国"。

新的成功激励着叶拉的想象力，她要建立一个"青少年文学的联合国"！这个理想终于在她的不懈努力下得到实现，1953年成立了国际青少年读物理事会——IBBY（International Board on Books for Young People），其宗旨就是"通过儿童图书达到国际理解"。第二年她又创立了安徒生奖，每两年颁发一次，被称作"小诺贝尔文学奖"。

一个平凡的女人，在短短几年中完成了这样几大建树，比任何一次高层国际会晤和任何高级政治组织所做的还要多，她因此在国际上成为战后文化界的传奇人物。

1966年，在她75岁高龄的时候，她又建议将安徒生生日的4月2日这一天定为国际儿童图书节，这一年距她逝世只有四年了。这个建议立即就得到了IBBY的通过，从1967年开始每年的4月2日这一天就被定名为国际儿童图书节。

这个个性强烈的传奇女性，在她的晚年终因执着和刚愎而走出绚烂——当她感到在她创立了光辉事业的德国居之不适的时候，她离开了它，毅然移居瑞士苏黎世，她甚至拒绝了联邦德国政府颁发给她的联邦十字勋章。对此，连她的好友、时任德国总统的休斯也只能在电话中说："好吧，不要就不要吧。"

由绚烂归于平淡，她是一个人默默地在瑞士的雅致小寓所里告别人世的，没人知道她的确切死期。

当初叶拉创办图书馆的时候，馆址还设在一座普通的楼房里。

后来终于落户在这样一个风景如画的地方，如同仙境和童话的氛围中，这是对叶拉最大的安慰，她是这座城堡真正的女王。

"通过儿童图书达到国际理解，""只有世界上的孩子学会了相互理解，我们才敢于希望有一个和平完整的世界"。叶拉这朴素的话语里负载着多么深刻的含义，如果不是真理的话。我们做什么事，都强调"从儿童抓起"，而叶拉的座右铭和她的实践，则是促进国际理解的最切实的范例。当"全球化"这把双刃剑刺向世界任何一个角落的时候，各国各民族之间最缺乏的就是相互了解和理解，这既是个文化冲突的问题，也是实际交流的问题，很多误解和战争往往就源自误解和缺乏沟通。而促进民族之间的理解和沟通，又有什么比"从儿童抓起"更好的起点呢？成人之间的理解障碍一旦形成就难以消弭。由此可见，叶拉在半个世纪前看似"小儿科"的"善举"到全球化进程加剧的今天看来是对人类的沟通做出的多么英明而又实际的贡献。

我有幸在那个城堡里工作学习了近一个月，曾经深情地写道：在"文革"中长大的我从小没有进过图书馆，永远失去了在一个幽雅的图书馆里当个小读者的机会了。当成年的我坐在布鲁顿城堡里，和那么多小读者在一起查书、看书，时而在宽大的玻璃窗旁看着那些胖胖瘦瘦，黄头发，黑头发，蓝眼睛，黄眼睛的各国小读者趴在草坪上读书，他们的家长闭着眼睛在湖畔晒太阳，我会看得眼睛里充满泪水，不知道是直愣愣看酸的，还是那泪水来自发酸的心头。

我知道，那条湍急的清流是流向绿玉般的伊萨河，再汇入蓝色的多瑙河，汇入大海，流向世界。世上的水是相通的。世界上的孩子们都会有机会坐着自己的船来到布鲁顿城堡，来拜见这座城堡的叶拉女王。

哥本哈根的美人鱼

——畅想安徒生

黑马

  飞机在哥本哈根着陆之前，想象着一下飞机就能看到与安徒生童话有关的一切，就像在莎士比亚的故乡，几乎一切都打上了莎翁的烙印那样。

  可是没有。哥本哈根机场是典型的北欧风格设计，线条简洁明快，通体的玻璃与钢铁结构，金属和石头雕塑及抽象派的图案点缀其间。这些雕塑和图案也与安徒生无关。它们是一幕幕后现代艺术场景的展示，一切简约，一切服从于最大限度的采光需要，因为北欧的冬天暗淡无光，任何一点明亮的光线在漫长黑暗的冬季都是宝贵的。这情景让我想起马里内蒂的未来派宣言，赞美着钢铁的耀眼光泽。如果马里内蒂现在来到哥本哈根机场，一定会感到欣慰，这里是他的未来派艺术观的集大成体现者。毕竟哥本哈根是北欧最大的城市，是北欧的贸易和航运中心，14世纪丹麦曾经将瑞典和挪威都统一在自己的麾下达37年之久。这里毫无童话氛围，有的是现代社会最摩登的设施。噢，这里是一座最现代化的机场。这让我从童话的超现实氛围里清醒了过来，赶紧在机场里通过互联网预订了从法兰克福到慕尼黑的机票，再进哥本哈根市寻找与安徒生有关的东西，如美人鱼雕塑什么的。美人鱼可以晚点看，但机票得早订，否则就可能误了下一站的行程。

  这里没有安徒生的丁点痕迹。据说只有他的故乡奥登斯一带才真正弥漫着童话气息，那里保存着小汉斯的出生故居和他父亲的鞋匠铺，周围有年代悠久的古堡和庄重的大教堂。可惜我没有时间去汉斯的故乡了。如果知道他的故乡离哥本哈根这么近，就应该计划在哥本哈根多停留一天。

下了从机场到哥本哈根火车站的火车，呈现在我眼前的是哥本哈根旧城的景象，那里的一切都让我想起斯德哥尔摩：庄重的古典式建筑，花样繁复的洛可可式建筑和巴洛克式绿色尖顶。清冷的街道，如入无人之境。走在离哥本哈根市中心不远的街上，大白天都感到提心吊胆，半天见不到人影。那些高档的住宅区街上空空荡荡，回响着我的脚步声。偶尔会看到楼上的玻璃后面有人影晃动，偶尔会听到一点声响，寻声望去，发现有人在从里面开窗户向外探探头，又把窗户关紧。他们不会以为我是走街串户的强盗吧？为了问路，我要在街上等好半天才能碰上一两个散步的人。这淡青色天光下的哥本哈根，真的是清冷空旷。我在想，这里多么需要人气，多么需要来点儿中国南方都市的热浪和喧闹来中和一下这种清冷。他们的人都在哪儿呢？据说秋冬两季，北欧人都去意大利和西班牙晒太阳了。连中欧的德国人都向南欧蜂拥。

在这里我想到了那个可怜的卖火柴的小女孩儿。在初秋的时候我完全可以想象哥本哈根的冬夜，冰天雪地，寒风刺骨，满大街万籁俱寂，连个过路的人都没有，小女孩儿的火柴怎么卖得出去？

我想到了安徒生，一个小镇鞋匠的儿子，连丹麦文都写不好，却坐着邮车来到哥本哈根到处拜师，要成为演员和作家。中国人所谓茫茫人海觅知音，而安徒生则是在一个空旷的城里苦苦寻找伯乐，似乎比我们的"茫茫人海"更加无望无助。茫茫人海里好歹还让你觉得有人气，可这个广漠静谧的城里却是那么寒气逼人。年轻的汉斯心一定是冰凉的。那需要怎样的意志和毅力来支撑一个小小的文学梦！

哥本哈根成就了汉斯的文学事业，他在这里历经磨炼成长为丹麦的大作家，成了丹麦人的骄傲。安徒生决不像我们普遍认为的那样仅仅是个童话作家。在他开始写童话之前，他早就以自己出色的小说、诗歌和游记文学风靡欧洲，奠定了自己文学家的基础。是一个偶然的机会促使他写起童话来，因为他认识到童话能让他拥有下一代丹麦读者。但他没有想到的是，童话使他走向世界，拥有了一代又一代全世界的读者。发人深思的是：安徒生是在功成名就后开始写童话的，是在他游遍了欧洲名胜，遍访名师，广交欧洲文学、音乐、科学和哲学界大师之后，海涅、雨果、狄更斯、易卜生、瓦格纳等都是他的挚友，他与19世纪先进的思想和科学潮流是同步前进的。这就使他的童话立意深远，寓意深长，绝非"儿童文学"四个字能涵盖其意义。

我无法想象安徒生是怎样在哥本哈根这座城市里伴着青灯写作他心灵的童话故事的，这座城市一点童话氛围也没有。有的是王气，是贵族气，是宗教氛围，是商业主义。在这样的城市里，他需要有怎样的童心，需要怎样展开自己想象的翅膀才能写出那么多或美丽或凄凉的童话？或许他心里要一直珍藏着童话样浪漫的故乡景色才行。但在那个风景如画的小地方他的童话是无法流传开的。他只能到哥本哈根来。

我终于在漫无边际的思索中找到了哥本哈根海堤下的那座著名的小美人鱼雕像。这是一座十分普通的铜塑，四周没有任何特殊的渲染，如果不注意，可能就会从堤岸上匆匆走过而与小人鱼失之交臂。她就那么拖着两条半似鱼尾的腿倚在海边的一块石头上，目光忧郁地望着前方，身下是汹涌的海浪。为了她心爱的王子，她宁可忍受剧痛将鱼尾化作人腿，宁愿失去自己美妙的歌喉，忍受最终化作泡沫的生离死别，看着王子和别人成婚。这是一个凄美绝伦的单相思悲剧。看到小人鱼的雕塑那样孤单地守在礁石上，我甚至觉得这场景有点残忍。

安徒生这个身材高大，有点驼背，面相丑陋的鞋匠的儿子，终生追求着艺术，经历了单相思，终生未娶，留下了30多卷文集，在耳顺之年离开了人世。死前他的声誉达到了顶峰。但他终归是没有得到爱的。他凄美的爱情童话里融入了多少自己的相思之苦？如果他享有世俗的情爱，他还能写得出那些爱情悲剧吗？我甚至觉得海边的这个小人鱼就是安徒生自己的化身，孤苦凄凉地等待着什么。小人鱼的四周需要点什么温暖的氛围来慰藉她。但是没有，只有冰冷的海水在冲刷着堤岸，海水时而会飞溅到小人鱼裸露的身上。

最终我在城里发现了用安徒生的名字命名的仙境公园。导游指南上刊登着里面的风光照片，有水车，有琼楼，有仙岛……据说这个小公园每年吸引着无数的国内外游客参观。但我没进去，我看到了小人鱼，这就够了。再有机会，我一定要去安徒生的家乡奥登斯，那里的自然景色一定比这个人造的仙境赏心悦目。